Tom Liehr
Stellungswechsel

Tom Liehr, geb. 1962 in Berlin, war Redakteur bei P.M., 1990 Sieger des ersten »Playboy-Literaturwettbewerbs«. Zwischenzeitlich tätig als Unternehmensberater, Rundfunkproduzent und DJ. Seit 1998 Inhaber eines Unternehmens für Softwareentwicklung. Bei AtV wurden »Radio Nights« (2003) und »Idiotentest« (2005) sowie mehrere Kurzgeschichten veröffentlicht, 2008 erscheint sein nächster Roman »Geisterfahrer«. Mehr vom und zum Autor unter: www.tomliehr.de

Maggie Peren, geb. 1974 in Heidelberg, schrieb u. a. die Drehbücher zu »Das Phantom«, »Mädchen Mädchen« und »Napola« sowie zuletzt mit Stefan Schaller »Hände weg von Mississippi« (Regie: Detlev Buck). Für ihre Arbeit wurde sie mit einer Reihe von Preisen ausgezeichnet, darunter der Deutsche Filmpreis und der Grimme-Preis.

Christian Bayer, geb. 1964 in Baden-Baden, ist Autor, Texter und Ideenproduzent. »Stellungswechsel« ist sein erstes Kinofilmbuch.

Harte Zeiten sind für die Männer von heute angebrochen, die fünf von ihnen zum »Stellungswechsel« zwingen: Frauenversteher Frank verliert erst seinen Job bei einer Münchner Frauenzeitschrift, dann seine Position als Hausmann seiner erfolgreichen Freundin. Während sein Freund Olli in seinem Feinkostladen höchstens vom Gerichtsvollzieher besucht wird, leidet Polizist und Womanizer Gy unter krankhafter Angst vor Nähe zu Frauen – bis Daphne auftaucht. Gemeinsam mit dem rehäugigen Lasse und dem arbeitslosen Manager Giselher, beschließen die ungleichen Freunde, einen Escort-Service zu gründen und sich den Frauen mit »Orgasmusgarantie« anzubieten. Doch was wollen die eigentlich von Männern? Wann ist ein Mann ein Mann, und was um Himmels willen ist ein »Mau«? Als »Deutsche Feinkost zum Anfassen« begeben sie sich auf die Suche nach Antworten.

Tom Liehr

Stellungswechsel

*Roman
nach dem Drehbuch
von Maggie Peren und Christian Bayer*

aufbau taschenbuch
AUFBAU VERLAGSGRUPPE

Mit 18 Filmfotos
© Claussen + Woebke + Putz Filmproduktion:
1–7 a 10–13 14 b 15 16 / Marco Nagel
7 b 8 9 14 a / Heike Ulrich

ISBN 978-3-7466-2387-0

Aufbau Taschenbuch ist eine Marke
der Aufbau Verlagsgruppe GmbH

1. Auflage 2007
© 2007 by Tom Liehr
© Aufbau Verlagsgruppe GmbH, Berlin 2007
Umschlaggestaltung Mediabureau Di Stefano, Berlin
unter Verwendung eines Artworks von
© Claussen + Wöbke + Putz Filmproduktion, 2007
Druck und Binden GGP Media GmbH, Pößneck
Printed in Germany

www.aufbau-taschenbuch.de

Frauenversteher: jemand, der eine komplexe Gerätschaft bedienen kann, für die es keine Gebrauchsanleitung gibt.

Erster Teil

1.

Auf dem furnierten Schreibtisch stand ein mattglänzender, großflächiger Monitor, an dessen Rand ein paar Haftnotizen klebten, auf die »Die beste Freundin«, »BH-Größen« und »Pumps = Stöckelschuhe?« gekritzelt war. Am unteren Rand hing ein ausgeschnittener, schon leicht vergilbter Zeitungscomic, auf dem ein nackter Junge mit einem Stapel Kleidung in den Händen zu sehen war, darunter stand: »Liebe ist ... ihr die Wäsche zu machen«. Der Bildschirm zeigte ein leeres Textdokument, das mit »Kolumne (17/07)« betitelt war.

Frank saß vorgebeugt am Schreibtisch, vor ihm lag ein Hochglanzmagazin. Die aufgeschlagenen Seiten wurden von einer Fotostrecke beherrscht, die gutaussehende, extrem schlanke Frauen in pinkfarbener Strickkleidung zeigte.

Frank hob den Kopf, nahm die Maus und klickte das »Speichern«-Symbol an. Er sah kurz auf das Magazin, dann wieder hoch zum Bildschirm, schob die Maus auf das Menü »Extras«, ließ den Zeiger über »Wörter zählen« wandern, schüttelte etwas müde lächelnd den Kopf und klickte das Menü wieder weg.

Anschließend schob er das Magazin beiseite und nahm eine Überraschungs-Ei-Figur in die Hand: ein grinsendes Häschen mit einem rosa Herzchen auf dem Bauch. Er stellte die Figur wieder ab, zog die Tastatur heran, ließ die Finger einen Moment über den Tasten schweben, tippte »Ich«, nahm die Hände wieder in den Schoß, um kurz danach abermals auf »Speichern« zu klicken. Er lehnte sich zurück, sah an die Decke und schloss die Augen.

Ein melodiöses Klingelgeräusch ertönte, Frank schreckte auf, griff in Richtung des Telefonhörers und stieß dabei die Maus fast vom Schreibtisch. Er sagte »Ja?« in den Hörer, nickte, murmelte »Komme«, dann klickte er wieder auf »Speichern«, stand auf, setzte sich gleich wieder, schloss das Textprogramm, erhob sich abermals und durchquerte das geschäftige Großraumbüro, in dem sich außer ihm nur Frauen befanden. Im Gang wartete er einen Moment, aber schon Sekunden später kam Birte, die Chefredakteurin, aus dem gegenüberliegenden Raum, nickte ihm kurz zu und bedeutete ihm, ihr zu folgen. Ziel war ihr Büro zwei Stockwerke tiefer. Birte hielt eine Korrekturfahne in der Hand, den Abzug eines Artikels für die nächste Ausgabe der *Mira*.

Sie lief los, sah Frank dabei an, zog unter dem schnurgerade geschnittenen Pony ihrer langen schwarzen Haare eine Augenbraue hoch und sagte: »Frank, ich kann deine Ansichten nicht teilen.« Dabei machte sie eine Handbewegung, die den Eindruck erweckte, als würde sie den Ausdruck, den sie hielt, am liebsten wegwerfen. »Die Frauen sind doch in keiner Hinsicht auf dem Vormarsch.«

Sie bewegte sich forsch und in zügigem Tempo auf das Gangende zu, kam auf einen Treppenabsatz und nahm zwei Stufen nach unten in einem Schritt. Frank hatte Mühe, ihr zu folgen. Birte war schlank und groß, und Frank war zwar kein kleiner Mann, aber doch einen Tick kleiner als sie. Seine Jungenfrisur mit Seitenscheitel und das Ewiger-Student-Outfit – Hemd und Cordhose – ließen ihn jünger erscheinen, als er war, nämlich zweiunddreißig. Birte trug etwas, das in Franks Augen wie ein Männer-Trenchcoat aussah, aber er nahm an, dass es sich tatsächlich um schweineteure Designerkleidung handelte, die in etwa so viel kostete, wie er hier mit fünf oder sechs Kolumnen verdiente. Vorsichtig geschätzt.

Er seufzte leise, Birte drehte sich kurz zu ihm, und er spürte, wie er errötete. Deshalb nickte er. Einfach so.

»Wir bewegen uns zurück in die fünfziger Jahre!«, deklamierte die Chefredakteurin, ebenfalls nickend und jeden Widerspruch ausschließend. »Die Kinderbetreuung in unserem Land ist ...« – sie blickte ihn streng über die Schulter an, ohne ihren Schritt zu verlangsamen – »... *unterirdisch!* Frauen werden nach wie vor zu Hause geparkt, egal, welche Ausbildung sie haben. Von Chancengleichheit kann doch keine Rede sein!« Sie sprach das Wort »Chancengleichheit« aus, als wäre es die Bezeichnung für eine besonders üble Geschlechtskrankheit.

»Na ja«, sagte Frank leise, zu leise, wie er sofort feststellte, dann hob er die Stimme. »Meine Freundin verdient ein Mehrfaches von dem, was ich verdiene.« Er räusperte sich und hatte das starke Gefühl, gerade einen Fehler zu machen. »Sie wird ganz sicher«, er hüstelte, »Karriere machen«.

Birte blieb so ruckartig stehen, dass er fast auf sie prallte.

»Denk nicht, dass das funktionieren wird«, erklärte sie, ihn anfunkelnd.

»Wieso? Ich habe damit kein Problem.«

Sie drehte sich wieder um und ging weiter.

»Von *dir*«, sagte sie, »hab ich nicht gesprochen.«

Frank wollte etwas antworten, aber seine Aufmerksamkeit litt darunter, dass er einem Tisch ausweichen und über einen Karton steigen musste. Birte schien die Hindernisse nicht wahrzunehmen. Sie war wie Rotwild im eigenen Revier, flink und elegant. Frank hatte kürzlich einen interessanten Artikel über die Jagd gelesen, aber solche archaischen Themen waren hier tabu.

Männerzeug.

»Aber das ist ja letztlich gar nicht der Punkt«, fuhr sie fort. »Die Männerkolumne sollte sich damit beschäftigen, was Frauen für Dinge machen, die kein Mensch versteht.« Sie zog die Stirn kurz in Falten und lächelte schmal. »Also die kein *Mann* versteht. Das Mysterium Frau beleuchten.«

Sie stoppte abermals, Frank hatte gerade aufgeholt, und jetzt stieß er fast gegen die Wand, weil er nicht auf Birte prallen wollte. Sie drehte sich wieder zu ihm um.

»Mein Exfreund konnte zum Beispiel überhaupt nicht verstehen, wie weh Bikiniwachs tut. Wenn man es zum ersten Mal macht.«

Dabei verzog sie das Gesicht, wie Leute das tun, wenn sie von einem Thema sprechen, bei dem sie gewiss sind, dass kein anderer Mensch auf der Welt eine Ahnung davon hat. Jedenfalls kein männlicher, in dieser Sache.

Frank nutzte die Gelegenheit, sich von der Wand abzudrücken, tief Atem zu holen und über das Wort »Mysterium« nachzudenken. Er sah Birte ins Gesicht, so verständnisvoll wie er konnte, und sagte: »Also ich kann gut verstehen, dass es wehtut, zwischen den Beinen ist die Haut ja auch so dünn.« Er fühlte tatsächlich eine Art Phantomschmerz im Schritt, und ihm fiel die Szene aus »Verrückt nach Mary« ein, in der sich dieser Typ die Eier im Reißverschluss eingeklemmt hat.

Birte lächelte ihn über die Schulter an. »Willst du darüber nicht mal eine Kolumne schreiben?« Sie blieb stehen.

»Über was?« Frank hatte den Faden verloren. Cameron Diaz. Aber darüber hatten sie nicht gesprochen.

»Haarentfernung. Bikiniwachs. Epiliergeräte. Weglasern. All diese Sachen.«

»Ich ...« Er blickte hilfesuchend zur Wand, aber da war nichts, das ihm helfen konnte, nur Titelbilder der *Mira*, auf denen meistens überirdisch gut aussehende Frauen in futuristischen Klamotten zu sehen waren, die kein Mensch bezahlen konnte. »Äh. Ich. Ich kann schlecht über was schreiben, das ich noch nie gemacht habe.« Zwei in strengen Hosenanzügen ebenso modisch wie Birte gekleidete Mitarbeiterinnen der *Mira* kreuzten seinen Weg, schenkten ihm aber keine Beachtung. Er war der einzige Mann in der Redaktion.

Birte grinste ihn an. »Probier es aus. Es ist eine Erfahrung.«
Frank nickte langsam, und er hatte dabei ein Gefühl, als wären seine Eier im Reißverschluss eingeklemmt.

»Okay. Warum nicht«, antwortete er, doch Birte war schon in ihrem Büro verschwunden.

Das Kosmetikstudio sah einladend aus, dachte Frank. Für Frauen. Aber er war keine. Unschlüssig stand er vor dem Schaufenster, betrachtete Beispiele für ausgefallene Nagelstylings, Werbung für Make-up, überdimensionale Lippenstiftattrappen und glänzende Fotos unglaublich attraktiver Models.

Er betrachtete sich kurz in dem Spiegel, der im Schaufenster stand, fuhr sich mit der Hand durch die Haare, ohne dass sich dadurch etwas änderte, straffte die Schultern, seufzte, fragte sich für einen Moment, was all das mit seinem Doktor der Philologie zu tun hatte, und betrat den Laden durch die sich lautlos öffnende Automatiktür.

»Guten Tag, ich bin Danielle, wie kann ich Ihnen helfen?«, fragte eine Frau, die wenig mit dem ganzen im Schaufenster angepriesenen Chic zu tun hatte. Sie wirkte etwas grobschlächtig, dabei mütterlich, dachte Frank.

»Äh. Ja. Ich bin Frank.« Er fühlte sich unwohl. Aber der Duft in diesem Laden gefiel ihm.

»Suchen Sie etwas für Ihre Frau?«

»Äh. Nein. Ich bin Redakteur bei der *Mira*. Dem Frauenmagazin.«

Danielle lächelte. »Bei einem Frauenmagazin?«

Er hüstelte. Diesen Dialog mochte er nicht sehr gern. »Ich schreibe die Männerkolumne.«

»Wie nett«, sagte Danielle und lächelte weiter, ohne jede Spur von Ironie.

»Ich soll ... äh. Einen Artikel verfassen.«

»Und wie kann ich Ihnen dabei helfen?«

»Na ja.« Er spürte wieder dieses Ziehen im Reißverschlussbereich seiner Hose. »Es geht um Haarentfernung.«

»Oh, das ist eine unsere Spezialitäten. Ich kann Ihnen alles darüber erzählen.«

»Es geht nicht so sehr um Informationen.«

»Nicht?« Danielle legte die Stirn in Falten, aber ihr Gesichtsausdruck veränderte sich nicht.

»Ich soll ... meine Chefredakteurin ...«

»Ja?«

»Es ausprobieren.«

»Oh.« Endlich hörte sie auf zu lächeln. »Wie meinen Sie das?«

»An mir selbst.«

»Sie meinen ... an Ihnen selbst?«

Frank nickte und verspürte das dringende Bedürfnis, den Planeten zu wechseln.

»Das ist ein Epiliergerät«, erklärte Danielle. »Im Prinzip ein Rasierer. Da die Haare im ... äh ... im Schrittbereich etwas feiner als männliche Barthaare sind, werden sie nicht abgeschnitten, sondern gezupft. Wenn man so will. Außerdem bleiben keine Stoppeln übrig.«

»Gezupft.« Frank saß in Unterhosen auf einer Liege in einer mit Vorhängen vor Blicken geschützten Kabine, die etwas von einem Untersuchungsraum beim Arzt hatte. Danielle führte das Gerät über seinen Oberschenkel. Es ziepte, er verzog das Gesicht.

»Halb so schlimm, oder?«, fragte Danielle. Frank nickte tapfer.

»Äh ... eigentlich«, sagte er. »Eigentlich geht es mir um diese Wachsgeschichte. Bikiniwachs. Wissen Sie?«

Danielle zog wieder die Augenbrauen hoch.

»Okay«, sagte sie nickend. »Wir müssen hier ... darf ich?«

Er zuckte die Schultern und legte sich hin. Sie schob seine Shorts etwas zur Seite, Franks Schambehaarung drängte hervor.

»Und Sie sind sicher, dass Sie das wollen?«

»Job ist Job.«

Danielle nickte langsam, nahm dann eine Packung und riss sie auf. Sie zog einen länglichen, handbreiten Streifen heraus, sah Frank kurz ins Gesicht und schob seine Unterhose noch ein Stückchen weiter beiseite.

»Also ich hab das bei einem Mann noch nie gemacht«, erklärte sie. »Ich lege es auf und streiche dann darüber, damit die Härchen alle schön rundum mit Wachs bedeckt sind.«

Sie hielt den Streifen in der Hand und zögerte einen Moment. Frank nickte und versuchte dabei, freundlich auszusehen, wobei er gegen den Impuls ankämpfte, die Beine zusammenzupressen. Oder einfach wegzulaufen.

»So. Jetzt«, erklärte Danielle. Sie platzierte den Streifen so dicht am Genitalbereich, wie es ging, wenn jemand noch die Unterhose trug. Dann strich sie ihn glatt. Es fühlte sich nicht einmal schlecht an. Kühl und irgendwie weich. Fast behaglich.

»Sie sagen mir aber Bescheid, bevor Sie es abziehen, oder?«, fragte er vorsichtig.

Danielle hob den Blick, sah ihm fest in die Augen, wie eine Mutter, die dem Nachwuchs etwas über den Nährwert von Spinat zu erklären versucht. »Ähh, ja, klar«, versicherte sie nickend. Frauen ertragen so was andauernd, dachte Frank. Im gleichen Moment riss die Kosmetikerin ohne weitere Vorwarnung den Streifen von seiner Haut.

Es dauerte einen Augenblick, bis Frank realisierte, was passiert war. Dann erreichte ihn der Schmerz.

Schreiend und in sich zusammengekrümmt fiel er seitwärts von der Liege.

2.

Der Preis der Schönheit

Wenn es um das Verhältnis von Mann und Frau geht, weisen wir Europäer gern anklagend auf die angeblich so traditionellen islamischen Länder. Dabei haben die Muslime offenbar die Nase vorn – zumindest, was Trends in Sachen Körperhygiene anbetrifft: Die Enthaarung gehört dort schon seit Jahrhunderten zum guten Ton, und zwar bei Frauen wie Männern. Was für den gläubigen Mohammedaner selbstverständlich ist, erreicht nun nach und nach auch deutsche Männerbadezimmer.

Längst sind es nämlich nicht mehr nur die Frauen, die sich mit Brasilian Waxing, Enthaarungscreme oder schlichter Nassrasur Achseln, Bikinizone, Arme und Beine enthaaren, um uns glatt und glänzend entgegenzutreten. Nein, nun trifft es auch uns selbst: Was früher nur für ölige Bodybuilding-Poser oder Drag-Queens galt, bestimmt längst den Kosmetikalltag des deutschen Durchschnittsmannes – weil sie es so will und wir es darum nun auch wollen.

Methoden gibt es viele – wir können sie uns bei den Frauen abgucken und von ihrer Erfahrung profitieren: Eine normale Rasur erzeugt winzige Stoppeln, was nach wenigen Tagen einen unliebsamen Umkehreffekt mit sich bringt. Epilierer, die mit kleinen, rotierenden Walzen die Haare an der Wurzel packen und ausreißen, liefern oft nur wenig befriedigende Ergebnisse und ziepen außerdem ziemlich unangenehm. Enthaarungscremes hinterlassen zuweilen Reste und sind dermatologisch nicht unumstritten. Die Geheimwaffe der Frau aber, von der wir Männer lange Zeit nichts ahnten, heißt: Bikiniwachs. Was harmlos klingt, ist eine Art heilige Flamme der Glatthautfanatikerinnen. Allerdings muss man schon fest im Glauben verankert sein, um auf derlei zurückzugreifen. Ich weiß, wovon ich rede, denn ich habe es probiert.

Die Kosmetikerin lächelte mich an, als sie den Streifen glattstrich. Eine Mischung aus Paraffin, Glyzerin, ein paar unverdächtigen, hautberuhigenden Vitaminen, ein bisschen »Parföng«, wie sie sagte, »das gibt ein gutes Gefühl«. Kühl und irgendwie komisch, aber in der Hauptsache angenehm. Meine Ängste waren so gut wie vergessen.

Bis sie zog.

Wenn der Streifen abgerissen wird, was ein Euphemismus dafür ist, was die Kosmetikerin mir antat, und die feinen Härchen an der Wurzel aus dem Körper gezerrt werden wie ausgewachsene Bäume, die mit einem Bulldozer gerodet werden, schreit der Körper auf, Schmerz benebelt das Gehirn, und die Welt geht unter. Männer, ihr könnt euch nicht vorstellen, wie schlimm es ist!

Danke dafür, dass wenigstens dieser Trend noch nicht in der Männerwelt angekommen ist. Danke dafür, dass ich keine Frau sein muss.

3.

Tobi ließ seinen Zeigefinger auf- und abwärts über die beleuchteten Tasten des Getränkeautomaten wandern.

»Kirschschorle?«, fragte er, an Gy gerichtet, der hinter ihm stand. »Was ist das denn für ein Zeug?«

»Blubberwasser. Weibergesöff«, antwortete Gy und rieb sich dabei die linke Wange. »Die lieben das. Frag mich, warum.«

»Ich frag ja nicht.« Tobi grinste und drückte die Taste für Cola. Eine Dose plumpste in den Ausgabeschacht. Tobi nahm sie heraus und versuchte, mit einem Finger den Verschluss aufzuschnippen. Es gelang erst beim zweiten Anlauf.

Gy trug seine lederne Uniformjacke offen. Er schob die Hände in die Hosentaschen und fragte dann: »Kannst du mir noch was leihen?«

»Du schuldest mir schon sechsunddreißig vierzig«, antwortete Tobi nach kurzem Nachdenken, nahm einen Schluck Cola und grinste wieder.

Gy sah den Getränkeautomaten an.

»Vergiss es«, sagte er dann. »Wegen meiner Zähne kann ich sowieso nichts Kaltes trinken.«

»Ich dachte, die sind längst gemacht«, sagte Tobi und strich sich über die Lippen.

»Rechts ja, links nicht«, erwiderte Gy und zog dabei die Stirn kraus. »Zähne können einen arm machen.« Wieder fuhr er sich mit der Hand über die Wange. Sein Kollege lächelte zustimmend. Die beiden gingen in Richtung Mannschaftsraum, an den Wänden hingen Plakate, die für die Polizei warben.

Gy fand diese Plakate doof. »Polizisten sind einfach verdammt cool« stand nämlich leider auf keinem von ihnen.

Als sie um die Ecke bogen, kam ihnen eine junge Kollegin entgegen, die einen Stapel Aktenordner trug. Gys und Tobis Blicke wanderten parallel, quasi in Formation, von der Brust abwärts zur Hüfte, dann die Beine entlang, verharrten noch einen Moment abermals bei der Brust, die allerdings durch die Aktenordner weitestgehend verdeckt war, und widmeten sich dann dem Gesicht. Hübsch, dachte Gy. Neu. Jung. Und hübsch. Sie war blond und hatte ihre langen Haare zu einem Zopf gebunden. Er kannte sie noch nicht, also konnte sie erst seit ein paar Tagen im Revier tätig sein. Eigentlich nur *Stunden*.

In seinem Revier.

»Entschuldigung, wo ist hier der Kaffeeautomat?«, fragte sie.

Tobi öffnete den Mund, aber Gy war schneller. Wenn es um Frauen ging, lief ihm hier keiner den Rang ab.

»Bin gerade auf dem Weg dorthin«, sagte er lächelnd, bevor auch nur ein Laut aus Tobis Mund kam. Gy grinste ihn an, drehte sich auf dem Absatz um und ging mit der jungen Kollegin zurück in Richtung Getränkeautomat. Ein Ordner löste sich aus dem Stapel, Gy fing ihn geschickt auf, machte aber keine Anstalten, ihr den restlichen Stapel abzunehmen.

»Der Kaffee ist hier nicht wirklich gut«, erklärte er, während er gegen seinen Zahnschmerz anlächelte. Ein Profi, dachte er dabei. *The show must go on*. Wenn es ein echter Mann nicht mehr schafft, eine Frau in die Horizontale zu lächeln, muss er in Pension gehen oder in die Regionalliga absteigen. »Ich mache viel besseren.« Er drehte sich zu der jungen Frau und strahlte sie an. »Bin übrigens der Gy. Gy wie früh. Nur ohne frrrrr.«

»Mandy«, antwortete sie und lächelte ebenfalls. Erst jetzt musterte sie ihn, von oben nach unten, aber sie stoppte damit kurz oberhalb des Hüftbereichs, dann sah sie ihm in die Augen. Gy hatte etwas von einem eleganten Naturburschen. Kernig, aber nicht klotzig. Gut gebaut, aber nicht modelhaft. *Mein Burscherl* hatte ihn seine Mutter genannt, ihn, der seinen Dialekt zu verbergen versuchte, was ihm nicht immer gelang. Gelegentlich rollte er die Rs und verfiel ins Bayerische.

Bingo, dachte er, während Mandy ihn betrachtete, und verdrängte die Gedanken an seine Mutter.

Zwei Stunden später saßen sie auf seinem zu schmalen französischen Bett, das er nicht gekauft hatte, um darin zu zweit zu übernachten. Mandy hatte ihre Unterwäsche wieder angezogen, Gy nahm sich eine Zigarette, zündete sie an, lehnte sich an die Wand und sah gelangweilt an die Decke.

»Was ist jetzt mit meinem Kaffee?«, fragte Mandy und kuschelte sich an ihn.

»Oh«, sagte Gy, zog die Augenbrauen hoch und betrachtete weiter die Zimmerdecke. »Ich glaube, ich habe gerade überhaupt keinen da.«

4.

Olli hatte gute Laune. Im Radio lief das groovige, sehr coole und dynamische Gitarrenintro von »I'm Shaking« von Little Willie John, und Olli tanzte dazu zwischen den Regalen. Mit einem Kreidestrich beendete er schwungvoll die Tageskarte, schob ein paar Flaschen extra natives Knoblauchöl zurecht, griff sich den Puderzuckerstreuer und dekorierte im Takt Gebäckstückchen. Dann vollführte er eine halbe Pirouette auf dem Absatz, ging zur Tür und drehte das kleine, handgeschriebene Schild um, so dass von außen »Geöffnet« zu lesen war. Dabei lächelte er glücklich. Was für ein guter Morgen.

»Deutsche Feinkost« war ein kleiner, eher unorthodoxer Laden, der in einem ehemaligen Geschäft für Obst und Gemüse untergebracht war. Hier bot Olli allerlei feine Lebensmittel an. Er hatte einen Gutteil des Interieurs vom vorherigen Besitzer übernommen, wodurch »Deutsche Feinkost« wie eine Mischung aus einem Obststand und einem Stehbistro wirkte. Es gab ausschließlich deutsche Lebensmittel – und so gut wie nichts von dem, was die Schickeria speiste, also keine handgeschöpfte Edelschokolade aus dem brasilianischen Regenwald und auch keinen Kaviar. Für Münchner Verhältnisse bewegte sich das Geschäft am unteren Ende der Skala, und es befand sich definitiv nicht in der richtigen Gegend, aber Olli liebte es. Vor allem, weil er täglich einen besonderen Mittagstisch kochen konnte. Das wechselnde Angebot war sein Steckenpferd und der eigentliche Grund dafür, dass er diesen Laden betrieb. Am liebsten wäre er Besitzer und Chefkoch eines Feinschmeckerrestaurants gewesen, das jedermann offen stand, keine

Gesichtskontrollen durchführte und nicht mit reservierten Tischen arbeitete, die für feinere Gäste geräumt wurden. Aber sein Budget hatte nur diesen Laden erlaubt. Es war ein Schritt auf seinem Weg. Allerdings einer, der noch nicht sonderlich gut funktionierte. Bis zu diesem Morgen.

Er tanzte noch ein paar Schritte und bemerkte dann, dass Gy und Frank in der Tür standen. Sie hatten ihn beim Tanzen beobachtet und starrten ihn an, als hätten sie eine Erscheinung. Was ja auch irgendwie stimmte.

Während Olli das Radio leiser drehte, fragte Gy: »Alles klar?«

Olli strahlte ihn nickend an.

»Ich habe einen Großauftrag reinbekommen. Catering für eine Betriebsratsveranstaltung. Große Sache.« Er strich sich zufrieden mit den Händen über die Schürze. Olli war sechsundvierzig, eher klein und ein wenig rundlich, und er trug sein schütter werdendes Haar mit Seitenscheitel, was den rundlichen Kopf auf etwas unglückliche Art betonte. Aber Olli war kein Mann, der sich großartig um sein Äußeres scherte oder darum, dass er der Fünfzig näher war als der Vierzig. Innere Werte waren für ihn bedeutsam. Vor allem diejenigen rund um den Verdauungstrakt.

»Und wie geht's euch?«, fragte er lächelnd zurück, während er ein paar Gebäckstückchen auf einen Teller sortierte und Frank reichte.

»Wenn ich dir erzähle, was ich heute gemacht habe«, sagte Frank kopfschüttelnd. »Das glaubst du nicht.« Unwillkürlich wanderte seine rechte Hand in den Schrittbereich. Dann nahm er etwas Gebäck und biss herzhaft hinein.

»Er hat sich die Schamhaare wegwachsen lassen«, trompetete Gy. Dabei grinste er. Frank warf ihm kauend einen vorwurfsvollen Blick zu. Gleichzeitig klingelte das Telefon. Olli ging hinter den Tresen, immer noch wiegenden Schrittes, im

Takt des Songs. Fast schon zärtlich strich er nebenbei über eine Packung Geleekirschen.

»Ist echt prima, dass du den Doktor gemacht hast«, sagte Gy zu Frank und boxte ihm gegen die Schulter. Frank lächelte gequält.

»Danke«, antwortete er.

»Wenn ich das so höre, bin ich ganz froh, dass ich damals das Gymnasium geschmissen habe. Sonst müsste ich jetzt nackt im Kosmetikstudio liegen und mir die Schamhaare ...«

»Ich war *nicht* nackt«, protestierte Frank.

»Deutsche Feinkost«, sagte Olli ins Telefon. Er lächelte noch immer. Dann fielen seine Gesichtszüge nach und nach in sich zusammen.

»Oh, ja, ja. Ich verstehe.« Er warf einen hilflosen Blick zu Gy und Frank. »Ich kann es auch billiger machen, wenn ...« Er verstummte, nickte, seine Schultern senkten sich. »Ja, natürlich. Vielleicht beim nächsten Mal. Danke für die Anfrage.«

Olli legte das Telefon auf den Tresen, ließ die Arme sinken und drehte sich zu seinen Freunden.

»Sie haben abgesagt«, erklärte er leise, als würde er ein Selbstgespräch führen.

»Ach, geh«, sagte Gy und sah weg.

»Wieso?«, fragte Frank. Dabei hielt er den Teller mit dem Gebäck so, als würde er ihn am liebsten sofort loswerden.

»Ich bin ihnen zu teuer.« Olli seufzte. »Mein Gott, die Leute schütten für zwei Euro pro Liter Benzin in ihre Autos, aber das Essen muss fünfzig Cent kosten.«

Frank hielt ihm nach wie vor den Teller entgegen.

»Ist schon okay«, sagte Olli, drehte sich um und ging nach hinten.

5.

Birtes Büro war nüchtern und unterkühlt eingerichtet. An den weißen Wänden hingen großformatige Modefotografien von cool posierenden Frauen, auf dem ausladenden, fast leeren Schreibtisch stand eine Fünfzigerjahre-Retro-Lampe und auf dem Fensterbrett der gewaltigen Glasfront ein einsamer, schwarzer marmorner Buddha. An einem einfachen Kleiderständer hingen einige Modelle der kommenden Saison, ein niedriger Couchtisch war von wenig einladenden Designerhockern umgeben. Das Ganze ergab eine Mischung aus Understatement und geschmacklicher Entschlossenheit. Frank ließ den Blick schweifen und fand es wie immer ungemütlich. Aber Chefredakteurin einer Frauenzeitschrift zu sein hieß eben auch, zu wissen, wo der Zug hinfuhr. Beziehungsweise auf der Lok zu sitzen. Er fragte sich nicht zum ersten Mal, wer bei der *Mira* eigentlich wessen Geschmack bestimmte. Und ob die Leserinnen dabei überhaupt eine Rolle spielten.

Frank stand vor dem Schreibtisch und wusste nicht, wohin mit seinen Händen. Das große Wandgemälde, das hinter Birte hing und ein wirres Gekritzel zeigte, machte ihn ganz nervös. Die Chefredakteurin hatte am Telefon gelacht, als sie ihn zu sich gebeten hatte, aber es war etwas in ihrer Stimme gewesen, das ihn skeptisch stimmte.

Birte hielt einen Teller mit Grünzeug in der einen und eine Plastikgabel in der anderen Hand. Sie trug wieder etwas Schwarzes, das Frank an das trenchcoatähnliche Ding erinnerte, das sie kürzlich angehabt hatte, aber vermutlich lagen Welten zwischen den beiden Kleidungsstücken. Er selbst hatte *irgendwas* an, wie immer. Es ging ihm nicht um Chic, sondern um Bequemlichkeit – und darum, dass sich möglichst alles miteinander kombinieren ließ, was quasi immer der Fall war. Bei Frauen war es genau umgekehrt. Die Funktion der Kleidung, meinte Frank, spielte bei ihnen nur eine untergeordnete Rolle. Tatsächlich sah das, was Birte trug, nicht sehr komfortabel aus.

»Frank, ich musste *so* lachen«, sagte Birte und lächelte tatsächlich, doch sie sah ihn dabei nicht an. Dann spießte sie ein Blatt auf die Gabel, betrachtete es kurz mit hochgezogenen Augenbrauen und aß es schließlich.

»Wie du den Schmerz beschreibst, wenn das Haar mit der Wurzel ausgerissen wird«, fuhr sie fort. »Ich habe geschrien vor lachen, ehrlich. Also wirklich. Genial!«

Frank nickte und versuchte sich ebenfalls an einem Lächeln. Er dachte an den Moment zurück, als die Kosmetikerin den Wachsstreifen abgezogen hatte. Es brannte noch immer ein wenig an der Stelle. Aber mit der Kolumne war er sehr zufrieden.

Birte setzte sich unvermittelt an ihren Schreibtisch, schob den Salatteller beiseite und stützte die Hände auf die Tischplatte. Der fröhliche Moment war schlagartig vorbei. Sie sah Frank an und deutete ein Kopfschütteln an.

»Mmh. Etwas Unangenehmes.«

Frank verknotete die Hände vor der Hüfte.

»Du weißt, wir haben kein Geld.«

Ja, das wusste er. Er wurde schließlich nach Zeilentarif bezahlt, und der war so niedrig, dass er mit Grußpostkarten mehr verdient hätte. Auch das wusste er; schließlich hatte er sich sogar als Grußpostkartenautor beworben – unter anderem. Und seinen Arbeitsplatz bei der *Mira* musste er mit einer Praktikantin teilen.

»Die Männerkolumne ist natürlich das Erste, auf das eine Frauenzeitschrift verzichten kann. Schließlich sind bestenfalls drei Prozent unserer Leser männlichen Geschlechts.«

»Ich … ich kann auch etwas anderes schreiben«, versicherte er schnell. Verflucht, Birte wollte ihn rauswerfen. *Herzlichen Glückwunsch*, dachte er.

»Ja, aber wir sind eine *Frauen*zeitschrift. Wir haben Redakteurinnen. Und Leserinnen.« Sie betonte das *Innen*, als würde sie einem Mann des Mittelalters die Sprache des neuen Jahrtausends beizubringen versuchen.

Frank sah seine Felle wegschwimmen. Dieser Job war der erste und bisher einzige, den er seit seiner Promotion bekommen hatte. Es war sicherlich nicht sein Traumberuf, über Dinge zu schreiben, von denen er eigentlich nichts verstand oder die sogar *wehtaten*, aber es war immerhin ein Job. Er hob die Hände.

»Aber ich *verstehe* Frauen«, erklärte er und merkte, dass es ein wenig gestammelt klang, davon abgesehen stimmte es nicht wirklich. »Das ist überhaupt kein Problem. Also, Einfühlungsvermögen.« Er ließ das Wort verklingen, setzte aber nach, bevor Birte etwas sagen konnte. »Das habe ich. Ich habe auch drei Schwestern. Ich denke quasi wie eine Frau. Ich meine, ich könnte ja auch unter einem Pseudonym schreiben. Unter einem Frauennamen, irgendeinem.«

Er atmete tief durch und sah Birte an. Hoffentlich nicht zu mitleidheischend. Will ich das wirklich?, fragte er sich. Nein, lautete die Antwort. Aber ein Job ist besser als kein Job – und er brauchte das Geld.

»Frank, die Sache ist die«, sagte Birte und schüttelte langsam den Kopf. »Wenn ich jemanden brauche, der wie eine Frau schreibt, dann *nehme* ich eine Frau.«

Darauf fiel Frank keine Antwort mehr um, also nickte er kurz, drehte sich auf dem Absatz um und ging. Die Praktikantin hatte seine Notizzettel und den »Liebe ist«-Comic schon vom Monitor entfernt und gemeinsam mit der Ü-Ei-Figur in eine kleine Pappschachtel verfrachtet.

6.

Der Warteraum der Arbeits- oder Jobagentur, des JobCenters oder wie das Arbeitsamt auch immer gerade genannt wurde – Frank hatte in seinen Phasen als Arbeitssuchender drei Umbenennungen miterlebt – hatte wenig mit dem Büro gemein, aus dem er hierherkatapultiert worden war. Dutzende Menschen saßen auf harten, am Boden festgeschraubten Plastikstühlen, die Wände waren nasenschleimbraun angestrichen, in der Luft lag ein Aroma wie in einem vollbesetzten winterlichen Straßenbahnwagen. In mindestens zwölf Sprachen unterhielten sich die Wartenden lautstark, gelegentlich unterbrochen von Babygeschrei oder dem Gebimmel von Mobiltelefonen. Frank hatte die – leere – Aktentasche zwischen seine Beine gestellt, irgendwie war er der Meinung, eine Aktentasche würde sich gut machen, er trug sie bei solchen Gelegenheiten immer mit sich. Den Zettel mit seiner Terminvereinbarung hatte er auf dem Nachbarsitz abgelegt. Er starrte an die gegenüberliegende Wand, wo zerknickte Informationsblättchen aus einer Zettelbox heraushingen. Jemand platzierte ein angebissenes Sandwich auf seinem Terminzettel, und als Frank danach griff, erntete er den bösen Blick einer jungen Frau, die das Sandwich rasch wegnahm. Frank mied den Augenkontakt, um nicht noch deprimierter zu werden, nahm ein über die Schulter der Frau hängendes Baby kurz zur Kenntnis, fragte sich, ob dem Baby in dieser Position nicht schlecht werden müsse, schnappte sich seinen Zettel und stand auf. Er sah auf die Uhr, noch zehn Minuten, er ging trotzdem in die Richtung, in der das Büro der Job-Beraterin lag. Wenn sie immer noch Job-

Beraterin genannt wurde. Frank war in Gedanken versunken, deshalb bemerkte er den gutaussehenden grinsenden jungen Mann in weiter Hose und Hiphop-Hoodie nicht, der ihm zügig entgegenkam. Die beiden prallten aufeinander, der andere grinste weiter und ignorierte Frank, der sich dennoch entschuldigte.

»Renate Landkammer« stand auf dem Schild, der Schreibtisch wurde ansonsten von einem riesigen Röhrenbildschirm, einer orangefarbenen Kaffeekanne und einem dieser Siebziger-Lichtspiele beherrscht: einem Strauß leuchtender Glasfasern auf einer Lampe. Renate Landkammer war die personifizierte Gleichgültigkeit, eine schmucklose, aber nicht unattraktive Frau um die fünfunddreißig, deren Mimik kaum eine Gefühlsregung erkennen ließ. Ihr Äußeres erinnerte Frank ein klein wenig an die Titelheldin aus dem Film »Muriels Hochzeit«, allerdings konnte sich Frank kaum vorstellen, dass Frau Landkammer ABBA-Fan war. An allen Wänden des Büros befanden sich Regale, die mit Aktenordnern vollgestopft waren.

Die Job-Beraterin blätterte in Franks Akte und tippte dann auf der Computertastatur.

»Sie sind zweiunddreißig Jahre alt und haben noch nie wirklich gearbeitet?«, fragte sie mit diesem Unterton, den Kleidungsverkäufer benutzen, wenn sie »Ja, das steht Ihnen« sagen und das Gegenteil meinen.

»Ich habe erst vor einem halben Jahr meinen Doktor gemacht.«

»In was noch mal?«

»Philologie.«

Die Beamtin zog die Stirn kraus. »Nietzsche, Hegel und so?«

Frank schüttelte langsam den Kopf und fragte sich, ob es eine gute Idee war zu widersprechen. »Das sind Philosophen. Ich habe in Philo*logie* promoviert.«

»Sicher«, sagte sie und tippte wieder etwas in ihren Computer.

Er war versucht, eine Erklärung über die verschiedenen Disziplinen der Geisteswissenschaften abzugeben, was er in den letzten Monaten und Jahren häufiger hatte tun müssen, entschied sich aber dagegen. Stattdessen griff er in das Lichtspiel auf dem Schreibtisch, das sofort wie wild zu wackeln begann. Er hatte Schwierigkeiten, es wieder zur Ruhe zu bringen. Renate Landkammer schien das nicht wahrzunehmen.

»Haben Sie während der vergangenen zwei Jahre dreihundertsechzig Tage am Stück beitragspflichtig gearbeitet?«, fragte sie.

»Äh, nein. Eher nicht. Ich habe gejobbt und einige Praktika gemacht. Aber eine feste Anstellung hatte ich noch nicht.«

Jetzt blickte sie ihn ausdruckslos an.

»Wie stellen Sie sich das vor? Wie soll ich einen zweiunddreißigjährigen *Philosophen* vermitteln, der noch keinerlei Erfahrung hat?«

Frank hob die Hände, etwas zu rasch, und geriet wieder in das Lichtspiel, das dabei beinahe vom Schreibtisch pendelte.

»Ich weiß nicht«, sagte er, mit dem Dekorationselement kämpfend. »Ich würde vorübergehend auch etwas völlig anderes machen. Also bei der Müllabfuhr arbeiten oder so.«

Er biss sich auf die Lippe, denn er ahnte, was jetzt kommen würde. Renate Landkammer beugte sich vor.

»Das ist ein hervorragender Job bei der Müllabfuhr«, erklärte sie ohne eine Spur von Humor im Gesicht, aber im Ton einer Studienrätin, die Erziehungskonzepte erläutert. »Was glauben Sie, wie viele Leute gern bei der Stadt arbeiten würden?«

Fünf Minuten später stand Frank auf der Toilette der Arbeitsagentur, las Klosprüche wie: »Wäre es nicht schön, wenn sie

Profipisser suchen würden?«, »Wenn es auf die Länge ankäme, wäre ich Generaldirektor – und Du Pförtner« oder »Dies ist KEINE ABM-Maßnahme«, und ließ es laufen. Er ärgerte sich. Gut, er hatte gewusst, dass Germanisten nicht händeringend gesucht wurden, ganz im Gegenteil. Aber so schwierig und demütigend hatte er sich das nicht vorgestellt.

Er hörte ein Geräusch. Ein Seufzen, unregelmäßiges Atmen, dann Schluchzen. Frank machte einen halben Schritt zurück, weit genug, um an der Absperrwand vorbeisehen zu können, aber nicht so weit, dass er das Pissoir nicht mehr traf.

Am Waschbecken stand ein Mann in den Fünfzigern, gepflegt und solide gekleidet. Der Mann weinte.

Frank zog seine Unterhose zurecht, schloss den Reißverschluss und verließ den Waschraum, ohne sich die Hände zu waschen.

In der Cafeteria holte er sich einen Kaffee, den er auf eine Art Terrasse mitnahm, die man von der Kantine aus erreichen konnte. Draußen atmete er tief durch, es war kühl, aber die Luft war angenehm. Frank steckte sich eine Zigarette an, lehnte sich an die Balustrade, abwechselnd zog er an der Fluppe und trank einen Schluck Kaffee. Dann setzte er sich auf eine Bank und sah sich um.

Er dachte über das Wort »arbeitslos« nach, das erst seit dem Abschluss seiner Promotion Bestandteil seines aktiven Wortschatzes war. *Arbeitslos*. Okay, die Welt war heutzutage anders, Sabine hatte immerhin einen Job und keinen schlechten, aber er hatte *promoviert*, verdammt noch eins. »Literatur und Liebe um 1900: Die erotische Rebellion der Franziska zu Reventlow in der Schwabinger Bohème« war sein Dissertationsthema gewesen – er war ein Doktor, zwar keiner, der irgendeine Krankheit heilen konnte, aber er wusste wahrscheinlich mehr über die Literatur und ihre Abgründe als alle anderen hier. Was, zugegeben, wenig bedeutete, denn es gab kaum noch Menschen, die sich überhaupt dafür interessierten.

Plötzlich fühlte er sich beobachtet.

Frank sah sich um, und da stand eine Frau, Anfang, Mitte vierzig vielleicht, brünett, sehr gepflegt, in einem Kostüm, das nach Franks Schätzung in die Klamotten-Preiskategorien fiel, in denen sich Birte bewegte. Scheiß-Birte. Die Frau fixierte ihn, ihre Blicke trafen sich. Dann kam sie näher, erst zaghaft, dann sicherer voranschreitend, dabei holte sie einen Zettel aus der Tasche und schrieb etwas darauf. Sie stellte sich neben Frank und hielt ihm stumm, aber lächelnd den Zettel hin. Das Ganze hatte etwas James-Bond-Mäßiges.

»150 die Stunde?« stand auf dem Zettel. Frank las ihn, zwei Mal, vier Mal, doch er hatte nicht die leiseste Peilung, was die Frau von ihm wollte. Hundertfünfzig die Stunde? Er sah sie an, sie war nicht unattraktiv und machte nicht den Eindruck, als würde es ihr an irgendetwas mangeln, aber offenbar wollte sie Geld von ihm.

Für was?

»Ich habe kein Geld«, sagte er und hob die Hände. »Ich bin.« Er schluckte und sah zu Boden. Dieses Wort. »Ich bin arbeitslos«, ergänzte er leise.

»Ja, schon klar«, entgegnete die Frau, immer noch lächelnd.

Frank starrte wieder auf das Stück Papier und dann in das Gesicht der Frau. Langsam verstand er, worum es hier wahrscheinlich ging. Er war jung. Er sah nicht schlecht aus.

Diese Frau wollte ihn für Sex bezahlen! Wie zur Hölle kam sie auf diese Idee?

Trotz dieser Erkenntnis fiel seine Antwort eher unoriginell aus: »Äh. Was?«

Das Lächeln der Dame verrutschte ein wenig. Sie machte einen halben Schritt zurück, knüllte den Zettel in der Hand.

»Du bist doch Carsten, oder?«, fragte sie, offenbar etwas verunsichert.

Für eine Mikrosekunde war Frank versucht, »ja« zu sagen, aber gleichzeitig ratterte es in seinem Schädel. Sabine. Hundertfünfzig. Sabine. Hundertfünfzig. Er deutete ein Kopfschütteln an.

»Äh. Nein. F... F... Frank.«

»Oh.« Sie errötete leicht, lächelte aber wieder, nickte kurz und drehte sich auf dem Absatz an. Frank sah einen Mann in seinem Alter auf einem Stuhl sitzen, der sich suchend umschaute. Die Frau ging auf diesen Mann zu. Frank konnte nicht hören, was die beiden miteinander redeten, aber der Mann nickte kurz, als die Frau etwas zu ihm sagte, stand auf und ging mit der Zettelkostümtante davon.

Erst als die Glut seiner Zigarette den Filter erreichte und seinen Finger zu verbrennen drohte, merkte er, dass er immer noch auf den Stuhl starrte, auf dem der Mann gesessen hatte. Die Frau war nicht unattraktiv gewesen.

Hundertfünfzig die Stunde. Von einer Frau. An einen Mann. Für Sex. Verkehrte Welt.

Verblüfft und nachdenklich verließ Frank das Gelände der Jobagentur.

7.

Olli räumte in seinem Laden herum, wischte über Tresen und Regale, die längst sauber waren, schob ein paar Fläschchen hin und her. Seit fast anderthalb Stunden hatte er geöffnet, aber es hatte ihm noch kein Kunde die Ehre gegeben.

Stattdessen kam Gy herein.

Gy, der Polizist, und Frank, der Philologe, waren Schulkameraden gewesen, hatten gemeinsam die Grundschule und anschließend das Gymnasium besucht, bis zur zehnten Klasse, nach deren Beendigung sich Gy, der damals sehr zu seinem Leidwesen noch »Günni« genannt wurde, von der Oberschule verabschiedete und eine Laufbahn als Polizeibeamter einschlug. Es war ihm kaum etwas anderes übriggeblieben; Gy alias Günni hatte mit Beginn der Mittelstufe sein Interesse für die weiblichen Mitschüler und sein Desinteresse für akademische Fragen entdeckt. Frank hatte sein Bestes versucht, um den Freund mitzuziehen, aber Gy hatte einfach keinen Draht für Physik, Chemie, deutsche Literatur, Latein oder gar die Feinheiten der französischen Sprache. Stattdessen quatschte er in den Schulpausen alles an, was mehr als fünfzig Prozent weiblicher Hormone hatte, meistens erfolgreich, und erwarb sich schnell jenen Ruf, den er später als Polizist festigte. Der Abgang fiel ihm nicht sonderlich schwer.

»Ich heiße ab sofort Gy«, hatte Günni verlautbart, als sie sich am letzten Schultag in der zweiten Pause bei »Paul« trafen. Paul war der Inhaber eines Kiosks etwa zweihundert Meter vom Schulgelände entfernt, und obwohl keiner der Schüler den mysteriösen Paul jemals gesehen hatte, wurde der kleine Süßwarenladen, in dem es auch belegte Brote, heiße Frankfurter, Zeitschriften und – natürlich offiziell nur für Volljährige – Zigaretten zu kaufen gab, trotzdem von allen »Paul« genannt. Olli arbeitete dort schon so lange, wie Gy und Frank auf das Gymnasium gingen, und die beiden hatten schnell Freundschaft geschlossen mit dem etwa zehn Jahre älteren jungen Mann, der immer fröhlich zu sein schien, sich besondere Mühe mit den belegten Broten gab und davon schwärmte, bald, spätestens in ein paar Jahren, ein Restaurant mit ganz besonderer Küche zu eröffnen.

»Gy?«, hatte Olli stirnrunzelnd gefragt.

»Klingt einfach viel cooler als Günni.«

Selbst Frank hatte da zustimmen müssen. Günni war wirklich ein saudoofer Spitzname, der zudem nach altem Mann in Sandalen und Schießer-Feinrippunterhemd klang, und Frank hatte sich schon immer darüber gefreut, dass es von seinem eigenen Namen keine verunstalteten Diminutive gab. Einige Mitschüler hatten es mit Franky, Franki oder sogar Fränkchen versucht, aber durchgesetzt hatte sich das glücklicherweise nicht.

Gy und Frank hatten »Paul«, eigentlich jedoch Olli auch nach der Schulzeit die Treue gehalten, ganz automatisch und ohne großartige Verabredung. Und umgekehrt war es genauso gewesen.

Gy grüßte und wanderte dann wie ein Tiger im Käfig vor dem Tresen auf und ab, während er mit seiner Zunge im linken Wangenbereich herumstocherte.

Olli beobachtete ihn, machte dabei liebevoll ein paar belegte Brötchen zurecht.

»Was ist?«, fragte er schließlich.

Gy lehnte sich über den Tresen und sah auf das reichlich belegte Sandwich.

»Ich hab Hunger«, sagte er.

Olli hob die Hände. »Gy, das ist ein Geschäft. Ich lebe davon, dass Leute für das Essen bezahlen.«

»Tust du nicht.«

»Ja, aber ich würde gern davon leben.« Er verzog das Gesicht.

»Mensch, ich habe den ganzen Tag noch nichts gegessen«, erwiderte Gy. »Und wenn ich jetzt hungrig zur Arbeit gehe, das ist doch auch nix. Nachher verhafte ich jemanden, nur weil er satt aussieht.«

»Ich verstehe das nicht«, sagte der Feinkosthändler, wischte sich mit den Händen über die Schürze und blickte zur Tür, als könnten dort jederzeit Hunderte kaufwilliger Menschen auftauchen. »Du bist doch Beamter. Du verdienst doch gut.«

»Hast du eine Ahnung«, nuschelte Gy an seiner Zunge vorbei. »Außerdem – meine Zähne. Der einzige, der wirklich gut verdient, ist mein Zahnarzt. Ich bin so gut wie pleite.«

Gy lächelte das Lächeln, das er auch bei Frauen aufsetzte. Olli antwortete nicht und sah ihn misstrauisch an.

»Schau. Du schmeißt doch jeden Abend Essen weg. Zieh's einfach von dem ab, was du wegwirfst.«

Olli seufzte, hob abwehrend die Hände und ging zum anderen Tresen. »Okay, okay, okay«, sagte er dabei. »Ich gebe dir was, bevor du mir noch zehnmal erzählst, dass mein Laden schlecht läuft.«

Gy kam ihm hinterher.

»Ob du's glaubst oder nicht, das weiß ich nämlich selber«, sagte Olli, legte ein Besteck auf den Tresen und reichte Gy einen Teller mit einem frisch zubereiteten Sandwich. Der Polizist ignorierte das Besteck, stopfte sich, als Olli zur Seite sah, noch rasch ein paar Landjäger in die Jackentasche und nahm zwei hastige Bissen.

In diesem Moment kam Frank herein. Er hatte den weißen

Schal, den ihm Sabine zur Promotion geschenkt hatte, vor dem Hals verknotet, was ihm etwas Bohemienhaftes verlieh, den Intellektuellen hervorhob. Es war kühler geworden.

»Servus«, sagte Gy kauend.

»Servus«, grüßte Frank und warf einen melancholischen Blick in die Auslagen des Feinkostgeschäfts. Er zog die Schultern hoch.

Olli betrachtete ihn, Frank sah nicht gerade glücklich aus.

»Was ist?«, fragte er ihn.

»Ich bin ...« Frank blickte zu Gy, dann zu Olli. »Ich bin arbeitslos.«

»Wie?«, fragte Gy wie Männer »Wie« fragen, wenn Frauen vorschlagen, spazieren zu gehen.

»Sie brauchen keine Männerkolumne mehr.«

»Ach du Scheiße«, murmelte Gy. Er hatte das Sandwich fast vertilgt.

»Und jetzt?«, fragte Olli. Er sah Frank mitleidig an, dann Gy, der sich die Finger ableckte und gleichzeitig, vermutlich wegen seiner Zähne, das Gesicht verzog. Wir sind schon eine Runde, dachte er. Arbeitslos, erfolglos, pleite. Nicht gerade Gewinner. Eher im Gegenteil.

Frank lockerte den Schal. »Mit arbeitslosen Germanisten kann man die Straßen pflastern. Ich meine, wer braucht schon Leute, die einfach alles über die Liebesaffären von Schwabinger Literaten wissen?«

Gy grinste verhalten. Er erinnerte sich an die langen Gespräche, die Frank und er, meistens bei einigen Bierchen, zum Thema »Wahl des Studienganges« geführt hatten. Frank hatte energisch behauptet, es wäre egal, was man studiert, Hauptsache, man sei gut, also besser als die anderen, und irgendwann hatte Gy seine Gegenwehr aufgegeben, um den Freund nicht zu entmutigen – aber genau *das* waren damals seine, Gys, Worte gewesen: »Mit arbeitslosen Germanisten kann man die Straßen pflastern.«

»Vielleicht bleibe ich erst mal zu Hause und mache den Haushalt«, sinnierte Frank. Er fand die Idee nicht einmal schlecht. Den Haushalt machte er gern; er liebte es, wenn Sabine nach Hause kam und sich über die saubere, aufgeräumte Wohnung freute. Und er mochte es, ihren Kram zu sortieren, mehr als dreißig Paar Schuhe, die er häufig putzte, ohne dass Sabine davon Kenntnis zu nehmen schien, oder die Dutzenden von Tuben, Döschen und Tiegeln mit Inhalten wie »Lancôme Scrub Énergisant Aroma Tonic« und »Youth Energizing Care With Microactive Gold by Helena Rubinstein« in Reih und Glied zu stellen ebenso wie die exakt gleich aussehenden Kosmetikartikel, auf denen sich kaum lesbare Aufschriften wie »Jade Maybelline Expert Eyes Kajal Eye Liner« und ähnliche Wunderbezeichnungen befanden. Manchmal, wenn er sich unbeobachtet fühlte, probierte er etwas von dem Zeug aus, versuchte herauszufinden, worin etwa der Unterschied zwischen seinem Discounter-Rasierschaum und dem fünfmal so teuren von Sabine bestand, allerdings ohne zu einem Ergebnis zu kommen.

»Wie? Du putzt das Klo, und deine Frau geht zur Arbeit?«, fragte Gy mit einem unverhohlen sarkastischen Unterton.

Frank war dabei, die Jacke auszuziehen und seine Aktentasche abzustellen. Er drehte sich zu seinem Freund. »Hausmann ist doch auch ein Beruf«, erklärte er.

Gy lachte. »Ach echt? Und bekommst du dann auch Gehalt? Und was ist mit Krankenkasse? Rentenbeiträgen? Weihnachtsgeld?«

Der arbeitslose Philologe kam zum Tresen herüber und zuckte mit den Schultern. »Wenn wir alle so über Hausarbeit denken, dann kriegen wir bald überhaupt keine Kinder mehr.«

Gy verschluckte sich fast an seinem letzten Bissen. »Ach, die kriegst dann auch du?«

Frank verzog das Gesicht. Klar, er hätte nicht seinen Doktor machen müssen, um die Wohnung sauberzuhalten, aber er sah im Moment keine Alternative.

Olli hatte inzwischen einen Teller für Frank vorbereitet, das schadete auch nichts mehr, dachte er sich, irgendwie hatte Gy ja recht – er würde das gute Essen sowieso wegwerfen müssen. Wenn nicht bald etwas geschah, und zwar in der Kategorie »Wunder«, würde er sich kein Essen zum Wegwerfen mehr leisten können, dachte er dabei.

Frank nahm den Teller und nickte dankbar. »Ich war gerade auf dem Arbeitsamt. Es gibt überhaupt keine Jobs, weder für mich, noch für irgendwen. Das ist total sinnlos.« Er sah seinen Teller an und zog die Stirn in Falten. »Mmh. Aber ich habe etwas Merkwürdiges gesehen. Da sitzen Männer, auf der Terrasse vom Arbeitsamt, die lassen sich von Frauen mit nach Hause nehmen.«

Gy öffnete den Mund, sagte aber nichts.

»Mir hat eine hundertfünfzig Euro pro Stunde geboten«, beendete Frank die Geschichte und nahm im Gegensatz zu Gy seinen ersten Happen mit Messer und Gabel.

»*Dir?*«, platzte der Polizist heraus.

»Hundertfünfzig Euro?«, staunte Olli gleichzeitig.

»*Dir?*«, wiederholte Gy und sah Frank von oben bis unten an, aber anders, als er das bei Frauen tat. Nicht mit dem *BHBBG*.

»Ja, hundertfünfzig Euro. Warum nicht? Ist das bei mir so unvorstellbar?« Frank fühlte sich ein wenig in seiner Ehre verletzt.

»Ist ja unglaublich«, sagte Olli, womit er weniger meinte, dass es bei Frank unglaublich war, sondern eher grundsätzlich. Natürlich hatte er schon davon gehört, dass es Frauen gab, die sich Männer bestellten, für Sex und so. Aber hier? Und auf der Terrasse des Arbeitsamts? Im leuchtenden München? Der nördlichsten Stadt Italiens?

»So weit ist es schon gekommen«, dozierte Frank. »Wir lassen uns von Frauen mit nach Hause nehmen, für Geld.« Er pausierte kurz und sah die beiden an. »Würdet ihr so was machen?«

»Natürlich«, antwortete Gy sofort und nickte heftig. Ficken war immer gut, und Geld schadete auch nie.

»Natürlich *nicht*«, kam gleichzeitig von Olli.

Sie schwiegen einen Moment, ließen den ungewöhnlichen Gedanken etwas sacken. »Du würdest so etwas nicht machen?«, fragte Gy, an Olli gerichtet.

Der zog die Stirn kraus und lächelte dann schief. »Nee. Also, na gut.« Er stützte sich auf den Tresen, lehnte sich aber gleich wieder zurück und verschränkte die Arme vor der Brust. »Warum eigentlich nicht? Besser Sex für Geld als kein Sex und kein Geld.«

Die drei Männer sahen sich an, Gy und Olli lächelten, aber Frank schüttelte langsam den Kopf, wobei er zu dem Stuhl sah, über den er den Schal von Sabine gehängt hatte.

8.

Der Umkleideraum trug bei den männlichen Polizeibeamten die Bezeichnung »Fotolabor«, weil es hier mehr Bilder von gutaussehenden Frauen gab als in einer Ausgabe der *Mira*; die weiblichen Kollegen nannten ihn schlicht »Stall«. Es roch sehr nach verschwitzten Körpern, nach Füßen, die zu lange in Slippern gesteckt hatten, nach billigem Parfum und vermeintlich wunderwirkenden Deosprays. Phillip, ein junger Kollege von Gy, der wie alle hier auf den Axe-Effekt schwor, ohne ihn je erlebt zu haben, öffnete seinen Spind. Die Innenseite der Tür war mit einem Werbeposter der Polizeibehörde bedeckt: »Bei uns sind Sie richtig!« stand in großen Lettern darauf geschrieben. Phillip sah sich kurz um, dann zog er das Poster an einer Ecke ab. Mehrere Faltbilder aus dem *Playboy* kamen darunter zum Vorschein, wohlgestaltete junge Frauen mit samtiger Haut und autobahnlangen Beinen. Bei einigen der Bilder waren die Gesichter der Models mit ausgeschnittenen Passfotos junger Kolleginnen überklebt. Phillip nahm einen Schnipsel Papier aus der Tasche, leckte die Rückseite an und klebte das Foto der neusten Kollegin, die Daphne hieß, wie er vom Dienstleiter erfahren hatte, über das Gesicht von Miss März.

Gy kam in den Umkleideraum und grüßte nickend. Phillip grüßte zurück, warf einen kurzen Blick auf Miss März und sagte zu Gy: »Das war ja klar, dass du mit der gleich die erste Schicht fahren darfst.«

Gy grinste, tippte sich kurz mit dem Zeigefinger an die Brust und ging hinaus. Phillip starrte noch einen Moment auf das umgestaltete Bild. Sah gut aus, dachte er sich. So oder so.

Daphne stand im Hof der Kaserne, lehnte am Streifenwagen, und rauchte eine Zigarette. Gy führte kurz den BHBBG-Check durch, als er näher kam: Brust-Hüfte-Beine-Brust-Gesicht. Wegen der langen Uniformjacke und der weiten Hose konnte er nicht allzu viel erkennen, aber die neue Kollegin schnitt trotzdem recht gut ab. Blonde Haare, zu einem Zopf geflochten, markantes Gesicht. Gy überlegte, wie lange er wohl brauchen würde, sie zum Kaffeetrinken bei sich zu Hause zu überreden. Es war schwer abzuschätzen, denn Daphne schien ihn kaum wahrzunehmen. Dennoch. Statistisch gesehen würde er maximal eine halbe Stunde benötigen. Und mehr als eine ganze Stunde hatte er noch nie gebraucht. Kein einziges Mal.

»Servus«, sagte er.

»Servus, ich bin die Daphne.«

»Ich bin der Gy.«

Sie war schon in der Bewegung zum Auto, drehte sich aber jetzt um: »Was?«

»Gy, wie früh, nur mit G«, erklärte er quasi automatisch.

Daphne wandte sich wieder dem BMW-Streifenwagen zu.

»Ach, von Günther«, stellte sie fest.

Gy verzog das Gesicht, aber Daphne sah ihn längst nicht mehr an. *Günther*. Wie er diesen uncoolen Namen hasste. Da war ihm das *Burscherl* seiner Mutter fast noch lieber.

»Ja«, antwortete er säuerlich, ohne dass Daphne es zu bemerken schien. Die war nämlich gerade damit beschäftigt, die Fahrertür zu öffnen. »Ich fahre!«, setzte er rasch nach.

Sie hielt in der Bewegung inne. »Wieso?«

Wieso? Was fragte ihn diese Frau? Natürlich fuhr er, Männer fuhren immer, und Frauen bedienten, auf dem Beifahrersitz hockend, nicht existente Bremspedale. So war das. Autos, vor allem schnelle Autos, waren Männersache, genau wie Biertrinken, Fußballgucken und Frauenanmachen.

»Ich fahre gern«, erklärte er schwach, weil ihm nichts Besseres einfiel.

Daphne nickte. »Ich auch.« Mit diesen Worten öffnete sie die Fahrertür und setzte sich in den Fünfer, auch noch Gys Lieblingsdienstwagen.

»Darf ich wenigstens noch einsteigen?«, grummelte er.

Daphne musterte ihn, als er sich, absichtlich etwas umständlich, den Gurt anlegte, und fuhr los.

Als Daphne den Wagen vom Hof gelenkt hatte, zog Gy einen der bei Olli geklauten Landjäger aus der Jackentasche. Er nahm einen herzhaften Bissen, das Wageninnere füllte sich mit dem Geruch von Salami. Daphne warf ihm einen missbilligenden Blick zu, aber er ignorierte sie.

»Schalt mal in den vierten Gang rauf«, empfahl er stattdessen.

Sie sah ihn nicht einmal an. Schweigend fuhren sie eine Weile, auf eine Ampel zu, die sicher bald auf Gelb schalten würde. Daphne machte keine Anstalten, den Wagen zu beschleunigen, dabei war das doch eine klare Sache. Rot – anhalten. Grün – fahren. Gelb – sehr schnell fahren.

»Komm, ist grün«, mahnte er.

Sie gab etwas Gas, warf ihm einen kurzen Blick zu. Die Atmosphäre im Wagen war nicht gerade prächtig.

»Runterschalten, Motorbremse«, empfahl Gy etwas später. Er hasste es, vom Beifahrersitz aus Fahrstunden erteilen zu müssen. Er hasste es überhaupt, auf dem Beifahrersitz zu sitzen. Das war der angestammte Platz für weibliche Insassen.

»Hör mal, mich nervt das«, erklärte Daphne, ohne ihn anzusehen. »Könntest du bitte damit aufhören, mir die ganze Zeit Anweisungen zu geben?« Dabei nahm sie ihre Uniformmütze vom Armaturenbrett und warf sie entrüstet auf die Rückbank.

Gy grinste in sich hinein. »Du fährst halt nicht so wahnsinnig gut.«

Sie warf ihm einen wütenden Blick zu. »*Was?* Ich werde sonst immer gelobt, weil ich so umsichtig fahre.«

Wahrscheinlich von anderen Frauen, dachte Gy. Er sah zum Kardantunnel.

»Und warum hast du dann die Handbremse angezogen?«

Daphne sah ihn kurz an, dann blickte sie ebenfalls zwischen den Sitzen hinab. Sie hatte tatsächlich vergessen, die Handbremse zu lösen. Gy grinste und nahm einen weiteren Bissen, als Daphne ihren Fehler korrigierte. Frau und Auto haben nur das *Au* gemeinsam, dachte er, während er mit der Zunge die Wurststücke auf die richtige Mundseite schob.

Ein paar Minuten später hatten sie die Gegend erreicht, in der sie Streife fahren sollten, aber Daphne machte keine Anstalten, abzubiegen.

»Da rechts rein«, befahl Gy mehr als er es sagte.

»*Bitte.*«

Wofür?, fragte sich Gy.

»Bitte was?«, erkundigte er sich.

Sie sah zu ihm herüber, seit der Handbremsensache war er etwas besser gelaunt.

»Du könntest bitte sagen, wenn du willst, dass ich etwas mache«, erklärte sie.

Natürlich. Er könnte es ihr auch schriftlich geben. War es sein Problem, dass der Falsche am Steuer saß?

»Ist doch völlig wurst, ob ich das sage oder nicht. Bitte, danke, guten Tag. Da rechts hinein.«

»Wenn es wurst ist, dann schadet es doch auch nicht, wenn du es sagst, oder?«

Gy hatte mal gehört, dass Frauen im Gegensatz zu Männern dazu in der Lage sein sollten, mehrere Dinge gleichzeitig zu tun. Für Daphne galt das offensichtlich nicht. Während ihrer kurzen Höflichkeitsdiskussion war sie deutlich zu nahe an die Parkspur herangefahren. Gy zog laut hörbar Luft durch die Zähne ein, was er besser hätte nicht tun sollen, denn der kalte Luftstrom schmerzte sein einseitig angegriffenes Gebiss.

»Keine Sorge, ich habe alles im Griff«, sagte Daphne und lächelte. Sie setzte endlich den Blinker und bog rechts ein.

»Komm, fahr zu«, setzte Gy nach, als Daphne nur sehr gemächlich in die Seitenstraße einfuhr. Langsam machte ihm dieses Spielchen richtig Spaß.

»Mann, du machst mich ganz narrisch«, blaffte sie ihn an. »Ich fahre schon so, wie ich fahre.« Dabei sah sie ihn wütend an.

Und dann krachte es.

Daphne war auf ein wartendes Taxi aufgefahren.

Die Heckpartie des Daimlers war redlich eingedrückt, die Front des Polizei-Fünfers sah ebenfalls ziemlich mitgenommen aus. Die Straße war mit Glasscherben übersät, aus dem BMW tropfte Kühlerflüssigkeit auf den Fahrbahnbelag. Daphne ging zwischen den beiden Autos hin und her, dabei fluchte sie.

»So eine Scheiße!« Sie funkelte Gy an. »Ich hab mir gleich gedacht, dass das nichts wird. Das ist alles deine Schuld!«

Gy starrte sie verblüfft an. *Seine* Schuld? Was konnte er dafür, dass Frauen zu blöd dafür waren, etwas so Einfaches wie Autofahren zu beherrschen?

»*Bitte?*«, fragte er deshalb.

»Ja, weil du die ganze Zeit an mir herumkritisierst!«, schrie sie. Aha, jetzt auch noch Hysterie, dachte Gy. »Ich werde sonst immer gelobt, weil ich so umsichtig fahre!«, wiederholte sie wütend.

Verstehe einer die Weiber, sagte sich Gy nicht zum ersten Mal. Hatte er am Steuer gesessen? War er in ein abgestelltes Taxi gerast? Keinesfalls.

»Umsichtig, aha«, sagte er leise, wobei er die Schäden an den beiden Fahrzeugen taxierte. So also sah sie aus, diese weibliche Umsichtigkeit. Eine ganz schön teure Angelegenheit, insgesamt betrachtet.

Daphne hob die Hände und ging zum Streifenwagen. »Jetzt sind wir schon mal da«, wetterte sie weiter. »Da können wir den Unfall auch gleich aufnehmen. Du bist mein Zeuge. Holst du den Taxifahrer. *Bitte.*«

Zwei Stunden später saßen sie bei Rainer, dem Dienststellenleiter, den alle Party-Rainer nannten, weil seine Lieblingsbeschäftigung darin bestand, Betriebsfeiern zu planen. Gy fragte sich, warum er dazugerufen worden war. Schließlich hatte Daphne den Unfall gebaut. So was Dusseliges, dachte er immer noch. Wie konnte man in ein verdammtes abgestelltes Taxi hineinkrachen? Dazu waren nur Frauen in der Lage. Doch er sagte lieber nichts in dieser Richtung. Auf dem Revier erzählte man sich nämlich, dass der Dienststellenleiter mit einer hyperemanzipierten Furie verheiratet war, die ihm schon die Hölle heiß machte, wenn er nur das Wörtchen »man« in einem Satz benutzte. Nicht zuletzt deshalb kümmerte er sich so gern um die Freizeitgestaltung, wie er das nannte. Und irgendwie hatte diese Emanzipationssache auf ihn abgefärbt. Steter Tropfen.

Rainer blätterte durch das Unfallprotokoll. Dann sah er Gy und Daphne abwechselnd an, wobei er den Kopf schüttelte.

»Das tut mir sehr leid, aber bei Fahrlässigkeit übernimmt die Polizei den Eigenanteil nicht«, erklärte er. Allerdings nicht Daphne – sondern Gy. Verblüfft starrte der Polizist seinen Vorgesetzten an. Hallo? Die Unfallfahrerin saß links von ihm!

»Musste das denn sein, dass man der Kollegin schöne Augen macht und sie dadurch vom Fahren abhält?«, fragte Rainer und grinste hämisch.

»Ach«, staunte Gy. »Jetzt bin ich schuld, oder was?«

Er sah die beiden anderen an, offenbar war das eine feststehende Tatsache. Natürlich. Wenn ein Mann dabei war, während eine Frau Scheiße baute, war automatisch der Mann verantwortlich.

»Sechstausend Euro«, sagte Rainer, wobei er die Zahl genüsslich dehnte. »Das sind dreitausend für jeden, wenn ihr euch das teilt.«

Daphne starrte zu Boden, und Gy wusste nicht, wo er hinsehen sollte. Dreitausend Euro? Für was? Er hatte doch nur brav auf dem Beifahrersitz gehockt und seiner unfähigen Kollegin dabei geholfen, halbwegs voranzukommen. Okay, das war ein fruchtloses Unterfangen, er hätte es eigentlich wissen müssen. Seine Mutter hatte ihr *Burscherl* sogar einmal mitten auf der Landstraße ausgesetzt, als er ihr fortwährend in den – absolut grausigen – Fahrstil hineingeredet hatte.

Und jetzt das.

Drei Riesen.

Das mit seinen Zähnen könnte er wohl endgültig vergessen.

Rainer schüttelte langsam den Kopf, das Gespräch war offenbar beendet.

»Aber das Geld für die Stripperin bei der Faschingsfeier hat die Polizei wohl noch, oder?«, fragte Gy.

Rainer grinste. Natürlich. *Dafür* war immer Geld in der Kasse.

9.

Olli reinigte die Auslagen. Langsam tat er den ganzen Tag über nichts anderes mehr, als sauberzumachen. Es war früher Nachmittag, und außer einem verirrten jungen Mann, der Fladenbrot kaufen wollte und das offenbar für »Deutsche Feinkost« hielt, wie unübersehbar im Schaufenster zu lesen war, hatte es keine Kundschaft gegeben. Der Feinkosthändler, dem keiner etwas abkaufte, betrachtete wehmütig die Vorspeisenteller, die er angerichtet hatte. So viel Mühe, und es war ja auch lecker, was er zubereitete.

Aber das interessierte niemanden. Dabei war *er* es gewesen, der die Kombination süß-scharf für Nachspeisen entdeckt hatte, lange bevor sie zum Trend wurde. Er hatte Hunderte von Kilometern zurückgelegt, bis er eine bestimmte, hocharomatische Sorte Zwetschgenmus gefunden hatte, die einem auf frischem Bauernbrot zusammen mit einem Hauch Rahmbutter schlicht die Sinne vergehen ließ.

Und er legte besonderen Wert auf eine sinnliche Gesamtkomposition: Auge, Mund und Nase aßen mit, fraglos, aber was er täglich bewies, ohne dass sich jemand dafür interessierte, war, dass man mit gutem, feinem Essen, das mit Liebe zubereitet wurde, lustvolle Wonnen heraufbeschwören konnte. Und all das ohne Austern, Kaviar, Meeresfrüchte und diesen hochnäsigen Firlefanz.

»Du kompensierst irgendetwas mit deiner Kocherei«, hatte Frank einmal gesagt und dabei die Augenbrauen hochgezogen. Olli hatte dazu geschwiegen, aber im Geist zugestimmt.

Die Türglocke ertönte, Olli fuhr herum und setzte ein gewinnendes Lächeln auf, das sofort wieder in sich zusammenfiel, als er sah, wer das »Deutsche Feinkost« betreten hatte. *Diesen* Kunden bediente er äußerst ungern. Es war ein älterer Herr mit Kassenbrille, C&A-Lederjacke und schütterem Haar: der Gerichtsvollzieher vom Finanzamt München-Süd. Olli nannte ihn bei sich »den Geier«. Natürlich war das ein bisschen ungerecht, aber andererseits hatte sich der Mann den Job ja ausgesucht.

»Grüß Gott«, sagte Olli gequält.

»Grüß Gott«, antwortete der Gerichtsvollzieher und blickte sich im Laden um. Es dürfte ihm nicht entgangen sein, dass sie beiden die einzigen Menschen im »Deutsche Feinkost« waren, dachte der Ladenbesitzer.

»Tut mir leid, dass ich schon wieder hier stehe«, behauptete der Beamte, doch seine Mimik widersprach seinen Worten. Olli sah sich hilfesuchend um, aber Geld gab es in seinen Auslagen natürlich keines.

»Wenn Sie in den nächsten vier Wochen Ihren Zahlungen nicht nachkommen, wird der Laden zwangsgeräumt«, erklärte der Geier.

Olli nickte langsam.

»Tut mir leid«, wiederholte der Beamte, wobei er auf die von Olli liebevoll dekorierten Vorspeisenteller stierte. Olli nickte wieder, bemerkte den Blick des Gerichtsvollziehers und reichte zögernd einen Teller über den Tresen. Der Mann nahm ihn hastig und begann sofort, herzhaft zuzulangen.

»Tut mir leid«, wiederholte er dabei abermals, mit vollem Mund. »Sehr lecker«, setzte er hinzu, aber Olli war nicht dazu in der Lage, sich über das Kompliment zu freuen. Ganz im Gegenteil. Als sich der Geier dem Ziegenfrischkäse an Blaubeeren mit Pfeffer-Honig-Walnussöl-Dressing zuwandte, einer Kreation, mit der Olli während seiner Lehre alle Gäste des Hotels und sogar seinen Lehrmeister Henri begeistert hatte, lief es dem Feinkosthändler kalt den Rücken herunter. Er war kurz davor, dem mampfenden Geldeintreiber den Teller aus der Hand zu schlagen, gab dem Gefühl dann aber doch nicht nach.

10.

Sabine saß auf dem Klo, aber sie hatte die Tür offen gelassen, wie sie das immer tat. Der kleine Raum enge sie zu sehr ein, sagte sie, wenn Frank sich beschwerte. Er war in der ebenfalls recht winzigen Küche und sammelte Wäsche vom Ständer.

»Meine Kolleginnen haben deine Bikiniwachs-Kolumne gelesen und sich total darüber amüsiert«, rief Sabine.

Frank lächelte, so richtig freuen konnte er sich allerdings nicht, weil er an Birte und seine Entlassung denken musste. Er nahm den Wäschekorb und marschierte ins Wohnzimmer.

»Echt?«, vergewisserte er sich dabei in Richtung Bad.

»Vielleicht kannst du die Kolumnen ja zusammenstellen und das Ganze als Buch herausgeben«, schlug Sabine vor, was ein wenig im Geräusch der Klospülung unterging.

»Wer soll das denn lesen?«, fragte er mehr sich selbst, aber ein wenig schmeichelhaft fand er den Gedanken schon. Andererseits glaubte er kaum, dass ihm der halsabschneiderische Verlag das Recht dazu einräumen würde. Trotz der kläglichen Bezahlung gehörte denen alles, was Frank für die *Mira* geschrieben hatte.

»Viele!«, sagte Sabine und kam ins Wohnzimmer. »Die sind witzig, wirklich.«

Frank hatte den Wäschekorb abgestellt, nahm die einzelnen Stücke heraus, faltete sie und ordnete sie in verschiedenen Stapeln an: Sabines Unterwäsche, was eine Aufgabe für sich war; ihre Slips waren so *winzig*, dass er sich fragte, wie sie die überhaupt anbekam – ein Thema, das auch bei Strumpfhosen eine Rolle spielte –, und wogen geschätzt knapp ein Zehntel dessen, was seine bunten, ausgeleierten Boxershorts auf die Waage brachten, und die Strings konnte man kaum glätten, weil es dazu einfach nicht genug Stoff gab. Bei den BHs war er sich nie sicher, wie er sie zusammenlegen sollte, einmal hatte er die Körbchen geknickt, um einen sauberen Stapel hinzukriegen, worüber sich Sabine lange und ausgiebig geärgert hatte. Ihre Oberbekleidung, seine Oberbekleidung, Handtücher. Es war, von den kleinen Schwierigkeiten abgesehen, eine wunderbar kontemplative Tätigkeit. Er mochte das, es war überschaubar, es gab keine Chefwäschesortiererin, die ihm erklären könnte, dass sie keinen promovierten, männlichen Wäschesortierer mehr brauchte. Frank erledigte Hausarbeiten ohnehin sehr gern. Manchmal, wenn er sich dabei in irgendeiner reflektierenden Fläche gespiegelt sah, war ihm für einen kurzen Moment, als würde er Frauenkleider tragen. Diesen Gedanken allerdings mochte er nicht so gern.

»Hast du die alle sortiert?«, staunte Sabine und zeigte auf die akribisch angeordneten Wäschestapel. Frank nickte und war tatsächlich ein bisschen stolz dabei.

Sie grinste, griff nach einem sorgfältig gefalteten Handtuch. »Und wenn ich das jetzt nehme«, sagte sie spitzbübisch. »Und von hier nach dort lege ...«

»Mmh«, protestierte Frank und griff nach dem Wäschestück. »Gib mal her!«, Sabine entzog sich ihm. »Gib mein Handtuch her!«, forderte Frank, aber Sabine lachte nur. Sie jagten sich durch das Zimmer, Sabine ließ sich schließlich rücklings auf das Bett fallen und bedeckte ihr Gesicht mit dem Geschirrtuch.

Sie lachte, und Frank musste jetzt auch lachen. Er legte sich zu ihr. Sabine, seine wunderschöne Sabine. Blond, klug, selbstbewusst – und die seine. Er liebte sie und war jeden Tag von Neuem glücklich, dass diese wunderbare Frau ihr Leben mit ihm teilte. Zärtlich schob er sich über sie und küsste ihren Hals. Dann ihre Wangen. Dann ihren Mund. Sabine kicherte.

11.

Es war fast dunkel draußen, Olli stand hinter seinem Tresen und sah auf die Uhr. Natürlich würde niemand mehr kommen, wie auch den ganzen Tag niemand gekommen war. Er sah seine Nachspeisenkreation an, Johannisbeerpfannkuchen in Vanillespiegel mit frischen Erdbeeren. Fünf Teller hatte er davon vorbereitet, und sie standen noch immer da, wie bestellt und nicht abgeholt. Seufzend nahm er den ersten, trat auf den Öffnungsmechanismus seines Mülleimers und schob die Portion vom Teller. Das tat weh. Als würde er seine Kinder im Wald aussetzen, weil nicht genug Geld mehr da war, um sie durchzufüttern. Olli schämte sich. Das war die traurigste Tätigkeit, die er sich vorstellen konnte.

Gy kam die Straße herauf, in der das »Deutsche Feinkost« lag. Er rauchte hastig, und er konnte nichts anderes denken als »dreitausend Euro«. Verflucht, diese dusselige Kuh. Jetzt hatte er nicht nur Probleme damit, dass seine Zähne schmerzten und seine Geldbörse leerer als sein knurrender Magen war, er musste auch noch drei Riesen abdrücken, die er nicht besaß, weil diese junge, energische und nicht ganz reizlose Kollegin zu blöd zum Autofahren war.
    Wie bitte?, fragte er sich, als er dem Gedanken nachhing. Tatsächlich.
    Sie hatte was.
    Bei allem Ärger gefiel ihm Daphne.
    Irgendwie.
    Sie war stur, sie lachte nicht über seine Witzchen, sie rea-

gierte nicht auf seine ... *Methoden*. Okay, Einzahl. Seine *Methode*. Wie auch immer. War es das, was ihn reizte, diese mürrische Ablehnung, dieses Von-oben-herab? Oder war da noch etwas?

Er hatte den Feinkostladen erreicht, und durch das Schaufenster konnte er sehen, wie Olli Essen wegwarf. Es war zu dunkel, um das genau zu erkennen, aber Gy meinte, Tränen auf Ollis Wangen zu sehen. Er bekam eine Gänsehaut, zuckte die Schultern, schob die Hände tiefer in die Taschen, und betrat das Geschäft. Als Olli ihn sah, wischte er sich rasch mit dem Handrücken über die Wangen. So standen sie da, schweigend, beiderseits des Tresens. Die Männer sahen sich an, und beiden ging derselbe Gedanke durch den Kopf.

So konnte das nicht weitergehen.

»Wir müssen etwas unternehmen«, sagte Gy.

Olli warf einen Blick auf den Mülleimer, nickte und antwortete dann: »Wir müssen etwas unternehmen.«

Und das taten sie dann auch.

12.

Frank war von seinem Vater aufgeklärt worden, einem Studienrat, der sich wenig um die Familie gekümmert und hinter seinen Büchern versteckt hatte, wenn er nach Hause gekommen war. Als Frank dreizehn wurde, hatte seine Mutter darauf bestanden, dass Papa erklärte, was es mit der Fortpflanzung auf sich hatte. Weil Frank ein schüchternes Kind gewesen war, hatte er bis zu diesem Zeitpunkt noch nichts über Sex gewusst, und die gestelzten, mit gehöriger Abscheu vorgetragenen Bienen-Vergleiche des Vaters hatten ihm die Sache für lange Zeit gründlich verhagelt. Bienen verband er mit schmerzvollen, von aggressivem Summen begleiteten Attacken, und als ihn Lisa, seine erste Freundin, im Alter von siebzehn Jahren sanft an die Sache herangeführt hatte, war er gründlich überrascht gewesen. Lisa hatte ihm eine sehr feminine, vor allem die orale Seite des Sex gezeigt. Das hatte Frank geprägt; es stand für ihn noch immer im Vordergrund, dass die Frau ihren Spaß hatte.

Deshalb lag er jetzt unter der Bettdecke und befriedigte Sabine mit dem Mund. Durch das braune Satinbettzeug konnte er ihr Kieksen und Stöhnen hören. Später würde sie vielleicht …

Der Türsummer ertönte.

Frank glaubte erst, nicht richtig gehört zu haben. Dann summte es wieder. Sabine stöhnte, diesmal genervt. Er schob sich unter der Bettdecke hervor. Gemeinsam lauschten sie dem dritten Summen.

»Ich geh schon«, sagte er, fuhr sich mit der Hand über die

zerzausten Haare, sprang in seinen Bademantel und ging zur Tür. Sabine ließ sich auf den Rücken fallen und starrte zur Decke.

Als Frank öffnete, standen da Gy und Olli.

»'tschuldigung. Stören wir?«, fragte Olli grinsend. Frank hatte Sabines Geruch in der Nase und ihren Geschmack im Mund, und vielleicht bemerkten die beiden etwas davon. Immerhin hatte Olli etwas anzüglich gegrinst.

»Na ja«, sagte Frank und drehte sich kurz um, in Richtung Schlafzimmer.

»Wir müssen etwas mit dir bereden«, erklärte Gy leise, fast ein bisschen verschwörerisch.

»Wir haben eine Idee«, ergänzte Olli.

»Eine Geschäftsidee«, vervollständigte Gy. Jetzt grinsten beide.

Frank machte einen Schritt beiseite und wies auf die Küchentür. Die beiden gingen an ihm vorbei, in diesem Moment spürte er etwas im Mund. Er schob die Zunge hin und her, streckte sie heraus und pflückte zwei von Sabines Schamhaaren herunter.

Dann folgte er den beiden in die Küche.

Olli knetete seine Finger, sah abwechselnd zu Gy, der sich sofort einen Joghurt aus dem Kühlschrank geholt hatte, am Küchenschrank lehnte und genüsslich aß, und zu Frank, der ihm etwas verwuschelt am Tisch gegenübersaß.

»Also«, begann Olli, aber dann wusste er nicht weiter.

»Also«, wiederholte er und blickte hilfesuchend zu Gy.

»Also was?«, fragte Frank, der sich auf die Schlafzimmertür konzentrierte.

»Wir, also der Gy und ich, wir beide. Äh.« Olli stotterte. Vorhin hatte das noch so gut, fast lässig geklungen, jetzt war ihm das Ganze etwas peinlich. Aber nun musste es raus, wo sie schon mitten in der Nacht bei Frank in der Küche saßen.

»Wir haben uns überlegt«, fuhr er fort und malträtierte weiter seine Hände. »Also wir wollen ... So einen Escort-Service aufmachen.«

Jetzt war es raus. Olli lehnte sich zurück und atmete durch.

»Für Frauen«, ergänzte Gy rasch, bevor Frank antworten konnte. »*Nur* für Frauen.«

»Was?«, entfuhr es Frank. Er sah seine Freunde abwechselnd an, den netten, aber etwas unbeholfen wirkenden Olli mit seinem pastoralen Seitenscheitel, und den netten, aber in puncto Frauen in einem anderen Universum lebenden Gy, der jetzt den Deckel des Joghurtbechers abschleckte. Es dauerte ein bisschen, bis er verstanden hatte, was Olli da vortrug. Doch bevor er all das sagen konnte, was ihm sofort durch den Kopf ging – und das war einiges –, redete der Feinkosthändler weiter.

»Ja, schau doch mal. Der Gy ist ständig pleite und muss jetzt auch noch einen Unfallschaden bezahlen. Und ich hab doch sonst nebenher, neben meinem Laden, keine Möglichkeit, Geld zu verdienen.«

Als wenn das so einfach wäre, dachte Frank, doch dann fiel ihm die Frau wieder ein, die ihn auf der Dachterrasse des Arbeitsamts angesprochen hatte. Gerade als er etwas antworten und dieser Schnapsidee widersprechen wollte, ging die Schlafzimmertür auf.

»n'Abend«, sagte Sabine und ging zum Kühlschrank, auf dem in großen Lettern »ESSEN NICHT VERGESSEN« stand. Der Spruch stammte noch aus Sabines sehr kurzer Radikaldiät-Phase, die völlig grundlos eingesetzt hatte, als Frank bei der *Mira* angefangen hatte. Sabine war damals zu der Überzeugung gelangt, der tägliche Umgang mit superschlanken Topmodels – den es überhaupt nicht gab – würde bei Frank ein ästhetisches Umdenken auslösen, dem sie nur in Konfektionsgröße 34, besser 32 entgegentreten könnte. Diese Meinung hatte zum Glück nicht sehr lange angehalten, aber die Rückkehr zu den alten Essgewohnheiten war ihr nicht leichtgefallen. Also hatte Frank Magnetbuchstaben gekauft und diese Botschaft an den Kühlschrank geheftet.

»Servus«, murmelte Gy.

»Hallo«, antwortete Olli und starrte die Tischplatte an.

Sabine nahm sich eine Flasche Orangensaft. Während sie den Verschluss aufdrehte, sah sie Olli und Gy an, die so taten, als wäre es ganz natürlich, dass sie spätabends mit ihrem Freund Frank in der Küche saßen und ... *Dinge* besprachen.

»Und? Alles gut bei euch?«, fragte Sabine, und dann, an Olli gewandt: »Wie läuft der Laden?«

Olli lächelte freundlich, obwohl diese Frage die letzte war, die er jetzt hören wollte. »Könnte besser laufen.«

Sabine nahm einen Schluck Saft und fragte Gy: »Und bei dir? Was macht die Liebe?«

Gy lachte. »Na, Gott sei Dank, nichts.« Er beugte sich vor. »Eine feste Beziehung ist nur etwas für Typen, die bei fremden Frauen keinen hochkriegen«, erklärte er.

Sabine lächelte spöttisch. »Ist das so, ja?«

Gy nickte, dann trat Schweigen ein. Sabine beobachtete die drei, stellte die Flasche zurück, küsste Frank auf den Hals und sagte: »Ich leg mich schon mal hin.«

Alle drei nickten.

Sie blieb in der Schlafzimmertür einen Moment lang stehen, aber die drei Freunde schwiegen beharrlich.

»Ciao«, sagte Olli schließlich.

»Nacht«, sagte Sabine.

»Nacht«, sagte Gy und grinste dabei.

Als sich die Schlafzimmertür geschlossen hatte, beugte sich Frank vor, während die anderen beiden noch immer zur Tür hinüberlinsten, als könnte gleich noch jemand kommen.

»Okay«, beschloss Frank und legte die Handflächen auf den Tisch. »Vielleicht erzählt ihr mir das besser woanders.«

Sie wechselten in ein ungemütliches Nachtcafé. Eine müde Kellnerin brachte drei Bier, es waren wenige Tische besetzt. Die drei saßen am Fenster, Frank sah auf die nächtliche Straße.

Er drehte sich zu den beiden anderen und fragte: »Gut, aber was habe *ich* damit zu tun?«

Immerhin, dachte er sich, dürfte den beiden nicht entgangen sein, dass er mit einer Frau zusammenlebte.

»Na ja«, sagte Olli und spielte dabei wieder Fingerverkneten. Gy fläzte sich auf seinen Stuhl und beobachtete den einzigen Tisch, an dem weitere Gäste saßen.

»Du hast drei Schwestern«, fuhr Olli fort. »Du hast fast ein Jahr bei einer Frauenzeitschrift gearbeitet.« Er pausierte kurz. »Du weißt, was Frauen mögen.«

Frank zog die Augenbrauen hoch. Bei seinen Schwestern war er sich oft nicht sicher gewesen, was sie mochten – außer ihn, wann immer möglich, zu hänseln, zu nerven und auf Mädchenart zu drangsalieren. Sie hatten seltsame Musik gehört, über unkomische Dinge gekichert und sich grausig bunt geschminkt. »Ja, stimmt schon«, sagte er dennoch. »Aber ich würde so was doch nie machen.« Er sah die beiden nacheinander an. So eine Wahnsinnsidee. Und dann, bei aller Liebe: Welche Frau, die halbwegs bei Sinnen war, würde diesem Holzklotz von einem Polizisten und diesem schüchternen Feinkosthändler Geld für Sex geben? Zumindest in Ollis Fall wäre es doch wohl eher umgekehrt, denn Ollis Qualitäten waren weniger erkennbare, körperliche, als vielmehr innere. Gut, manch eine Frau wünschte sich einen einfühlsamen, eher unscheinbaren Partner, der mehr Freund war als Vorzeigeobjekt. Dennoch. Und Gy! Gy würde nach *Sekunden* abrechnen müssen.

Frank seufzte.

»Außerdem. Das ist Prostitution! Habt ihr euch darüber mal Gedanken gemacht? Habt ihr mal Erfahrungsberichte von Prostituierten gelesen?«

Gy lachte. »Wir können ja wohl schlecht von einer Frau vergewaltigt werden«, erklärte er. Dann nahm er einen Schluck Bier. Er verzog das Gesicht. Für einen Augenblick hatte er seine Zähne vergessen gehabt. Er blinzelte, nahm sich eine Zigarette, leckte sie an, wie das alle rauchenden Polizisten taten – und *alle* Polizisten rauchten –, griff nach seinem Feuerzeug und fragte Frank: »Sag mal, mit wie vielen Frauen hast du in deinem Leben geschlafen?« Dabei bemerkte er, dass kein Aschenbecher auf dem Tisch stand.

Frank hob die Hände. »Ich bin seit fast zehn Jahren in einer festen Beziehung.«

In seiner zweiten, ergänzte er für sich selbst. Aber in der einzigen, die er haben wollte. Er dachte an Sabine, die zweihundert Meter entfernt im Bett lag, unter ihrer seidigen Satinbettwäsche.

»'tschuldigung«, sagte Gy, dann stand er auf und schlenderte gemächlich im Hallo-ich-bin-Polizist-Gang zu dem anderen besetzten Tisch. Da saßen drei Mädels, Mitte zwanzig, die sofort ihr Gespräch unterbrachen und erwartungsvoll zu ihm aufblickten.

»Äh, Entschuldigung. Kann ich mir mal euren Aschenbecher ausleihen?«, fragte er lächelnd. Auf dem Weg zu dem Tisch war er an vier anderen vorbeigekommen, auf denen Aschenbecher standen. Die Mädchen lächelten ebenfalls und nickten gleichzeitig. Grinsend kam Gy zu seinen beiden Freunden zurück.

»Ich glaube, du hättest viel weniger Probleme, wenn du etwas häufiger ficken würdest«, sagte er zu Frank und steckte sich die Zigarette an.

»Moment mal!«, protestierte Frank. »Ich habe Probleme?

Du wohnst in einer ranzigen Drecksbude, hast noch nie eine Beziehung gehabt, die länger als zwanzig Sekunden dauerte, und gehst mit Frauen um, als wären sie Untermenschen.« Er atmete durch. »Und du hast Umgangsformen, dass einem schlecht werden könnte.«

Gy grinste, als wäre er gelobt worden. Olli legte Frank eine Hand auf den Unterarm.

»Stop, stop, stop! Schau mal«, sagte er und warf Gy einen warnenden Blick zu. »Genau das ist es, was wir brauchen. Jemand, der uns auf unsere Schwächen hinweist.« Er beugte sich verschwörerisch zu Frank. »Wie ist es? Willst du uns nicht beraten?«

Frank zog wieder die Augenbrauen hoch und stöhnte. Aber Olli war nicht zu bremsen.

»Wir suchen zum Beispiel noch Männer, die mitmachen«, erklärte er, als wäre alles andere schon beschlossene Sache.

»Ach. Und wo wollt ihr die finden?«

Gy blies Rauch aus, wobei er weiterhin den Tisch mit den drei Mädels fixierte. »Na ja, auf dem Arbeitsamt.«

»Wie? Und da marschiert ihr einfach so rein und fragt die Kerle, ob sie Lust haben, für Geld mit fremden Frauen zu schlafen?«

Gy und Olli sahen sich an, und dann nickten beide.

13.

Gy hatte sich Zeit gelassen, weil ihm beim Umziehen nach seinem Dienst doch leise Zweifel an der Idee gekommen waren. Das Vögeln war nicht so sehr das Problem, das tat er gern, häufig und fix, allerdings mit Partnerinnen, die er sich selbst aussuchte, und nicht mit irgendwelchen Frauen, die ihn zu sich bestellten. Das wäre schon eine veränderte Situation, irgendwie. Davon abgesehen. Es wäre nicht ganz ungefährlich. Was, wenn seine Kollegen das spitzkriegten? Oder sogar sein Chef? Gy überlegte hin und her, wischte die Zweifel schließlich beiseite, als sich seine Zähne bemerkbar machten und er an das Geld dachte, und machte sich auf den Weg.

Jetzt war er spät dran, rannte durch die Gänge der Arbeitsagentur, bis er die beiden schließlich fand.

»Mahlzeit«, begrüßte er sie. Frank, der ohnehin nur widerwillig zugestimmt hatte, die anderen zu begleiten, sah ostentativ auf die Uhr.

»Was denn?«, grinste der Polizist. »Ich war auf der Arbeit. Ich habe wenigstens noch welche. Bin den ganzen Tag in der Saukälte herumgestanden.« Er schlug die Hände zusammen. »Also, packen wir's an!«

Olli lächelte, die drei gingen zum Warteraum, stellten sich im Eingangsbereich auf und linsten um die Ecke.

Auf den ersten Blick war das Angebot nicht gerade prickelnd. Mannomann, dachte Gy, das waren die Leute, die er abends zusammen mit seinen Kollegen aus den Kneipen schleppte, nachdem sie sich ihr Leben mit Bier und Schnaps schöngesoffen hatten. Olli war erstaunt, wie ungepflegt die meisten aussahen. Verwaschene Sweatshirts und abgenutzte Cordhosen schienen das Standardoutfit für Arbeitsbewerber zu sein. Es gab jede Menge Bierbäuche und nur einen Mann, der eine Art Anzug trug.

Frank hatte gar keine Meinung. Er war schlicht fehl am Platz, und er hielt das Ganze immer noch für eine Schnapsidee. Ein Enddreißiger in Jeans und Sweatshirt stand auf, ging zu der Wand, an der die Steckkästen mit den Fortbildungsangeboten hingen, nahm ein Blatt, drehte sich um und setzte sich wieder.

»Der?«, fragte Gy und nickte in Richtung des Jeansträgers.

Frank verdrehte die Augen. »Na ja. Mir als Frau ...«

Er unterbrach sich, weil Gy lachte.

»Du bist ... du bist *keine* Frau«, kicherte der Polizist.

»Das war ja auch im Konjunktiv, sozusagen«, entschuldigte sich Frank. Er hoffte, dass Gy wusste, was ein Konjunktiv war.

»Also ich würde mich vor dem fürchten«, sagte Olli.

Ein hagerer Typ Ende vierzig mit Charlie-Chaplin-Mittelscheitel und bläulichen Augenringen drängte sich durch die Gruppe hindurch.

»Der?«, fragte wieder Gy.

Olli schüttelte energisch den Kopf. »Ich glaube, der gibt Frauen eher Geld als umgekehrt.«

Frank nickte. »Das glaube ich auch. Ihr müsst ein bisschen daran denken, was das für Frauen sind, die so einen Service nutzen würden.« Erstaunt stellte er fest, dass er langsam Gefallen an der Sache fand. Schließlich war er ja tatsächlich eine Art Experte. Die Frau auf der Terrasse hatte *ihn* angesprochen. »Das werden wohl eher welche sein, die Geld haben. Deshalb wollen die auch Männer, die ...«

Gy unterbrach ihn: »Die da hinten sehen doch gut aus.« Er nickte in Richtung einer Vierergruppe, Mittzwanziger, die erkennbar aus dem südöstlichen Ausland stammten. Die vier

Männer sahen, verglichen mit der restlichen Truppe, die den Warteraum bevölkerte, allerdings wirklich am besten aus. Kräftig, dreitagebärtig, schwarzhaarig.

Frank seufzte. »Die Frauen werden Männer wollen, mit denen sie sich auch unterhalten können«, gab er zu bedenken.

»Und die da können mit Sicherheit kein Deutsch«, ergänzte Olli.

»Die brauchen ja nicht groß zu sprechen«, erwiderte Gy und machte sich auf den Weg zu der Gruppe. Kopfschüttelnd sahen ihm die beiden anderen hinterher.

Gy baute sich vor der Gruppe auf, die Männer musterten ihn misstrauisch.

»Servus, ich bin der Gy«, grüßte er. Die vier reagierten nicht. »Do you speak english?«, versuchte er. Die Kerle sahen sich an, als würde ein Außerirdischer vor ihnen stehen. »Do you need money?«, fragte er, und damit hatte sich sein Schulenglisch schon fast erschöpft. Die Männer schienen nach wie vor nicht zu wissen, was er von ihnen wollte, und Gy wusste nicht, wie er es formulieren sollte.

»We make a business«, sagte er schließlich, und dabei machte er eine rhythmische Hüftbewegung, die auf dem gesamten Planeten verstanden wurde.

Auch die vier Männer verstanden es. Sie erhoben sich gleichzeitig von ihren Plätzen.

Wenig später saßen die drei Freunde in der Cafeteria der Arbeitsagentur. Olli musste lächeln, während sich Gy das Blut von den Lippen tupfte.

»Und dafür habe ich extra meinen Laden geschlossen«, seufzte er, lächelte jedoch weiter. Eigentlich bewunderte er Gys Kaltschnäuzigkeit und sein exorbitantes, wenn auch nicht immer begründetes Selbstbewusstsein, jedenfalls manchmal, wenn er an sich selbst spürte, wie sehr ihm derlei abging. Aber jetzt war er fast ein bisschen schadenfroh, wofür er sich allerdings sofort wieder schämte – schließlich war Gy sein Freund.

»Da stehen jetzt sicher lange Schlangen vor«, grummelte Gy durch das Taschentuch hindurch.

»Mein Laden wird sich schon noch durchsetzen«, sagte der Feinkosthändler. Er dachte an seine Johannisbeerpfannkuchen. Und an den Geier vom Finanzamt. »Qualität setzt sich immer durch! Ist halt gerade eine Flaute, das wird schon wieder.« Das hoffte er zumindest, obwohl es nichts gab, das dafür sprach.

Frank hatte jemanden entdeckt, den er kannte, aber er wusste nicht gleich, woher. Ein distinguierter Herr mittleren Alters mit gepflegtem Äußeren und elegantem Anzug hatte die Cafeteria betreten. Der Mann las in einer Zeitung, während er durch die Gänge schritt, und er war dabei so konzentriert, dass er gegen eine junge Frau stieß, die am Rand einer Stuhlreihe saß. Woher kenne ich diesen Mann bloß, dachte Frank.

Richtig.

Es war nur ein paar Tage her. Im Waschraum der Arbeitsagentur. Der Mann hatte am Waschbecken gestanden und still vor sich hin geweint.

So einer müsste dabei sein, dachte sich Frank. Jemand für die anspruchsvolle Dame, die in die Oper wollte und sich mit bildender Kunst auskannte. Er stand auf, ging auf den Mann zu und bat ihn, sich an ihren Tisch zu setzen.

Gy zog die Stirn in Falten, aber Olli lächelte. Frank erklärte vorsichtig, was sie planten, wobei er es so formulierte, als ginge es um einen seriösen Begleitservice. Irgendwie hatte er das Gefühl, bei diesem Herren nicht mit der Tür ins Haus fallen zu dürfen – davon abgesehen hatten sie die sexuelle Komponente auch unter sich noch nicht thematisiert. Frank fühlte sich inzwischen als eine Art Manager des ganzen Unternehmens.

Der Mann, der sich als Giselher vorgestellt hatte, was bei Gy fast einen Lachkrampf ausgelöst hatte, sagte: »Bei mir in der Firma, ich war Abteilungslciter und hatte sechzig Angestellte unter mir.« Er sah in die Runde und nickte stolz. »Jedenfalls, unsere Chefin, die hat sich auch immer Herren mitgebracht, zu Events. Die hat sie auch über so eine Agentur bestellt.«

Gy hatte die Hände vor der Brust verschränkt, und jetzt war es an ihm zu nicken: »Und genau solche Frauen suchen wir.«

Giselher nickte ebenfalls. »Die gibt es zuhauf«, sagte er bestimmt.

Gy grinste. »Na dann. Her damit.«

Olli lächelte zustimmend, aber Frank war skeptisch. Worin *genau* das Angebot bestehen würde, das würden sie diesem seriösen Exabteilungsleiter nämlich früher oder später erklären müssen.

Und sich selbst irgendwie auch.

Im Gang, auf dem Weg nach draußen, setzten sie das Gespräch fort.

»München ist die deutsche Stadt mit den meisten Einzelhaushalten«, führte Giselher aus, der offenbar Gefallen an der Sache gefunden hatte. »Kaum jemand hat doch heutzutage noch eine feste Beziehung.« Er drehte sich im Laufen zu Frank. »Sind Sie verheiratet?«

Nein, sind wir nicht, dachte Frank, und sie waren das noch nicht, obwohl er Sabine schon drei Anträge gemacht hatte, davon einen sehr, sehr romantischen am Strand von Sardinien, der jetzt ein Jahr zurücklag. »Liebling, ich bin noch nicht so weit«, hatte sie geantwortet und auf die Wellen gestarrt.

»Äh. Wir denken darüber nach«, antwortete er auf Giselhers Frage. Wenn er ehrlich zu sich war, gab es nur einen in der Beziehung, der darüber nachdachte.

»Bei euch ist der Zug doch längst abgefahren«, mischte sich Gy ein. »Nach zehn Jahren heiratet doch niemand mehr.« Dabei nickte er vor sich hin, als hätte er eine Offenbarung gehabt.

»Aha. Und das weißt ausgerechnet du, der Beziehungsexperte?«, gab Frank zurück. Aber Gy grinste nur schief. Ja, das wusste er tatsächlich. Bei einigen Kollegen hatte er miterlebt, wie sie bei ihren Freundinnen nach jahrelangen Beziehungen um deren Hand angehalten hatten, aber statt »Ja« zu sagen, hatten diese die Beziehungen einfach beendet.

Sie hatten den Gang passiert, der zur Dachterrasse führte. Olli erinnerte sich an das, was Frank von seinen Erlebnissen dort erzählt hatte. Er ließ sich zurückfallen, eine Idee hatte sich in seinem Hinterkopf geformt, und je länger er darüber nachdachte, umso mehr gelangte er zu der Überzeugung, dass es einen Versuch wert wäre.

»Äh«, sagte er laut. Die anderen blieben stehen und drehten sich um. Rasch hielt Olli die Hand, in der er seinen Schal hatte, hinter den Rücken.

»Äh, entschuldigt bitte. Ich glaube, ich habe meinen Schal in der Cafeteria vergessen.« Er wusste, dass das etwas fadenscheinig klang; Olli war kein guter Lügner. »Ich komme gleich nach.«

Aber die anderen waren sowieso mit sich beschäftigt, also kümmerten sie nicht weiter darum. Olli drehte sich auf dem Absatz um und machte sich auf den Weg in Richtung Dachterrasse.

Giselher, Gy und Frank gingen in Richtung Ausgang, und just als sie am Büro von Renate Landkammer vorbeikamen, der auch für Frank zuständigen Job-Beraterin, die ihn vor einigen Tagen so barsch abgefertigt hatte, öffnete sich die Tür. Die Arbeitsbeamtin und ein schwarzhaariger Mann Anfang zwanzig kamen heraus. Der junge Mann trug eine weite Hose, zwei

Jacken übereinander, hatte eine Fahrradkuriertasche auf dem Rücken und seine glänzenden Haare über der dicken Kapuze nachlässig zu einem kurzen Zopf zusammengebunden. Er kam Frank bekannt vor, aber der wurde davon abgelenkt, wie die spröde Beraterin freundlich, nachgerade liebenswürdig auf den Jungen einredete: »Also ich gebe Ihnen das hier noch mit, vielleicht können Sie etwas damit anfangen.« Der junge Mann griff nach der Broschüre, sah die Frau jedoch nicht an. »Wenn ich Ihnen sonst noch *irgendwie* behilflich sein kann«, schwätzte die Beamtin weiter, ohne eine erkennbare Reaktion zu ernten. »Ich bin dann mittags telefonisch zu erreichen.« Sie kicherte mädchenhaft. »Ach ja, ich habe da noch ein kleines Präsent für Sie.« Sie drückte dem Jungen einen mit dem »A«-Logo bedruckten Kaffeetopf in die Hand, der auch das kaum zu bemerken schien. Frank hingegen stand mit offenem Mund da. Dann schloss er zu seiner Gruppe auf, die die Szene beobachtet hatte. Der Junge starrte seinen neuen Kaffeetopf an und schien nicht so recht zu wissen, wohin damit. Renate Landkammer verabschiedete sich und ging in Richtung Dachterrasse, wobei sie eine Zigarette aus einer Schachtel zog.

»Was haltet ihr von dem?«, fragte Frank, als er seine Verblüffung überwunden hatte. Der Junge musterte das Trinkgefäß, als könnte er dadurch in Trance geraten. Irgendwie schien ihm das auch zu gelingen.

»Der ist doch viel zu jung«, entgegnete Giselher mürrisch. »So einer, der kann doch keine echte Konversation führen.«

»Wie, Konversation?«, fragte Gy und sah sich um, als gäbe es an den Wänden der Arbeitsagentur eine Erklärung für Giselhers kryptische Anmerkung.

Giselher legte die Stirn in Falten. »Wir begleiten die Frauen doch nur, oder?«, fragte er skeptisch. Frank und Gy sahen zu Boden. »Das ist doch eine seriöse Geschäftsidee, die Sie da vorhaben. Oder?«

»Ja, *sehr* seriös. Geradezu extrem seriös. Hyperseriös«, bestätigte Gy, ohne das Gesicht zu verziehen.

Der junge Mann passierte die Gruppe, ohne die drei zu bemerken. Als er vorbei war, drehten sich die Männer um und folgten ihm mit ihren Blicken. Der Junge setzte sich einen gewaltigen Kopfhörer auf und verließ die Agentur. Nach einem Moment des Schweigens setzten sich Gy, Frank und Giselher wie auf Befehl in Bewegung und folgten ihm.

Währenddessen hatte Olli die Dachterrasse erreicht. Es wäre einen Versuch wert, dachte er, vielleicht könnte er die Gunst der Stunde nutzen, es den anderen einfach zeigen, statt stunden- und tagelang nur darüber zu reden. Wirklich überzeugt war er von seiner Idee zwar nicht, eigentlich überraschte ihn sein eigener Mut. Dann wieder dachte er an Franks Erzählungen. Und an das, was der Finanzbeamte zu ihm gesagt hatte.

Der Wind pfiff, es nieselte und war kalt, und das Gekrächze von Krähen war zu hören. Zwei junge Männer standen sich ein Stück weiter gegenüber und rauchten schweigend. Olli seufzte und setzte sich auf die Bank, die zum Glück unter einem Regendach stand.

Kurz darauf kam Franks Job-Beraterin auf die Terrasse, sie hatte die Zigarette schon im Mund, setzte sich ein paar Plätze von Olli entfernt auf die Bank, zog ein Einwegfeuerzeug aus der Tasche und versuchte mehrfach erfolglos, damit die Zigarette anzumachen. Es funktionierte nicht. Olli holte sein Feuerzeug heraus, rutschte an die fremde Frau näher heran und gab ihr Feuer. Sie genoss den ersten Zug erkennbar und sagte dann lächelnd: »Danke.«

Olli blieb neben ihr sitzen. Renate musterte ihn kurz. Er versuchte ein gewinnendes Lächeln.

Frank und Gy hatten den Jungen eingeholt. Er hieß Lasse und hörte sich die Geschäftsidee schweigend an. Giselher hielt sich im Hintergrund.

»Und ihr pennt mit den Frauen, die da anrufen?«, fragte Lasse schließlich. Er hatte sich den monströsen Kopfhörer in den Nacken geschoben. Muss gut im Kopf hallen, dachte Frank.

Gy sah sich kurz um, Giselher war nicht in Hörweite. Trotzdem senkte er die Stimme. »Also. Offiziell begleiten wir sie bloß.«

»Und nichtoffiziell?«, fragte Lasse. Frank verzog das Gesicht. *Inoffiziell*, sagte er zu sich selbst.

»Inoffiziell«, sagte Gy, immer noch sehr leise, und bemerkte Franks dankbaren Blick nicht. »Kann man die Frauen ja auch ins Bett begleiten.«

Sie saßen eine Weile schweigend nebeneinander, aber Olli bemerkte durchaus, dass die Frau ihn gelegentlich ansah. Er dachte: Wenn in fünf Sekunden eine Krähe schreit, spreche ich sie an. Er hatte den Gedanken noch nicht ganz zu Ende gebracht, da ertönte das Gekrächze eines Vogels. Also gut.

Er beugte sich zu ihr und sagte, ohne sie anzusehen: »Hundertdreißig.«

Renate Landkammer zog die Augenbrauen hoch und wiederholte: »Hundertdreißig?«

Aha. Sie wollte feilschen. Das war ein gutes Zeichen.

»Hundert«, schlug er vor, wobei er das strahlendste Lächeln auflegte, zu dem er angesichts der Situation fähig war. Das Gesicht der Frau verriet wenig, bestenfalls Überraschung. Oder sie war einfach ein harter Verhandlungsgegner. »Achtzig«, setzte Olli nach, wobei es ihm schwerfiel, das Lächeln beizubehalten. Jetzt drehte sie sich weg. Verflucht, so schwierig hatte er sich das nicht vorgestellt. Was hatte Frank erzählt?

Hundertfünfzig, ohne Verhandlungen. Wie tief konnte Olli gehen, ohne sein Gesicht zu verlieren? Er blies geräuschvoll Luft aus und sagte: »Na gut, ich mach's auch für fünfzig.«

Jetzt hatte er ihr Interesse geweckt, dachte er jedenfalls. Sie sah ihn an. »Sagen Sie mal, wovon reden Sie überhaupt?«

Olli verbarg seine Überraschung. War das nicht klar? War es nicht das, weshalb sie hier war?

»Ich dachte, Sie ...« Er stockte. »Ich meine. Sie wollen doch ...?«

Er machte eine Kopfbewegung, die »Hey, lass uns gehen« besagen sollte und die er zuletzt vor zwanzig Jahren benutzt hatte. Renate ahmte die Bewegung mit verständnislosem Blick nach und sah ihn dabei an, als wäre er ein Crack-Dealer. Trotzdem versuchte er es noch einmal, wiederholte die alberne Geste. Die Arbeitsbeamtin schüttelte den Kopf, sah ihn missbilligend an, stand auf und ging davon.

Olli verknotete den Schal in den Händen und stand ebenfalls auf. Großer Gott, war das peinlich.

»Äh, Entschuldigung«, rief er der Frau hinterher, aber da war sie schon verschwunden.

»Was ist, wenn die Frau nicht gut riecht?«, fragte Lasse, drehte sich um und machte Anstalten zu gehen.

»Was hast du denn da für ein Angebot?«, fragte Gy und wies auf die Papiere in Lasses Hand.

»Ich kann ein Praktikum machen, bei einer Recyclingfirma«, erklärte der junge Mann.

»Ah. Da riecht's natürlich richtig super«, witzelte Gy.

»Hey, nun lass ihn doch mal in Ruhe«, sagte Frank und lächelte Lasse zu. »Ist doch gut, wenn er vielleicht eine richtige Ausbildung machen kann. So was ist viel wert heutzutage.«

Gy zog die Stirn in Falten. »Bei einer Müllverwertung?«

»Klar. Müll gibt's immer. Ist ein todsicherer Job.«

Lasse sah die beiden abwechselnd an, hinter seiner Stirn tickerte es, Frank und Gy konnten ihn quasi beim Nachdenken beobachten, was offenbar nicht sehr schnell ging. Dann fragte er, ebenso langsam: »Was verdient man eigentlich so bei euch?«

14.

Olli saß auf dem Sofa von Frank und Sabine, Lasse hatte sich danebengefläzt, vor dem Feinkosthändler war Franks Laptop aufgebaut. Gy lehnte an der Fensterbank und löffelte wieder einen aus dem Kühlschrank stibitzten Joghurt. Er blickte zu der IKEA-Regalwand, die hinter dem Sofa stand und in der sich Franks gesammelte Fachliteratur befand – Hunderte von Büchern über Literaturgeschichte, Liebesliteratur und andere Kuriositäten, über die Gy sich jedes Mal wunderte.

Olli tippte eine Internetadresse ein, und die elegant gestaltete Seite eines Schweizer Begleitservices baute sich auf: GentlemenEscortService. Olli beugte sich vor, wählte den ersten Begleiter – »Chris« – aus und klickte auf »Honorare«. Die Preise für seine Dienstleitungen begannen bei vierhundertfünfzehn Schweizer Franken, also zweihundertfünfzig Euro. Verblüfft lehne er sich zurück, sah zu Gy und dann zu Lasse.

»Wahnsinn, tausendachthundert Euro für die ganze Nacht.«

Lasse blinzelte und riss dann die Augen auf. »Meine Mama verdient dreizehnhundert im Monat, und die arbeitet fast nur in der Nachtschicht.« Er hob die Hände und zählte irgendetwas mit den Fingern ab.

Tausendachthundert, dachte Olli. Heiliger Vater! Fünf, sechs Nächte und er hätte die gröbsten Probleme vom Hals. Er könnte den Geier bezahlen – und seine wichtigsten Lieferanten. Er könnte frische Ware einkaufen und sein Angebot erweitern. Vielleicht sogar ein bisschen Werbung machen. Und richtig kochen – endlich auch die Sachen, die etwas anspruchsvoller waren. Hauptgänge. Wild, feines Geflügel, seine Entwicklungen aus der Zeit bei Henri. Gerichte für alle Sinne. Olli spürte, wie ihm das Wasser im Mund zusammenlief.

Gy stellte sich neben den Tisch. »Damit das mal klar ist«, sagte er. »Ich kann keine ganze Nacht bleiben. Außerdem. Was soll man eine ganze Nacht lang machen? Händchenhalten und *kuscheln*?« Er sprach das Wort aus als wäre das eine besonders üble Foltermethode.

»Mein Gott, dann gehst du halt früher, wenn es dir zu viel wird«, sagte Olli. Nach ein paar Minuten, ergänzte er im Geist.

Frank kam aus der Küche, er hatte einen Wäschekorb unter dem Arm und sammelte im Wohnzimmer Kleidungsstücke ein, allesamt von Sabine, die über Stuhllehnen hingen und auf dem Sofa lagen. Im Hintergrund war das Geräusch der Klospülung zu hören.

Gy hatte sich inzwischen auf einen Sessel geschmissen und verdrehte den Kopf nach Frank. »Und du bist dir wirklich sicher, dass du nicht mitmachen willst? Hast du das gehört? Zwei Riesen für eine Nacht!«

»Gy, ich habe eine *Freundin*, das solltest sogar du langsam bemerkt haben. Das menschenähnliche Wesen mit den blonden Haaren, das hier mit mir wohnt. Fällt der Groschen?«

Gy grinste. Frank ging in die Küche, immer noch den Wäschekorb unter dem Arm. Giselher kam ihm aus dem Bad entgegen.

Olli hatte auf eine untergeordnete Seite weitergeklickt, die mit »Chris's Fotogalerie« betitelt war, s – Apostroph – s. Dort waren drei recht ästhetische Schwarzweiß-Ganzkörperfotos zu sehen, der professionelle Begleiter war offenbar Mitte zwanzig, trug einen Dreitagebart und hatte einen durchtrainierten Körper inklusive Sixpack.

Olli stöhnte: »Puh, so werde ich im Leben nie aussehen.« Er blickte an sich hinab, ein Stück seines Bauchs hing über dem Gürtel. Es war ihm anzusehen, dass er selbst sein bester Gast war, ließ man den gierigen Gy einmal außen vor, aber der aß sowieso alles, das wusste Olli noch aus seiner Zeit bei »Paul«.

Giselher setzte sich. »Und, haben Sie was gefunden?«

Olli verknetete die Finger. »Nee. Nur so Sexsachen. Also nichts Seriöses.« Hilfesuchend sah er zu Gy. »Das ist ja nicht das, was wir machen wollen.« Der Polizist grinste wieder.

»Wir begleiten ja bloß«, erklärte Giselher mit fragendem Unterton. Die anderen drei nickten, und Gy sagte: »Ja, klar.«

Frank hatte die Ergebnisse seiner Recherchetätigkeiten für die *Mira*-Kolumnen akribisch sortiert und in Leitz-Ordnern abgeheftet, die im Flur der Wohnung ein ganzes Regal belegten. Die Ordnerrückseiten waren sauber beschriftet: »Das Geheimnis des Oralverkehrs«, »Die Frau und ihre Handtasche«, »Die Mutterrolle«, »Bio-Kosmetik«, »Was Frauen wirklich wollen«, »Der Höhepunkt der Frau«, »Der weibliche Orgasmus«, »Mit Frauen sprechen« und vieles mehr. Die *Mira* erschien vierzehntägig, Frank hatte es auf über hundert Männerkolumnen gebracht. Die Recherchen dazu waren nicht immer einfach gewesen, manchmal sogar deutlich schwieriger als die eigentliche Schreibarbeit, und sie hatten sein Frauenbild ein wenig verändert. Vor allem die vielen Internetforen, in denen sich Frauen anonym über Sex, Kosmetik und Beziehungen ausließen. Da prallten die Meinungen über – aus Männersicht – eigentlich völlig belanglose Themen in so harscher Form aufeinander, dass sich Frank zuweilen in die ruppigen Diskussionen im Studentenausschuss zurückwünschte; dort war es im Vergleich mit den Frauenchats zugegangen wie bei einem Bingoabend im Altenheim. Ein Lippenstift war nämlich nicht einfach nur ein Lippenstift, sondern alles Mögliche: angefangen beim patriarchalischen Folterinstrument über eine dermatologische, für verfrühte Alterung sorgende Zeitbombe bis zum höchsten Glück der Frau und todsicheren Männerköder. Und dann die Interviews, die er geführt hatte!

Entweder wurde er für eine harmlose Frage als Sexist beschimpft, wie ein Dorftrottel behandelt oder mit unmissverständlichen Anträgen und Demonstrationsangeboten bombardiert, die ihm Angst gemacht hatten. Eine einfache *Antwort* bekam er so gut wie nie. Denn jede einzelne Frau hatte mindestens zwei Meinungen zum selben Thema.

Gy las die Ordnerrückseiten, stutzte, ließ die Finger über die Ordner »Der Höhepunkt der Frau« und »Der weibliche Orgasmus« wandern und griff sich dann letzteren. Lasse sah ihm dabei über die Schulter und nahm dann den anderen, »Der Höhepunkt der Frau«, ohne eine Ahnung zu haben, worin genau der Unterschied bestand.

Währenddessen redete Giselher auf Olli ein: »Wenn wir das richtig gut aufziehen, professionell und perfekt organisiert, dann können wir eine erfolgreiche Agentur aufbauen.« Er beschrieb mit den Händen eine Geste, wie Angler das tun, wenn sie die Größe des gefangenen Fischs zeigen wollen. »Und irgendwann müssen wir dann nicht mehr selbst aus dem Haus gehen.« Giselher nickte vor sich hin, als müsse er sich selbst bestätigen. In Gedanken war er bei seiner ehemaligen Tätigkeit, bei der Aufbauarbeit, die er in der Firma geleistet hatte, energisch, voller Ideen und mit einem guten Blick für die Befindlichkeiten aller Beteiligten. Man hatte ihn machen lassen, nachdem er sich durchgesetzt hatte, und er hatte Großes geleistet. Giselher wünschte sich so sehr eine abermalige Chance, dass der Gedanke fast schmerzte, und deshalb wischte er ihn jetzt beiseite.

»Das wäre ja praktisch«, antwortete Olli etwas abwesend und nahm seinerseits eine Recherchesammlung: »Erotisch kochen für Frauen«.

»Wir könnten ein Ausbildungszentrum ranhängen«, träumte Giselher weiter, von seiner eigenen Begeisterung ergriffen. »Richtige Trainingsprogramme entwickeln. Sie glauben gar

nicht, wie viele alleinstehende Frauen es in dieser Stadt gibt.«
Er nickte vor sich hin, aber Ollis Aufmerksamkeit war von
Franks Unterlagen gefesselt.

Der beobachtete die bunte Truppe dabei, wie sie die Ordner durchwühlten, als wären es Weihnachtsgeschenke und keiner von ihnen wäre älter als zehn: Giselher, der nicht wusste, was sie tatsächlich planten, Gy, der keinen Schimmer davon hatte, dass Frauen auch eine Art Mensch waren, Lasse, dessen Erfahrungshorizont beinahe seine Schuhspitzen berührte, Olli, der sich eigentlich nur wünschte, Menschen kulinarisch glücklich zu machen. Er schüttelte langsam und lächelnd den Kopf und zog sich dann ins Bad zurück.

Gy sah sich um und folgte Frank, der inzwischen begonnen hatte, die Wäsche für die Maschine zu sortieren.

»Der weibliche Orgasmus«, las er den Titel seines Ordners vor.

Frank hob den Blick. »Schon mal davon gehört?«

Gy ignorierte die Bemerkung und blätterte in den Unterlagen.

»Steht hier auch was über den G-Punkt?«

»Den gibt es nur im Kopf.«

»Ach. Also hierbei?« Der Polizist formte seine rechte Hand zu einer Rolle und führte sie rhythmisch vor dem Mund hin und her.

Frank schüttelte den Kopf. »Nein, ich meine damit, dass der G-Punkt eine Legende ist. Man muss auf die Frau eingehen, sie gedanklich, in ihrer Phantasie stimulieren. Es gibt keinen Knopf, den man einfach drücken kann.«

»Schade.«

»Wie bei den meisten Männern«, ergänzte Frank.

»Du, noch eine Frage«, sagte Gy und wies auf die Seite, die er aufgeschlagen hatte. »Das hier. ›Rotierende Stellungen‹. Was soll das denn sein?«

Der Philologe nahm Weichspüler aus dem Regal und füllte

etwas in die Maschine. »Das ist ein wenig schwierig. So für Einsteiger«, sagte er dabei.

»Wieso das denn?«

Frank schaltete die Waschmaschine ein und stellte sich dann neben Gy, der eine Grafik ansah, schematische Zeichnungen, auf denen ein grün gefärbter Männerkörper und eine rot dargestellte Frau zu sehen waren. Die Figuren waren kreisförmig angeordnet, ein Pfeil zeigte die Reihenfolge an, in der die Stellungen einzunehmen wären.

»Na ja«, sagte Frank und zog eine Augenbraue hoch. »Es geht wohl darum, dass man die Stellungen wechselt, in einem Rhythmus, und dabei keine ruckartigen Bewegungen macht, sondern quasi im Fluss bleibt.«

Er sah Gy an, der seinerseits verständnislos die Grafik betrachtete. »Im Fluss bleiben? Reden wir hier vom Ficken oder vom kreativ-esoterischen Töpfern?«

Frank wandte sich wieder seiner Wäsche zu. »Also, als ich meine Kolumne darüber geschrieben habe, da habe ich mich, ehrlich gesagt, auch gefragt, wie das gehen soll. Ich meine.« Er zeigte auf Stellungen zwei und drei. »Wie kommt man eigentlich von dieser Position in diese? Das ist doch unmöglich, oder?« Tatsächlich hatte er das mal nach einigen Gläsern Wein mit Sabine auszuprobieren versucht, aber außer viel Gelächter war wenig dabei herausgekommen. Doch das musste er nicht ausgerechnet Gy auf die Nase binden.

Es sah ein bisschen aus wie bei »Twister«, diesem Spiel, bei dem man, je nachdem was eine Drehscheibe anzeigte, Hände und Füße auf einer Spielfläche positionieren musste, während der Mitspieler auf der gleichen Fläche dasselbe tat. Mit dem Unterschied, dass hier die Figuren nackt waren und sich sozusagen bei ihrem »Twister« begatteten.

Gy grinste. »Das mache ich jeden Tag.«

»Ach so?«, sagte Frank und grinste seinerseits.

»Haben Sie schon mal überlegt, so eine ... *Seite* ins Internet zu stellen?«, fragte Giselher.

»Auf jeden Fall«, antwortete Olli.

Lasse spuckte seinen Kaugummi auf eine Untertasse. Ein Teil seines Speichels verfehlte das Ziel und bespritzte den Ordner, in dem der junge Mann blätterte. Er wischte mit seinem Handrücken über die Seite und streifte ihn am Oberschenkel ab.

Giselher warf ihm einen missbilligenden Blick zu.

»Also an den Umgangsformen müssen wir auf jeden Fall noch arbeiten«, meinte er zu Olli. Gleichzeitig zog Lasse kräftig seinen Rotz durch die Nase hoch.

»Ich dachte eher an die äußere Erscheinung«, antwortete Olli. Die drei Männer drehten sich zur Küchentür. Von dort waren seltsame Geräusche zu hören. Es klang, als würden zwei Menschen miteinander kämpfen.

Frank und Gy befanden sich in Stellung zwei und wollten auf drei wechseln, aber es gelang ihnen nicht, weil man dabei die Füße in eine ganz andere Position bringen musste, ohne die Haltung der Arme zu verändern – vom stetigen Kontakt im Hüftbereich ganz zu schweigen. Frank stöhnte schmerzhaft, Gy gab schließlich auf und erhob sich.

»Du hast recht, das ist wirklich kaum machbar«, stellte Gy fest.

Olli kam dazu. »Was macht ihr denn hier?«

»Frank wollte mir was zeigen.«

Der Philologe stand mühsam auf und hielt sich den Rücken.

»Du musst übrigens mal ein bisschen Sport machen«, sagte Gy. »Wenn du stärkere Bauchmuskeln hättest, würdest du weniger Rückenschmerzen haben.«

Frank drückte sich die Faust in die Lenden und verzog das Gesicht.

»Ich mache Sport«, antwortete er ächzend.

»Echt? Wo?«

»Gratismonat. Im Sportclub.«

»Und was kostet das?«

»Bei der Polizei gibt es auch keine Mindestanforderungen mehr, oder?«, gab Frank lächelnd zurück, aber den schmerzenden Rücken hielt er sich immer noch. Olli lachte laut und ging mit seinem »Erotisch kochen«-Ordner zurück ins Wohnzimmer.

Frank und Gy folgten ihm, und alle drei dachten dabei dasselbe: *So* wird das nie was. Der Weg vor ihnen war noch lang und vermutlich ausgesprochen beschwerlich.

15.

In einem Nebenraum der Umkleiden wurde die Gruppe von einem drahtigen, durchtrainierten Typen begrüsst, der sich als Franco vorstellte.

»Das ist euer erster Tag hier?«, fragte er mit leicht italienischem Akzent. Alle nickten, bis auf Frank.

»Mein zweiter«, murmelte er leise.

»Okay, wir gehen es langsam an«, sagte Franco. Er schritt die Reihe ab, die Männer kamen sich vor wie bei der Musterung. Keiner der fünf sah, positiv formuliert, sonderlich sportiv aus, und keines ihrer Outfits gab es heutzutage noch in Sportgeschäften zu kaufen. Außerdem schauten sie drein, als stünde ihnen ihre Hinrichtung bevor. Lediglich Gy gab sich etwas entspannter; immerhin war er Polizist, jemand, bei dessen Arbeit Körpereinsatz eine Rolle spielte, und er war eigentlich ein bisschen stolz auf seinen Körper. Nein, nicht nur ein bisschen. Aber das sollte sich bald ändern.

Franco nickte, er umkreiste Olli und bückte sich kurz, als er hinter Giselher stand. Der bemerkte die Bewegung und wurde rot.

»Also. Im Grunde gibt es fünf männliche Problemzonen, die insbesondere der Damenwelt unangenehm auffallen«, dozierte der Trainer.

»Was für Zeug?«, fragte Gy und zuppelte an seinem Polizei-T-Shirt herum.

»Problemzonen«, wiederholte Franco und stellte sich vor den Polizisten. »Bierbauch«, sagte er. Bevor Gy protestieren und auf die Ähnlichkeit zu einem, zugegeben etwas abgenutzten und leicht verbeulten, Waschbrett hinweisen konnte, war Franco zu Lasse gewechselt.

»Spaghettiarme.«

Lasse errötete.

»Hühnerbrust«, bekam Frank zu hören. Er öffnete verblüfft den Mund und sah an sich herunter.

»Pilztittchen«, sagte Franco zu Olli.

»Moment mal! Das sind eindeutig Muskeln«, behauptete Gy.

Franco lachte.

»Den Bierbauch hatten wir ja schon.«

»Ich habe gerade Wasser getrunken«, verteidigte sich Gy und schlug sich mit der flachen Hand auf den weniger flachen Bauch. Ein hohles Geräusch war zu hören.

»Drehen Sie sich bitte mal um«, forderte Franco. Giselher bekam glühende Ohren, tat aber, wie ihm geheißen.

»Und hier«, führte der Trainer aus. »Haben wir Zone fünf. Die Unterm-Arsch-Falte.«

Die fünf sahen betreten zu Boden. Franco lächelte. »Sie«, sagte er und zeigte auf Giselher. »Sie fangen mit Gymnastik an. Und die anderen gehen an die Geräte.«

Der Sportclub »Freude am Körper« war keine Mucki-Bude, sondern ein eher bewegungs- und gymnastikorientierter Laden, der in der Hauptsache eine große Sporthalle einnahm. Auf einer Galerie befanden sich moderne Trainingsgeräte, aber auf dem Parkett der Halle übten Frauen mit Rhönrädern, während etwas entfernt davon eine Reihe Turnmatten ausgelegt war. Das Ganze hatte etwas Schulsportmäßiges. Eine kleine Gruppe junger Mädchen führte am Rand Dehnübungen durch.

Auf einer der Matten kniete Giselher in der Bankstellung. Um ihn herum, auf den anderen Turnmatten, taten es ihm ausschließlich Frauen gleich, die meisten davon im fortgeschrittenen Alter, mit gefärbten oder ergrauten Haaren. Giselher trug eine altmodische Trainingshose, dazu ein beigefarbenes Poloshirt. Seine Füße steckten in Turnschuhen, die in den Siebzigern angefertigt worden waren. Seine hohe Stirn, die von der schwindenden Haarpracht freigelegt wurde, glänzte vor Schweiß. Er hob das linke Bein etwas mühsam an und warf einen Blick auf die Frau neben ihm, die zwar in seinem Alter war, aber nicht die geringsten Schwierigkeiten mit der Übung hatte. Sie lächelte sogar. Giselher lag nichts ferner. Er schämte sich, und er fühlte sich gedemütigt. Er kämpfte sich hier ab, bei hochnotpeinlichen Übungen, zwischen Frauen, die seine Angestellten sein könnten, hätten sein können, damals, im richtigen Leben, als man ihn noch zu würdigen wusste. Er schüttelte den Kopf, um den Gedanken zu verdrängen; Schweißtropfen flogen in alle Richtungen davon.

»Und das Bein strecken«, ordnete die Trainerin in diesem Singsang-Ton an, den man auch bei Schulkindern benutzte, wenn man sie das Alphabet aufsagen ließ. »Unterschenkel nach oben ziehen.« Giselher ächzte, er konnte es nicht unterdrücken. »Und rauf und runter. Und rauf und runter«, sang die Übungsleiterin. Giselher kam nicht ganz hinterher, Schweiß lief ihm in die Augen. »Und rauf und runter«, wiederholte die Trainerin stoisch. »Und noch mal.«

Gy beobachtete das Geschehen von der Galerie aus, wobei er sich die schmerzende linke Wange hielt. In der anderen Hand hatte er eine Hantel, pinkfarben und nur fünfhundert Gramm schwer. Er drehte sich zu den anderen, Lasse stand in einem Trainingsgerät für die Unterschenkelmuskulatur und staunte über die Apparatur, Frank benutzte einen Stepper, aber seine Bewegungen waren sehr hüftorientiert, ziemlich feminin sogar, als würde er einen Laufsteg entlangstolzieren. Gy unterdrückte ein Lächeln und setzte sich.

»Wir sollten uns noch ganz andere Fragen stellen«, sagte er.

»Was zum Beispiel?«, fragte Frank, der mehr Kraft aus dem Stepper zu holen schien, als er investierte.

»Na ja.« Gy spielte mit der Hantel. »Was, wenn die Frau gekommen ist, du aber nicht kommen kannst?« Für Gy war es das Ziel von Sex, dass der Mann seinen Höhepunkt hatte, und dieses grundsätzlich neue Paradigma irritierte ihn, war mit seiner bisherigen Praxis sogar fast unvereinbar, was ihn vor große gedankliche Probleme stellte. Davon abgesehen war der männliche Orgasmus das untrüglichste Zeichen dafür, dass die Sache beendet war: abspritzen, Sachen packen und gehen. »Ich meine, ist ja auch nicht gerade wahnsinnig freundlich, dann aufzuhören und zu sagen: ›Ciao, pfiati, war nett.‹« Er staunte ein wenig über sich selbst, als er sich das sagen hörte. Aber es ging schließlich ums Geschäft.

Olli kam dazu, er rieb sich die Hände mit theatralischen Gesten trocken, obwohl er nur eine leichte Übung absolviert hatte. Er drehte den Kopf nach hinten, aber seine Unterm-Arsch-Falte, wie der Trainer das bei Giselher genannt hatte, konnte er nicht sehen. Vielleicht, hoffte er, war sie schon verschwunden. Er sah auf die Uhr. Immerhin trainierten sie schon fast zwanzig Minuten.

»Wäre es da nicht legitim, den Orgasmus vorzutäuschen?«, sinnierte Gy weiter. »Machen Frauen ja auch gern mal. Habe ich mir sagen lassen.«

Olli und Frank sahen sich an.

»Wie soll das gehen?«, fragte Olli.

Gy nickte, lehnte sich zurück und machte ein konzentriertes Gesicht. »Ah, ich komme«, presste er Sekunden später heraus. Dann gab er ein Geräusch von sich, als würde er einen schweren Koffer abstellen. Er kniff die Augen zusammen. Es sah aus, als würde er große Schmerzen haben. Nach einem weiteren kurzen Moment – selbst Gy kannte den Begriff

Nachspiel – öffnete er die Augen und sah die anderen beifallheischend an.

Lasse ließ das Kinn herabsinken. Er wusste nicht viel, aber er war sich sicher, hier keinesfalls einem Meister bei der Arbeit zugesehen zu haben. Jedenfalls keinem Meister für die weibliche Befriedigung.

»*Das?*«, fragte er.

»Das«, sagte Gy nickend und ein bisschen stolz. »Das war *authentisch*.«

»Äh«, begann Frank vorsichtig und unterbrach seine hüftenschwingende Treppensteigübung. »Das klang nicht gerade so, als würde sich … äh … in deinem Inneren …«

»Wie – *Inneren*?«, unterbrach Gy. Alles, was der Mann für Sex brauchte, hing schließlich draußen. Verständnislos sah er Olli an.

»Na ja. Als würde sich in deinem Inneren etwas abspielen.«

Olli nickte.

»Ich dachte, wir reden hier von ganz normalem Sex«, sagte Gy.

»Mmh«, brummte Olli und lächelte dabei. »Fastfood halten viele auch für normales Essen, aber es ist halt nicht sonderlich hochwertig.«

»Ach!«, blaffte Gy ihn an. »Und ich bin Fastfood, oder was? Der Whopper unter den Liebhabern? Der Big Mac der Begatter?«

»Na, das ist schon ein Unterschied, ob man nach zwei Stunden kommt oder schon nach fünfzehn Minuten«, erklärte Olli freundlich.

Fünfzehn Minuten? dachte Gy. Großer Gott, in dieser Zeit könnte er mit einem halben Dutzend Frauen Sex haben, und das wäre nicht einmal ein logistisches Problem.

»Und wie hört sich das an, dieser tolle Sex, der zwei Stunden dauert?«, fragte er skeptisch.

»Wie sich das anhört?« Olli machte eine etwas hilflose Geste und blickte zu Frank hinüber. Beiden war bewusst, dass sie mit einer Aufgabe konfrontiert waren, an der jahrzehntelang zig Frauen gescheitert waren: Gy klarzumachen, worin das Geheimnis »Weib« bestand, was Weiblichkeit und Sex miteinander zu tun hatten, warum Frauen ihn wollten, was sie dabei wollten und was sie vom Mann erwarteten – nämlich keinen Zehn-Sekunden-Sprint, nach dem er mit hochgereckten Armen in die Umkleidekabinen rannte, sondern einen abwechslungsreichen Geländelauf, der mit einem begeisternden Sprint *endete*, bestenfalls. »Das ist eben mehr ein innerer Vorgang«, erklärte Olli. »Du musst aufmachen, so richtig loslassen, in dich lauschen und in die Frau. Du musst dich in Schwingung bringen und ganz du selbst sein.«

Er schnaufte, wedelte mit den Armen. Wie ein gestrandetes Robbenbaby, dachte Frank. Aber Olli geriet in Fahrt. Er atmete laut, kräftig, schloss die Augen.

»Rrr«, machte Olli, erst leise, dann nach und nach deutlich lauter und rhythmisch. »Mmh. Oaah. Rrr. Mmmh.« Immer wieder und immer lauter. Eine Art Quieken gesellte sich dazu. Schweiß trat auf Ollis Stirn, während er Ober- und Unterkörper in seltsame Wellenbewegungen versetzte. Er steigerte sich, die Geräusche wurden schließlich so laut, dass sie in der gesamten Halle zu hören waren: »Mmmh. Oaahh. Miek. Rrr. Oaah. Mmh.«

Die trainierenden Menschen unterbrachen ihre Übungen, die Frauen stoppten ihre Rhönräder, die Gruppe auf den Turnmatten hielt in der Bewegung inne. »Oaah. Mmmh. Rrr«, hallte es durch den Raum, immer schneller, immer lauter.

Lasse sah betreten zu Boden, Gy tat, als hätte er nichts mit der Gruppe zu tun, nur Frank grinste. Aber Olli war noch nicht fertig. Wie ein Dirigent hob er die Arme, leitete sich selbst an bei der orchestralen Orgasmusaufführung. »Roaah.

Oaaah. Mmmhaaajaaaaah!«, ließ er als finales Crescendo ertönen, senkte die Arme, öffnete die Augen und sah in die schweigende Runde. Als das Echo verhallt war, herrschte für einen Moment absolute Stille.

Gy nickte langsam, Frank zwinkerte ihm zu und nickte dabei ebenfalls: So in dieser Richtung, hieß das. Das wäre schon mal ein Anfang.

16.

Im Hinterzimmer des »Deutsche Feinkost«, wo Olli Vorräte aufbewahrte und seinen Buchhaltungsaufgaben nachging, hatte er einen Tisch und vier Stühle aufgestellt. Er brachte ein Tablett mit einer Flasche Wein, vier Gläsern und einem Glas mit eingelegten Oliven. Auf den Tisch hatte er einen Topf mit Stiefmütterchen gestellt. Mit der weißen Decke sah das Ensemble fast idyllisch aus. Giselher, Lasse und Frank standen daneben und betrachteten das Stillleben.

»Sie glauben nicht, wie hoch richtige Umgangsformen in unseren Assessment-Centern bewertet wurden«, sagte Giselher zu Gy, der keine Peilung hatte, was ein verdammtes Assessment-Center war. Klang ein bisschen nach Terroranschlag. »Man kann noch so gute Abschlüsse haben«, dozierte der ehemalige Abteilungsleiter. »Die richtigen Umgangsformen sind nach wie vor das Allerwichtigste.« Er nickte, um sich selbst zu bestätigen.

Gy antwortete: »Ich finde, am wichtigsten ist, immer geradeaus zu sagen, was man denkt.«

Giselher verzog das Gesicht und deutete ein Kopfschütteln an.

Die vier Männer setzten sich, Olli präsentierte formvollendet die Weinflasche, eine 2002er Spätlese aus dem Rheinhessischen. Giselher machte eine betont höfliche Geste, Olli öffnete die Flasche und goss allen einen Schluck Wein ein. Gy betrachtete das Glas mit zusammengekniffenen Augen und wünschte sich schweigend ein Bier.

»Also«, sagte Giselher und sah die anderen nacheinander

an. »Lektion eins. Während wir auf das Essen warten, machen wir der Frau Komplimente.«

»Warum?«, fragte Gy, ehrlich verblüfft.

Giselher kämpfte dagegen an, dass seine Gesichtszüge entglitten. »Menschen blühen auf, wenn sie gelobt werden. Ein Kompliment bricht das Eis, man nimmt die Dame für sich ein. Jeder Mensch mag es, Komplimente zu bekommen.« Giselher wusste, wovon er redete, weil sein Karriereerfolg zu einem Gutteil auf diesem Prinzip beruht hatte. Sogar seine Chefin hatte er auf gewisse Weise dadurch gefügig gemacht, und selbst die männlichen Mitarbeiter waren seinen Anweisungen widerspruchslos gefolgt, wenn er sie zuvor gelobt oder mit einer positiven Bemerkung über ihr Äußeres motiviert hatte. Zudem gehörte das für Giselher einfach dazu. Möglich, dass es nicht mehr modern war, auf diese Weise miteinander umzugehen, aber das war ihm herzlich egal.

Olli sagte: »Zum Wohl«, und die Runde prostete sich zu, mit Ausnahme von Gy, der sein Weinglas nicht anrührte.

»Also los«, sagte Giselher. »Sie beide.«

Gy und Olli sahen sich an. Konzentriert, nachdenklich, angespannt. Sekundenlang geschah nichts. Gy ließ die Augenbrauen tanzen, Olli versuchte ein Lächeln. »Du hast schöne Augen«, sagte er schließlich.

»Danke«, entgegnete Gy leise. Die beiden starrten weiter. Nach etwa einer Minute gefror Ollis Lächeln.

»Sie haben sehr schöne Hände«, sagte Giselher inzwischen zu Lasse und sah ihn dabei freundlich an. Der Junge hob sich die Hände vor das Gesicht und betrachtete sie, als wären sie gerade erst gewachsen. Dabei nickte er langsam.

»Irgendeine Sache muss es an mir doch geben, die du gut findest, oder?«, fragte Olli nach einer weiteren Minute.

»Ich schau ja noch.« Gy betrachtete sein Gegenüber ausgiebig, wie er das sonst niemals tat, auch nicht mit Frauen. Er sah sich sogar Ollis Haare an, seine Ohren, die Ohrläppchen, seine Wangenpartien, den Halsansatz. Aber er blieb still. Er kannte Olli einfach schon zu lange, alles an ihm war für Gy selbstverständlich, seit Jahren bekam er das fast täglich zu Gesicht. Davon abgesehen war Olli ein verdammter *Mann*. Männer sind nicht schön, dachte Gy, und man muss ihnen auch keine Komplimente machen, denn sie sind einfach *Männer*. Und keine Weiber, die total durchdrehen, wenn man ihre neue Frisur lobt.

»Oliver hat sehr schöne Lippen«, versuchte Giselher auszuhelfen.

»Danke, aber Sie müssen ihm nicht auf die Sprünge helfen«, sagte Olli leise und etwas mühevoll, wobei er dagegen ankämpfte, laut zu werden. »Er sollte schon selbst was entdecken.«

Lasse sah unterdessen zwar in Giselhers Richtung, aber in seinen Augen war etwas Verträumtes, Abwesendes.

»Eine Sache lässt sich doch sicher auch an mir finden«, sagte Giselher.

»Oh«, sagte Lasse. »Entschuldigung. Ich war gerade mit meinen Gedanken woanders.«

»Also ich bin vielleicht etwas kräftiger gebaut«, insistierte Olli. »Aber so, dass man gar nichts an mir findet, so sehe ich doch auch nicht aus, oder?«

»Lass mich halt mal in Ruhe schauen!«, blaffte Gy.

Giselher wartete ebenfalls noch, aber Lasse machte keine Anstalten, irgendetwas von sich zu geben.

»Ehrlich, wenn ich Sie so müde vor mir sitzen sehe«, herrschte Giselher ihn schließlich an. »Ihnen würde ich auch keine Lehrstelle geben.« Er nahm einen Schluck Wein und schüttelte den Kopf.

»Sie haben doch selbst keinen Job.«

»Aber ich hatte wenigstens mal einen.«

»Vielleicht ist es Ihnen ja noch nicht aufgefallen, aber Sie sind kein Manager mehr, der Leute einstellt«, nörgelte Lasse. »Sie und ich, wir sind in der gleichen Situation.« Er lehnte sich zurück.

»Nein, mein Lieber«, gab der ehemalige Abteilungsleiter zurück. »Wir sind keineswegs in der gleichen Situation. Ich habe über dreißig Jahre gearbeitet. Und in Ihrem Alter, da war ich schon vier Jahre lang berufstätig.«

»Pff«, machte Lasse. »Und was können Sie sich jetzt davon kaufen?«

Giselher stöhnte genervt und deutete an, aufstehen zu wollen. »Also, so lasse ich mich nicht behandeln.«

Aber Olli und Gy steckten noch mitten in der Übung.

»Also, ich meine … irgendwas«, sagte Olli und hob die Hände. »So eine kleine … ich meine … irgendeine Kleinigkeit wird sich doch an mir finden lassen? Etwas, das dir gefällt? Ich meine, das kann doch nicht so schwer sein, ein Kompliment zu machen!«

»Kann ich aber nicht auf Knopfdruck«, grummelte Gy.

»Zu mir ist auch niemand nett«, solidarisierte sich Lasse.

»Na toll«, sagte Olli.

Die Männer stöhnten unisono und starrten dann schweigend auf die Stiefmütterchen.

17.

Frank kniete vor der Küchenspüle und hantierte mit der Wasserpumpenzange am Traps, dem gebogenen Geruchsverschluss des Ablaufs. Das hatte er schon vor einer Weile tun wollen, das Wasser floss nicht mehr richtig ab. Okay, es lief durchaus ab, aber es könnte besser ablaufen.

Am Nachmittag hatte er seine Bücher nach Fachgebieten und Autorennamen sortiert, dann das gute Besteck poliert, Sabines Wäsche nach Farben und Anlass geordnet, alle Schrankoberflächen saubergemacht und danach mit Pronto gewienert, sogar einige Blattpflanzen mit Öl abgerieben. Und noch ein paar andere Sachen. Die Wohnung strahlte wie schon lange nicht mehr. Aber der verfluchte Verschlussring klemmte. Er beugte sich tief in den Unterschrank. Deshalb hörte er nicht, wie Sabine nach Hause kam.

Als er, die Stirn mit Schweiß bedeckt, aus dem Spülschrank gekrochen kam, stand sie neben ihm. Wow, Sabine sah toll aus. Todschickes, elegantes Arbeitskostüm, die Haare kunstvoll hochgesteckt, als wäre sie gerade beim Friseur gewesen, die Wangen leicht gerötet, vielleicht vom Treppensteigen. Sie sagte »Hallo!« und deutete einen Wangenkuss an, ohne Frank richtig zu berühren. Er zog die Stirn in Falten und antwortete auch mit »Hallo«, wobei ihm sein eigener, unterbewusst fragender Unterton nicht entging.

Sabine nahm den Laptop vom Tisch, der dort noch von der Escort-Service-Recherche stand, und sagte dabei: »Der Bruder von einem meiner Kollegen arbeitet bei einer Motorrad-Zeitschrift. Da ist noch ein Job frei. Ruf doch gleich mal da an, der ist noch eine halbe Stunde lang im Büro. Ich habe die Nummer in meiner Handtasche.«

Sie machte Anstalten, ins Arbeitszimmer zu gehen, aber Frank stellte sich ihr in den Weg. Dann zog er sie an sich und küsste sie richtig.

Sie roch ein bisschen ungewöhnlich.

Während Sabine den Laptop in Betrieb nahm – offensichtlich hatte sie noch zu arbeiten –, kramte Frank in ihrer Handtasche nach der Nummer. Es überraschte ihn, wie viel Krempel in so eine kleine Tasche passte. Irgendwo hatte er mal gelesen, bei Douglas Adams, wenn er sich recht erinnerte, dass die Hersteller von Handtaschen kleine Schwarze Löcher benutzten, so dass ein Vielfaches ihres eigentlichen Volumens zur Verfügung stand, weil Frauen immer ihren gesamten Hausrat mit sich herumschleppen mussten. Frank grinste bei dem Gedanken. Männer hingegen kamen mit einem bis zur Kugelform aufgeblähten Portemonnaie aus, das sie *immer* in der Gesäßtasche trugen.

Er holte mehrere Taschenspiegel hervor, einige Puderdosen, drei Notizbücher, Lippenstifte in sieben – in seinen Augen identischen – Farbtönen, Sabines Mobiltelefon, die Hülle von Sabines Mobiltelefon, etwa zwölf Packungen Papiertaschentücher und eine Handvoll Tampons.

Dann stutzte er. Etwas knisterte zwischen seinen Fingern. Langsam zog er eine glänzende, schwarze Plastikverpackung aus der Tasche, und er spürte, wie er dabei eine Gänsehaut bekam. Es war eine Dreierpackung, und ein Päckchen war aufgerissen, ganz offensichtlich in großer Eile.

»Sabine?«, rief er in Richtung Arbeitszimmer. »Warum hast du Kondome in der Tasche?«

Erst während er das sagte, kam die Botschaft bei ihm an. Franks Knie knickten ein.

Sekunden später stand sie vor ihm. Er hielt die Kondome noch immer in der Hand, starrte völlig fassungslos darauf, auf dem Boden kniend. Sabine war erblasst und wurde von einem Zittern übermannt. Sie beugte sich herunter, nahm vorsichtig Franks freie Hand, der das nur widerwillig zuließ und weiterhin die Präservative anglotzte, dann erhob er sich und folgte ihr stolpernd in die Küche. Seine Beine knickten mehrfach beinahe ein, während er daran dachte, was das zu bedeuten hatte – und was ihnen jetzt zweifelsfrei bevorstand.

Sie setzten sich an den Küchentisch, zwischen ihnen der Kerzenständer. Frank hatte ihn kurz zuvor als Dekoration für das romantische Diner gekauft, das er für ihr neuntes Jubiläum zubereitet hatte. Sabine saß ihm gegenüber, sie weinte und sah ihm nicht ins Gesicht. Eine Erklärung gab es nicht, Frank wollte auch überhaupt nicht wissen, wer das war, der Mann, der alles kaputtgemacht hatte. Er kratzte mit den Fingernägeln über die Tischplatte, während er sich so leer fühlte, dass es hallen würde, wenn er jetzt etwas sagte.

Sie schwiegen einige Minuten, nur unterbrochen von Sabines Schniefen. Schließlich hielt er es nicht mehr aus. Er war wütend und traurig zugleich, aber er fand für beides keine Worte. Es war sinnlos. Und zu spät.

»Ich werde gehen«, sagte er.

Sie reagierte nicht, blickte nicht einmal auf.

Frank schob den Stuhl zurück, erhob sich und ging.

18.

Er wanderte durch die Straßen, auf dem Rücken eine Sporttasche, in die er ein paar Sachen gestopft hatte, allerdings sorgfältig, so dass sie nicht knitterten, und trotz der Lederjacke und seinem weißen Schal war ihm kalt. Es nieselte leicht, es dämmerte, aber zu dieser Jahreszeit war eigentlich den ganzen Tag lang Dämmerung.

Und in Franks Innern erst recht.

Er hatte mit allem gerechnet, aber nicht damit. Dass Sabine ihn betrog, das war so absurd, so völlig neben der Spur, absolut undenkbar. Sie waren doch ein so harmonisches Paar. *Gewesen.*

Frank hatte keine Erklärung dafür, warum sie das getan hatte. Am Sex konnte es nicht gelegen haben, denn dabei hatte immer nur Sabine im Mittelpunkt gestanden. Aber vielleicht war es ja gerade das – wozu Frank nicht in der Lage war, was er nicht mochte, sogar ablehnte, wenn er ehrlich zu sich war, das war fordernder, schneller Scx, wie Gy ihn vermutlich, sogar ziemlich sicher praktizierte. Möglicherweise fehlte ihr das bei ihm, und vielleicht hatte sie genau das bei diesem ... *Kerl* gesucht. Und gefunden. Aber warum?

Frank spürte, wie ihm die Tränen über die Wangen liefen, er dachte an die glücklichen Momente, die Harmonie zwischen ihnen, die Art, wie sie sich ergänzten, gemeinsam lachen konnten über die gleichen Witze – all das, was jetzt kaputt war. Während er eine Straße überquerte, ohne sich nach Autos umzugucken, merkte er, wie ihm die wenigen Menschen, die unterwegs waren, mitleidige Blicke zuwarfen. Als stünde ihm im Gesicht geschrieben, was geschehen war.

Frank schüttelte den Kopf und hob ihn dann an.

Ausgerechnet Gy wollte er jetzt eigentlich nicht treffen, diesen beziehungsunfähigen Triebtäter, der eine sehr gegenständliche Auffassung von der Frauenwelt hatte und sich kaum mit den Gefühlen auskannte, die Frank jetzt quälten. Aber Gy war in Ollis Laden, wohin Franks Beine ihn fast automatisch getragen hatten, und jetzt saßen die drei im Hinterzimmer des »Deutsche Feinkost«. Olli hatte Tee zubereitet.

»Das kann schon mal passieren, dass man fremdgeht«, erklärte er schwach und sah hilfesuchend zu Gy, der die Stirn in Falten gelegt hatte. Aber von dieser Seite war keine Hilfe zu erwarten. Man hätte den promisken Polizisten auch zu Astrophysik oder Teleologie befragen können. Den Begriff Fremdgehen kannte er nur von der anderen Seite – von Frauen, die mit ihm fremdgingen, nicht umgekehrt.

»Sicher«, sagte Frank leise und nippte an seinem Tee. »Und mit wem gehe ich dann fremd?« Er sah zu Olli. »Mit meiner verdammten Waschmaschine?«

Niemand lachte, aber Frank starrte vor sich hin.

»Zehn Jahre«, sagte er. »Und jetzt das. Ehrlich, ich verstehe es nicht.«

Olli legte ihm die Hand auf den Unterarm. Er hatte seine eigenen Erfahrungen in dieser Hinsicht gemacht, aber das war lange her, und seine Enttäuschung hatte schließlich dazu geführt, dass er sich ganz den Kochkünsten zugewandt hatte. Aber das war jetzt nicht das Thema. Er musste seinem Freund helfen. Oder es wenigstens versuchen.

»Sabine liebt dich. Ihr seid ein so tolles Paar. Wenn es ihr leid tut, dann kannst du ihr doch verzeihen, oder?«

Franks Augen wurden feucht.

»Ich kann das nicht.«

Gy räusperte sich. »Auf jeden Fall kommst du erst mal mit zu mir«, erklärte er bestimmt.

Gys Wohnung sah aus wie ein Schlachtfeld. Auf jeder Ablagemöglichkeit türmten sich Müll, grünlich schimmernde Essensreste, dreckiges Geschirr, das sich langsam zu bewegen schien, ungeöffnete Post, Hüllen von Videokassetten und DVDs, leere Verpackungen, Pizzaschachteln, überquellende Aschenbecher, Chipstüten, geknüllte Bierdosen und vieles mehr. Es roch, als wäre vor kurzem ein Müllwagen durch die Bude gefahren, dessen Aroma noch wie ein Kometenschweif in der Luft stand. Auf den Stuhllehnen hingen schmutzige Wäschestücke, und Frank entdeckte eine Socke, die vom Dreck so steif war, dass ihr Unterteil zur Seite wegstand, der Schwerkraft trotzend. Der Boden war fleckig, durch die Fenster konnte man kaum hindurchsehen.

»Fühl dich wie daheim«, sagte Gy, nicht ohne Stolz.

»Wann hast du hier zum letzten Mal aufgeräumt?«, fragte Frank, obwohl ihm etwas anderes auf den Lippen lag.

»Ich finde alles, was ich brauche«, rief Gy, der sich auf dem Weg ins Bad befand.

Frank versuchte, seine Sporttasche auf einer Art Sitzbank abzustellen, aber sie rutschte wieder vom Müllberg herunter. Vorsichtig klopfte er die Unterseite der Tasche ab, an der jetzt *irgendetwas* klebte, und stellte sie auf den Fußboden.

»Also, mit ein paar Handgriffen wäre das hier gleich wieder viel wohnlicher«, rief er in Richtung Bad. Tatsächlich wären einige hundert Handgriffe nötig.

»Warnung!«, kam aus dem Bad. »Wenn du hier irgendwas anrührst, erschieße ich dich – du weißt, dass ich eine Kanone habe! Ich liebe meine Bude, und ich brauche meinen Dreck. Das hat alles seine Ordnung!«

Frank sah sich um, Gy kam aus dem Bad zurück: »Also schön zurückhalten, ja?«

Der Philologe bückte sich und hob eine Plastikflasche hoch.

»Wieso hast du denn Salatöl am Bett stehen?«

»Das geht dich gar nichts an«, grinste Gy. »Wir sehen uns später.« Er klopfte Frank auf die Schulter. »Ciao.«

»Ciao«, antwortete Frank und ließ seinen Blick abermals über das Chaos schweifen. Es machte Plopp, weil die Salatölflasche, die er auf dem Tisch abgestellt hatte, von selbst wieder heruntergerutscht war.

19.

Auf dem Weg zur Arbeit überraschte sich Gy selbst damit, dass er an Frank und Sabine dachte. Bisher war Franks Freundin für ihn nur ein Anhängsel seines Freundes gewesen, etwas, das man zu akzeptieren hatte, wie einen Hund, ein Auto oder ein seltsames Hobby, Briefmarkensammeln oder so. Das nahm man hin, ging damit um, wenn es nötig war, und ansonsten ignorierte man es geflissentlich.

Aber das stimmte nicht, bemerkte er jetzt. Jedenfalls nicht, wenn man es aus Franks Blickwinkel betrachtete. Gy war verblüfft, weil er nicht so recht verstehen konnte, wie sehr Frank darunter litt, aber gleichzeitig hatte er doch eine kleine Ahnung davon, was es möglicherweise bedeutete. An seiner eigenen Hilflosigkeit in dieser Sache änderte das allerdings nichts.

Gy und Daphne hatten als Strafe für ihren Betriebsunfall Wachdienst am Hinterausgang des Jüdischen Gebetshauses. Seit dem Unfall hatten sie sich nicht gesehen, und jetzt standen sie schweigend nebeneinander, in der Kälte, zum Nichtstun verdammt.

Hinter ihnen ragte das moderne Gebäude sechs Stockwerke in die Höhe, und vor ihnen lag der nüchterne Hof, in dem es nichts gab, das sich zu betrachten lohnte. Gy wünschte sich eine Zigarette, aber hier war ihnen das Rauchen im Dienst untersagt.

Daphne blickte stur geradeaus. Ihr Gesicht verriet nichts, ihr Mund blieb verschlossen.

Ein Reinigungsfahrzeug kam in den Hof gefahren, laut und schnarrend. Die Polizisten, die Hände tief in die Taschen der Uniformjacken gestopft, beobachteten es, weil das die einzige Abwechslung war, die sie hatten.

Gy dachte an den gestrigen Abend, an die Benimmlektionen in Ollis Vorratsraum. Er drehte sich kurz zu Daphne, die seinen Blick sofort bemerkte und sich ihrerseits zu ihm drehte. Sofort starrten beide wieder stur geradeaus. Das Spiel wiederholte sich dreimal.

»Was?«, fragte Daphne schließlich, etwas mürrisch.

Gy räusperte sich. Gleich beim ersten Mal war ihm nämlich etwas aufgefallen.

»Du hast schöne Lippen«, sagte er.

Daphne unterdrückte ein Lächeln.

»Und einen schönen Hals«, ergänzte Gy, wobei er sich im Geist auf die eigene Schulter klopfte. Gleich zwei Komplimente auf einmal!

Giselher wäre sicher stolz auf ihn.

Daphne lächelte jetzt doch, aber so schmal sie konnte. Am liebsten hätte sie laut losgelacht. Aber irgendwie fand sie es auch ... niedlich.

Sie wandte sich dem Kollegen zu und sagte: »Schau mal geradeaus.«

Gy nahm Haltung an.

»Was habe ich denn heute an?«

Gy grinste siegesgewiss. Das war leicht. »Uniform?«

»Ach, echt? Sag bloß.« Sie pausierte kurz und sah dem Reinigungswagen hinterher, der gerade den Hof verließ. »Und was noch? Bin ich geschminkt? Trage ich Schmuck? Habe ich die Haare heute anders?«

Gys Grinsen fiel in sich zusammen, er senkte den Blick und gab dann zu: »Weiß nicht.«

Daphne nickte langsam. »Ja, genau.«

Sie drehte sich zur anderen Seite und sagte leise: »Idiot.«

Den Rest der Schicht standen sie schweigend nebeneinander, die Schultern hochgezogen und Hände noch tiefer in den Taschen. Dass Gy irgendwann einen halben Schritt zurücktrat und Daphne ausgiebig betrachtete, bemerkte sie nicht.

20.

Schon vor seiner Wohnungstür merkte Gy, dass etwas nicht stimmte. Der Geruch war anders. Normalerweise würde er sein Stockwerk, sein Revier, auch im Dunkeln erkennen. Er schloss hastig die Wohnungstür auf und stürmte in den Flur, blieb aber sofort stehen, denn er erkannte ihn kaum wieder. Seine Schuhe standen in Reih und Glied auf dem Boden, einige davon glänzten sogar, und der Teppich, dessen Farbe er als ein blasses Dunkelbraun erinnerte, strahlte in einem hellen Beige. Der Berg mit seinen Jacken war verschwunden. Auf dem Telefontischchen, das er lange nicht mehr gesehen hatte, lag ein säuberlich geordneter Stapel Post. Der Flur wirkte leer, irgendwie. Gy rannte in die Küche. Der frische Duft schlug ihm entgegen. Die Ablagen glänzten, der Herd hatte tatsächlich vier Kochplatten, und nicht zwei, wie Gy zuletzt angenommen hatte, und nirgendwo war auch nur ein Fitzelchen von einem Essensrest zu sehen.

»Sag mal, hast du hier etwa *aufgeräumt*?«, brüllte er. Er polterte ins Wohnzimmer. »Oh, Mann, Frank. Du hast hier aufgeräumt, oder?« Er betonte das Verb, als ginge es um einen Vergewaltigungsvorwurf, mindestens. Tatsächlich fühlte er sich vergewaltigt, in gewisser Weise.

Andererseits roch es tatsächlich angenehm.

Frank lag auf einer Seite des viel zu schmalen Betts und las das am wenigsten dumme Buch, das er in Gys noch schmalerer Bibliothek – zwei Romane, ein Sachbuch über Waffenkunde und drei von Walt Disneys Lustigen Taschenbüchern – gefunden hatte: »Die Geschichte der O.«, wahrscheinlich ein Fehlkauf.

Gy streifte seine Klamotten ab und ließ sie nacheinander dort fallen, wo er sich auf dem Weg in Richtung Bett gerade befand. Frank widerstand dem Impuls, aufzustehen und das Zeug wieder aufzusammeln. Aber es fiel ihm schwer.

»Ja, ich habe ein bisschen was gemacht«, sagte er müde.

»Ein bisschen was?«, dröhnte Gy.

»Schließlich lässt du mich hier auch wohnen.«

Frank kam sich blöd vor, weil er sich jetzt auch noch entschuldigen musste. Tatsächlich hatte er Tabula rasa gemacht. Ganze sechs Stunden hatten die Sanierungsarbeiten gedauert. Fünf pralle Müllsäcke standen im Hof.

Gy machte einen Satz über Frank hinweg und ließ sich auf die wandnahe Seite des Bettes fallen. Dabei zog er ihm die Bettdecke weg. Ein rötliches Plastikding, das auf Franks Beinen lag, kam zum Vorschein.

»Was ist denn das?«

»Meine Wärmflasche, ich habe kalte Füße.«

Gy sortierte die Bettwäsche um. Frank bekam eine raue Wolldecke und ein altes Kissen. Dann schaltete Gy den Fernseher ein, der am Fußende über dem Bett hing. Mit der gleichen Fernbedienung startete er den Videorecorder, der auf dem Fernseher stand.

Frank hörte das Stöhnen, bevor das Bild da war. Einen Augenblick lang hoffte er, sich zu täuschen, aber dann starrte er fassungslos auf eine überschminkte Blondine, die gleichzeitig von zwei Männern penetriert wurde. Das Stöhnen war nicht synchron. Dass ausgerechnet ihm – der in seinem Germanistikstudium sogar freiwillig zu den Veranstaltungen der Gender Studies gegangen war und schon als Fünfzehnjähriger mit seinen Schwestern gegen die Eröffnung eines Erotikladens demonstriert hatte – das passieren musste! Gy hatte sich die Decke über die Brust gezogen und es sich richtig gemütlich gemacht. Er schien die Situation für absolut normal zu halten. Manchmal fragte sich Frank wirklich, was sie eigentlich miteinander verband.

»Wie? Das willst du dir jetzt angucken?«

»Du liegst in *meinem* Bett und unter *meiner* Decke«, blaffte Gy ihn an, ohne den Blick vom Bildschirm zu nehmen. »Und ich kann einfach besser schlafen, wenn ich vorher noch einen Film gucke.«

»Aber so ein ... Film macht doch nicht müde.« Frank sah mit einem Auge zum Fernseher. Das machte nicht den Eindruck, als würde es den Beteiligten wirklich Spaß machen, vor allem den Frauen nicht. Er sah sich die Sache genauer an. »Das regt doch eher an.«

Gy schlug auf die Bettdecke. »Wenn ich mir einen runterhole, dann werde ich müde, und dann kann ich besser einschlafen.«

Frank rückte ein Stückchen weg. »Aber das machst du nicht jetzt, während ich neben dir liege, oder?«

»Nein, das mache ich nicht. Darf ich trotzdem schauen? Du musst ja nicht hinsehen.«

Die Szene wechselte, eine langmähnige Brünette kam hinzu.

»Doch, schon okay«, sagte Frank. Die Brünette trug Nylons und sonst nichts. »Ich guck mir das jetzt mal an.«

»Sieh's mal so«, sagte Gy. »Ich mache das jetzt beruflich. Ist so eine Art Lehrfilm.«

21.

Es war kein schönes Gefühl, das Verlagshaus wieder zu betreten, in dessen dritten Stock die Redaktionsräume lagen, in denen er bis vor kurzem gearbeitet hatte. Frank ging mit hochgeschlagenem Kragen durch das Treppenhaus, in der Hoffnung, keine seiner ehemaligen Kolleginnen zu treffen. Aber die Gefahr war sowieso gering, die Räume der *Motorrad Welt* lagen in der zweiten Etage, und sämtliche Mitarbeiterinnen der *Mira* würden auch im Brandfall vor dem Aufzug anstehen.

Eine wasserstoffblondierte Schönheit mit gewaltiger Oberweite empfing Frank und führte ihn in das Büro des Chefredakteurs.

»Wick kommt gleich«, säuselte sie und klackerte davon.

»Wick«, wiederholte Frank leise. Was für ein oberbescheuerter Name. Er überlegte, wovon das wohl eine Abkürzung war. Im Grundstudium hatte er zwar, eher aus Langeweile, einen Kurs in Onomastik belegt, aber der Namensforscher, ein hutzliger Mann mit riesigem Schnauzbart, hatte keinen Namen erwähnt, der sich auf »Wick« verkleinern ließ. Frank dachte an Wigbert oder Wigfred, wobei er nicht sicher war, dass es diese Vornamen überhaupt gab, dann an Nachnamen, die irgendwie relevant wären, und als er an Tagesschausprecher und Hustenbonbons denken musste, gab er den Versuch auf.

Er setzte sich auf den Freischwinger aus Leder, der vor dem Schreibtisch stand. An den Wänden des schlichten, aber großen Büros hingen gerahmte Titelseiten der Zeitschrift, auf dem Schreibtisch stand das Plastikmodell irgendeiner Maschine. Der Lenker sah beweglich aus. Frank griff danach, um das Vorderrad in die andere Richtung zu drehen, und schon hatte er ein Bauteil des Modells in der Hand. In diesem Moment ging die Tür auf. Rasch lehnte Frank das Plastikstück gegen das Modell.

»Hallo!«, ertönte es hinter ihm, energisch und irgendwie ... positiv. Frank erhob sich und reichte dem Chefredakteur die Hand.

»Wick«, sagte der Mann, Anfang dreißig, in stylischer schwarzer Kleidung und mit coolem Fünftagebart. Er hatte einen enormen Händedruck und ein noch enormeres Grinsen. Über genau diesen Typ Mann hatten sich Franks Schwestern immer lustig gemacht, erinnerte er sich, ihn »überkommen« und »atavistisch« genannt, aber zwei von ihnen hatten schließlich genau diesen Typ Mann geheiratet. Eine allerdings war schon wieder geschieden.

»Äh. Hallo. Frank.«

»Setz dich doch«, sagte Wick und wies auf den Stuhl, auf dem Frank gerade noch gesessen hatte. »Du hast also für die *Mira* geschrieben?«

»Ja, äh. Ich habe die Männerkolumne verfasst.«

Wick grinste gewinnend. »Aha. Na, das Blatt ist ja auch bei uns im Verlag.«

Frank nickte brav und fixierte das beschädigte Motorradmodell. Wick legte ein Exemplar der Frauenzeitschrift auf den Schreibtisch und schlug es vorne auf. Über dem Editorial war ein Foto von Franks ehemaliger Chefin Birte zu sehen. Wick tippte auf das Bild.

»Die würde ich auch nicht von der Bettkante stoßen«, sagte er und grinste ihn komplizenhaft an.

Frank war irritiert, dann nickte er langsam. Über derlei hatte er sich keine Gedanken gemacht – bisher. Andere Frauen waren für ihn tabu gewesen, aber jetzt war er wieder Single. Er schüttelte leicht den Kopf und verdrängte den Gedanken.

Wick blätterte weiter in der Zeitschrift. »Ich habe gerade den Artikel über den *Mau* gelesen.« Er grinste breit, ganz ein Gewinnertyp, dachte Frank, und fühlte sich zwei Köpfe kleiner als dieser Macher hinter dem Schreibtisch.

»Weltklasse! Genial!«, fand Wick.

Frank zog die Stirn in Falten. *Mau?*

»Was ist das – Mau?«

»Der Mau? Na, das ist der Mann, der mehr Frau als Mann ist. Hier.« Er blätterte weiter, schließlich fand er die Seite. »Mau, so ein treffender Ausdruck. Ich habe mich beinahe weggeschmissen.«

Er schob das Magazin über den Tisch, so dass auch Frank lesen konnte, was da stand, aber das war überhaupt nicht nötig, denn Wick las es lachend vor:

»MERKMALE FÜR EINEN MAU: Er liegt beim Sex meistens unten. Er verdient weniger als seine Lebensgefährtin, oder nichts. Er putzt, wäscht und kocht besser als sie. Er hat Berufe wie Pädagoge oder Schriftsteller.« Der Chefredakteur sah kurz hoch. »Und dann das hier. Die Wärmflasche.«

Er drehte die Zeitung um. Das Bild zeigte einen Mann in Schürze und mit zusammengebundenen Haaren, der einen Mülleimer in der einen und ein Telefon in der anderen Hand hielt. Seine nackten Füße ruhten auf einer Wärmflasche. Auf genau so einer, wie Frank sie benutzte.

Er brachte ein mühseliges Lachen zustande, während Wick sich königlich amüsierte.

»Mann, dieser Artikel ist der Knaller. Wahnsinn. Ist der von dir?«

Frank schüttelte langsam den Kopf.

»Nein. Äh. Von mir. Von mir ist der Artikel über … äh. Bikiniwachs.«

»Bikiniwachs?« Wick runzelte die Stirn und blätterte suchend in der Zeitschrift hin und her, sein Amüsement war verflogen. »Wie kannst du über etwas schreiben, das du noch nicht mal selbst gemacht hast?«

Frank sah zu Boden. »Ach, das geht schon.« Dabei zwickte es leicht in seinem Schritt.

Wick nickte, dann schlug er die Zeitschrift zu. Er faltete die Hände auf dem Schreibtisch und sah Frank durchdringend an. »Na, dann mal zu uns«, sagte er und stand auf. Er kam um den Schreibtisch herum. »Was verstehst du von Motorrädern?«, fragte er dabei. Frank drehte sich auf dem Stuhl, um Wick im Blick zu behalten.

Was er von Motorrädern verstand? Was gab es da zu verstehen? Zwei Räder, ein Sitz, ein Motor. Motorräder eben.

»Ich liebe Motorräder«, behauptete er.

»Aha.« Wick nahm ein Bild von der Fensterbank und zeigte es Frank. Auf dem Foto war eine DUCATI 999s zu sehen, eines der Superbikes der italienischen Schmiede, Viertaktmotor, flüssig gekühlt, und mit hundertfünfzig PS eine der leistungsstärksten Maschinen in der Tausend-Kubikzentimeter-Klasse. Wick wusste das, jeder ambitionierte Biker hätte das gewusst. »Kannst du mir sagen, was das hier für eine ist?«

Frank beugte sich vor und kniff die Augen zusammen. Der Schriftzug auf dem Tank war nur schwer zu lesen.

»Klar doch«, behauptete er selbstbewusst und beugte sich noch ein Stückchen vor. »Das ist eine Du... eine Durari?«

Wick drehte das Bild zu sich um, zog die Augenbrauen hoch und atmete hörbar aus. Den Gedanken daran, ihn nach der Herkunft seines Namens zu fragen, gab Frank in dieser Sekunde auf.

Und alles andere auch.

22.

Den Hintergrund bildete eine grünliche Ziegelsteintextur, auf der in großen Lettern »DEUTSCHE FEINKOST ZUM ANFASSEN« zu lesen war. Darunter befanden sich Bilder von Gy, Olli, Giselher und Lasse, deren Augenpartien mit Balken geschwärzt waren wie bei Doku-Polizeiaufnahmen im Fernsehen. Unter den Bildern stand »Der Polizist«, »Der Koch«, »Der Geschäftsmann« und bei Lasse: »Der jugendliche Wahnsinn«.

Tobi, der Kollege von Gy, hatte die Website entworfen, er war selbst viel im Internet unterwegs und kannte sich mit solchen Sachen aus. Hatte er jedenfalls behauptet. Der Entwurf hatte etwas Amateurhaftes, wirkte aber gleichzeitig auf gewisse Weise liebenswert. Tobi nickte stolz.

»Das ist es?«, fragte Lasse mit nörgelndem Unterton. Er ließ sich auf seinem Stuhl zurückfallen. Vielleicht wusste er nicht so viel vom Leben, wie die anderen hier, aber er hatte ganz sicher mehr Zeit als sie im Netz verbracht, kannte die IP-Adressen der meisten Game-Server auswendig und wusste wenigstens, dass HTML keine T-Shirt-Größe war. »Das sieht aus als würden wir Verkehrsschulungen durchführen.« Er beugte sich wieder auf seinem Stuhl vor, seit gestern gab es tatsächlich benutzbare Sitzgelegenheiten in Gys Wohnung. »Oder wie eine Fahndungsseite der Polizei.«

»Was hast du denn?«, fragte Gy und blinzelte Lasse zu. »Also, ich finde es super.«

Tobi nickte wieder. »Ist absolut in Ordnung. Und so schön schlicht.«

»So schön schlicht«, äffte Lasse nach und verdrehte die Augen.

Olli, der hinter Gy und Tobi stand, stützte sich auf die Stuhllehnen und zog die Augenbrauen hoch. »Was sollen eigentlich diese komischen Balken über den Augen?«

Gy drehte sich um. »Ich bin Beamter. Ich kann mein Gesicht da nicht einfach so reinstellen. Ohne Balken.«

»Ehrlich«, sagte Lasse. »Wer sollte denn über *diese* Seite auf die Idee kommen, einen von uns zu bestellen?«

Bevor jemand antworten konnte, kam Frank herein. Er zog den Knoten seines Schals auf, blickte bedeutungsvoll in die Runde und sagte schließlich im Tonfall einer Kapitulation: »Ich mache mit.«

Die anderen sahen ihn erstaunt an, dann lächelte Olli. »So richtig *mit*?«

Frank nickte. Es war ein trauriges und trotziges Nicken.

»Toll! Wir haben uns übrigens was überlegt.« Olli verschränkte die Arme vor der Brust und zog Luft durch die Zähne. »Wir wollen ... äh ... eine Orgasmusgarantie anbieten.«

Die anderen nickten.

»Eine Orgasmusgarantie?«, fragte Frank, während er seine Klamotten ablegte, dieses Mal, ohne dass sie gleich wieder zu Boden fielen. »Wie soll das denn gehen?«

Die Gruppe schwieg. Tobi grinste. »Ich meine«, fuhr Frank fort. »Wie wollt Ihr das denn überprüfen – ob die Frau gekommen ist oder nicht?« Er zog eine Augenbraue hoch.

»Warum sollten die Frauen denn nicht kommen?«, fragte Olli zurück, als ob es diese Möglichkeit überhaupt nicht gäbe.

»Ich habe da was vorbereitet«, sagte Tobi. Er klickte zweimal, dann blinkte auf dem Monitor in fetten, grellleuchtenden Lettern das Wort »ORGASMUSGARANTIE!«, direkt unter »Deutsche Feinkost zum Anfassen«. Das Ganze hatte die Subtilität einer Wasserstoffbombe.

Lasse schüttelte den Kopf. »Das geht doch nicht. Dieser grüne Hintergrund mit der pinkfarbenen Schrift. Und dieses Mauerwerk. Und dann auch noch dieser Garantie-Scheiß.«

Lasse hielt inne und legte einen Finger an den Mund. »Aber – woran erkannt man eigentlich genau, dass die Frau …?«

»Sie zittert«, sagte Tobi.

»Sie stöhnt lauter, und manchmal schreit sie dann auch«, steuerte Olli bei.

»Sie sagt: Ich bin gekommen«, nickte Gy. »Manchmal muss man allerdings nachfragen.«

»Moment mal«, unterbrach Frank. »Weiß Giselher eigentlich inzwischen, worum es hier geht?« Er tippte mit dem Finger auf das Bild, das mit »Der Geschäftsmann« untertitelt war.

Olli grinste verschämt. »Na ja, mehr oder weniger.«

»Wir haben noch eine zweite Internetseite vorbereitet«, sagte Gy und gab Tobi einen Klaps auf die Schulter. Sein Kollege, der ein Schweigegelübde hatte ablegen müssen, bevor Gy ihm erzählte, worum es ging, klickte wieder, und es erschien eine Seite in ähnlicher Gestaltung. Sie war mit »Der seriöse Begleiter« überschrieben, darunter war ein Bild von Giselher zu sehen, diesmal ohne Balken über den Augen, und die Bildunterschrift lautete: »Fühlen Sie sich auch manchmal einsam?«

»Nee!«, protestierte Frank. »Nee, nee, nee. Ihr könnt doch den armen Mann da nicht einfach reinstellen, ohne ihn zu fragen. Was ist denn, wenn eine Frau mehr von ihm will?«

Gy drehte sich über die Stuhllehne. »Dann wird er so richtig Spaß haben.«

»Appetit kommt beim Essen«, ergänzte Olli, und die beiden lachten.

23.

Gy und Daphne saßen allein an einem Achtertisch im neonbeleuchteten Hinterzimmer eines Nachtkiosks. Sie hatten schweigend ein paar Tassen Kaffee getrunken, Daphne beendete soeben ihre letzte, aber Gy war schon bei der Zigarette danach. Die Kälte, die im Hof des Jüdischen Gebetshauses nach und nach in ihre Knochen gekrochen war, verflüchtigte sich langsam. Doch so richtig warm waren sie noch nicht miteinander geworden, musste sich Gy gestehen.

»Ich zahle«, sagte er und zog seine kugelförmige Brieftasche aus der Hose.

»Danke«, sagte Daphne, ohne ihn anzusehen.

»Passt schon.« Gy warf ein paar Münzen auf den Tisch.

»Weißt du, was ich glaube?«, fragte sie lächelnd, während sie ihre Uniformjacke anzog.

Gy hatte eine lange Antwort auf den Lippen, aber die verkniff er sich. »Nee. Was denn?«

»Ich glaube, du tust immer nur so cool. Aber eigentlich, tief in dir drin, bist du ein ganz, ganz kleiner Junge.«

Oha. Er sah seiner Kollegin beim Anziehen zu. Erstaunt stellte er fest, dass er dabei hauptsächlich das Gesicht im Blick hatte.

»Ganz kleine Jungen muss man an die Hand nehmen«, antwortete er. Die Antwort gefiel ihm. Er grinste.

»Ach. Und wer soll das machen?« Daphne zog ihren Zopf aus dem Kragen der Uniformjacke. »Ich vielleicht – oder was?«

Er zuckte die Schultern. »Ja?«

»Tut mir leid.« Sie drängte sich an ihm vorbei. »Aber diese Masche funktioniert bei mir überhaupt nicht.«

»Und wenn das gar keine Masche ist?«, rief er hinter ihr her.

»Versuch's gar nicht erst.« Sie zog die Augenbrauen hoch, aber sie lächelte dabei.

Gy folgte er der Kollegin. »Okay«, sagte er, leise. Die beiden traten auf den Gehsteig, es war etwas milder geworden, keiner setzte seine Mütze auf. Er holte Daphne ein und legte sein bezauberndstes Lächeln auf. Das Lächeln, das er nur für besondere Gelegenheiten benutzte. Sein Feiertagslächeln quasi.

»Hast du Lust, mit mir heute Abend etwas zu machen?«

Daphne blieb stehen und sah ihn an. »Was meinst du mit ›machen‹? Sex oder Kaffeetrinken oder Kino – oder was?«

Sie grinste breit und ging weiter.

Gy lachte. »Eigentlich habe ich daran gedacht, ins Kino zu gehen oder etwas trinken oder so.« Er pausierte kurz. »Aber wenn du auf Sex bestehst – das ist überhaupt kein Problem für mich.«

Daphne rollte die Augen. »Danke, passt schon.«

Dann setzte sie ihre Mütze auf und ging davon.

»Und nur Kino?«, rief Gy hinterher, aber sie antwortete nicht.

»Deutsche Feinkost«: Olli (Gustav Peter Wöhler), Frank (Florian Lukas) und Gy (Sebastian Bezzel)

Szenen einer Liebe: Frank und Sabine (Diana Staehly)

Chefredakteurin Birte (Nina Kronjäger)

Der Hausmann

Doppelter Einsatz: Daphne (Lisa Maria Potthoff) und Gy

Im Kampf gegen die Problemzonen (von links): Frank, Lasse (Kostja Ullmann), Giselher (Herbert Knaup) und Gy

Ein ungleiches Paar

Die Einsamkeit des Gourmets

Lasse, Giselher und Olli recherchieren, was Frauen glücklich macht

Im Dienst der Aufklärung: Lasse und seine Mutter Ulrike (Adriana Altaras)

Daphnes Faschingsnacht

Lasse macht sich bereit für den Geschlechterkampf

o.: Die Nacht der Nächte – Frank und Hannelore (Susanne Schroeder)
u.: Der Polizist als Trostspender von Andrea (Annette Paulmann)

Jugendlicher Wahnsinn: Lydia (Katharina Heyer) und Lasse

24.

Lasse wurde vom Geräusch eines Fernsehers geweckt. Noch im Halbschlaf hörte er Stimmen, die über Sex zu sprechen schienen, und einen Augenblick lang war er unsicher, ob sein letzter Traum davon beeinflusst gewesen war. Darin war es um einen Escort-Service für Frauen gegangen, der ihn als Begleiter angeworben hatte. Ausgerechnet ihn! Er rieb sich die Augen. Es war kurz nach sieben, viel zu früh; es gab keine Arbeitsstelle, die er aufzusuchen hatte. Dann fiel ihm ein, dass die Sache mit dem Begleitservice überhaupt kein Traum war. Er blinzelte, schob sich aus dem Bett.

Lasses Zimmer war seit seinem dreizehnten Lebensjahr nicht renoviert worden, und genauso sah es auch aus: zerknitterte Star-Wars-Poster an den Wänden, eine Klappcouch, die Lasses Körper nicht mehr in seiner ganzen Länge aufzunehmen in der Lage war, und eine schmale Büchersammlung, die in der Hauptsache aus Kindheitsgeschenken bestand, Enid Blyton und solche Sachen.

Er streckte sich und fühlte dabei seine drängende Blase.

Müde und barfuß stolperte er in Richtung Klo, das in dem Teil der Wohnung lag, den seine Mutter bewohnte. Als er die Klinke der trennenden Tür herunterdrückte, gab die Tür nicht nach. Lasse blinzelte wieder, dann probierte er es noch ein paar Mal. Abgeschlossen.

Er beugte sich zur Seite und klopfte an die durchsichtige Trennscheibe. Durch sie konnte er seine Mutter sehen, die auf einem Metallstuhl in der Küche saß, breitbeinig und in weißen Sanitäterhosen, eine Strickjacke über der Schulter. Ihre

Haare waren struppig, also so ähnlich, wie Lasse sich gerade fühlte. Seine Blase drückte.

»Mama! Was soll denn das? Ich muss aufs Klo!«, rief er und presste seine Oberschenkel zusammen.

»Wenn du keine Miete zahlst, brauchst du überhaupt nicht mehr zu kommen!«, gab sie schnippisch zurück.

»Ich mach doch was«, antwortete er.

Seine Mutter stand auf, streifte die Strickjacke ab, ihre hellgrüne Pflegerinnenkleidung kam zum Vorschein. »Und was machst du genau?«, fragte sie, jetzt direkt vor der Trennscheibe.

Das war eine gute Frage, dachte Lasse, während er vor der Tür im Kreis ging, um sich von dem immer dringender werdenden Bedürfnis abzulenken. So richtig wusste er noch nicht, worin seine Arbeit bestehen würde. Das Wort »Orgasmusgarantie« kam ihm kurz in den Sinn. Seiner Mutter gegenüber würde er das wohl kaum benutzen können.

»Ich bin an was dran«, sagte er schwach.

»An was denn?«

Er druckste herum. »Das kann ich jetzt noch nicht sagen.«

Es ist ein Geheimnis, lag ihm auf den Lippen, aber das stimmte ja nicht. Seit gestern war sein Bild im Internet zu finden, mit einem dicken Balken über den Augen und der Unterschrift »Der jugendliche Wahnsinn.«

»Sag schon!«

»Kann ich nicht.«

Langsam tat die Blase richtig weh.

»Sag's!«, schrie die Mutter. »Sag es, oder ich schmeiße dich heute noch raus.« Sie stand an der Scheibe und lehnte den Kopf dagegen, aber Lasse drehte weiter seine Anti-Harndrang-Kreise.

»Ich … ich mache vielleicht … so einen Escort-Service auf. Mit anderen Männern.«

Jetzt war es raus.

Die Mutter riss die Tür auf, kam in den Raum gestürmt und griff Lasse an den Schultern. Ihre Augen funkelten.

»*Was* machst du?«

Sie zog an den Ärmeln seines Sweatshirts. »Für Männer?«

»Nein. Für Frauen. Für Frauen, natürlich.«

Sie ließ ihn los, ihr Gesichtsausdruck veränderte sich, da war tatsächlich fast so etwas wie ein Lächeln. »Wie Richard Gere?«, fragte sie, den Namen fast zärtlich betonend.

Wie *wer*? Lasse zog die Augenbrauen hoch, aber es war besser, jetzt nicht zu widersprechen oder zu hinterfragen. Außerdem musste er dringend aufs Klo. »So ähnlich.«

»*Du?*«

»Mmh.«

»Wie in ›Ein Mann für gewisse Stunden‹?«

Lasse nickte, murmelte »So ähnlich« und drückte sich an seiner Mama vorbei in Richtung Bad. Sie kam ihm hinterher und lachte dabei.

»Du?«, wiederholte sie.

Endlich hatte er die Toilette erreicht, die Tür hinter sich geschlossen. Jetzt konnte er es laufen lassen.

»Ich weiß, dass ich gewisse Problemzonen habe«, zitierte er den Trainer aus dem Fitnessstudio. »Aber ich arbeite dran.« Das klang gut, fand er.

Die Mutter lachte, öffnete die Tür und kam einfach herein. »Weißt du, was deine Problemzone ist? Dein Kopf ist deine Problemzone! Du hast doch überhaupt keine Ahnung von Frauen. Und, verdammt noch mal, du sollst nicht im Stehen!«

»Du könntest mich ruhig mal unterstützen.«

»Ich?« Sie blieb vor der geöffneten Tür stehen. »Wie denn? Und ich bin doch selbst längst nicht mehr auf dem Laufenden.« Lasses Mutter sah an sich hinunter und warf dann einen kurzen Blick in den Badezimmerspiegel. »Hände waschen!«, befahl sie anschließend.

»Du bist eine Frau.«

»Ich bin eine alte Frau«, sagte sie, langsam nickend.

Lasse kam aus dem Bad und sah seine Mutter an. »Das stimmt doch nicht. Du hast tolle Haut, einen wunderschönen Mund und ein bezauberndes Lächeln.«

Er setzte sich an den Küchentisch, aber die Mutter blieb in der Badezimmertür stehen und betrachtete sich im Spiegel.

Nach und nach formten sich ihre Lippen zu einem Lächeln.

Lasse beobachtete sie und dachte dabei: Wow, das war eigentlich ganz einfach. Und ich habe nicht einmal gelogen.

25.

Olli hatte erklärt, dass Tanzkenntnisse unbedingt nötig seien, vor allem bei älteren Damen, und natürlich müsse man Salsa können.

»Salsa ist topaktuell, und beim Salsa werden sie alle schwach.«

Giselher hatte ihn skeptisch angesehen. Walzer, das klang ja ganz ähnlich, den hatte er mal gelernt, vor dreißig Jahren, und was mit dem Schwachwerden gemeint war, das verstand er auch nicht. Zähneknirschend meldete er sich an, denn glücklicherweise konnte man im Rahmen des Schnuppermonats auch Salsa-Anfängerkurse belegen. Olli und Giselher, als die beiden ältesten der Runde, waren als Latin Lover auserkoren worden; für die Damen in den Alterskategorien der anderen würden wohl die üblichen Disco-Tanzschritte genügen. Vor allem Gy dachte allerdings nicht im Traum daran, mit einer Frau tanzen zu gehen.

Es waren wieder nur Frauen in der Runde, allerdings deutlich jüngere als zuvor in Giselhers Gymnastikkurs. Im Gegensatz zu den beiden Herren, die ihre Trainingsklamotten und Turnschuhe trugen, waren sie passend zu einem heißen Salsa gekleidet; kurze Volantröcke und glitzernde Tops ließen viel Haut sehen, und fast alle Damen trugen Pumps. Giselher nahm eine Grundstellung ein, von der er annahm, dass sie die richtige wäre, aber aus den Augenwinkeln sah er, dass Olli ihn angrinste – und ganz anders dastand. Der leicht rundliche Feinkosthändler schien Gefallen an der Sache zu finden.

Als die ersten Töne erklangen, hatte Giselher Schwierigkeiten, irgendeinen Takt zu erkennen, außerdem war der Rhythmus viel zu schnell. Er versuchte, mit seinem Körper irgendetwas zu tun, das zu diesem polyphonen Chaos passte, seine Bewegungen mit den hastigen, drängenden Klängen zu koordinieren, aber es gelang ihm eher nicht. Sofort traten ihm Schweißperlen auf die Stirn. Die Damen bewegten die Arme, machten Schritte vor- und rückwärts; Giselher versuchte, hinterherzukommen, warf Olli einen Blick zu, der nicht die geringsten Probleme hatte. Er genoss das Ganze offenbar, schwebte geradezu über den Boden der Turnhalle, warf sich locker tänzelnd in die Hüften und schien sich köstlich zu amüsieren, sogar bei überaus anspruchsvollen Schrittfolgen. Als Giselher sich wieder auf sich selbst konzentrierte, musste er sich für Beine oder Arme entscheiden, alles zugleich ging nicht. Inzwischen drehte sich die Runde, Olli strahlte, und Giselher holte, etwas grobmotorisch, auf. Sieben oder acht Schritte hatte er ausgelassen, vielleicht auch doppelt so viele, und mit den Armen machte die Gruppe gerade etwas völlig anderes. Er drehte sich, stolperte fast über die eigenen Füße. Jetzt auch noch die Hüften. Täuschte er sich, oder wurde die Musik noch schneller? Wieder drehte er sich, zehn Sekunden nach den anderen, die inzwischen rückwärts tanzten. Rückwärts! Fast prallte er auf eine gutaussehende Mittdreißigerin, die ihn anlächelte, er machte einen Schritt beiseite, drehte sich abermals, doch jetzt stand er einer Frau gegenüber, die Armkreise vor der Hüfte vollführte und ihn etwas mitleidig ansah. Giselher stöhnte. Tacktack, Gitarre, tacktack, was war das eigentlich für ein Takt? Dreiviertel konnte er, redete er sich wenigstens ein, aber das hier waren Sechzehntel oder so.

Er versuchte eine Art Pirouette, um sich abzulenken, Olli kam mit einem begeisterten Lächeln auf ihn zu, der hatte doch eben noch ganz woanders getanzt. Giselher hob die Hände und wedelte damit in der Luft, als einziger.

Lasse und Gy kamen in die Turnhalle, passierten grinsend die Tanzgruppe. »Das war der Wahnsinn«, sagte Lasse. »Meine Mutter hat den ganzen Tag noch gelächelt. Immer wieder ist sie neben dem Spiegel stehengeblieben und hat sich angeschaut.«

Gy zog die Stirn kraus. »Und wie hast du das gemacht?«

Lasse zuckte die Schultern. »War eigentlich ganz einfach. Und ich habe es ehrlich gemeint.«

Er sah Gy an. »Ich habe sie angeschaut, und dann kam es mir. Also, was ich sagen musste.«

Sie blieben stehen. »Mach mir auch mal ein Kompliment«, forderte Gy. Lasse sah ihn eine Weile von oben bis unten an und musste dann lachen.

»Ja, genau, du mich auch«, sagte der Polizist, aber lächelnd.

Gy beschloss, ein bisschen mit den Hanteln zu spielen, dann saunierte und duschte er und meinte nach ungefähr zwanzig Minuten erst einmal genug für jene Körperpartie getan zu haben, die Franco Bierbauch genannt hatte. Als er den Ruheraum betrat, saßen da zwei Frauen am Tisch, die eine maniküre sich, die andere blätterte in einer Frauenzeitschrift.

»Er sagt zwar immer ›Ja, ja, ja‹, aber dann ... machen tut er nichts.«

»Servus«, sagte Gy.

Die beiden, Ende zwanzig, waren so in ihr Gespräch vertieft, dass sie ihn erst jetzt wahrnahmen. Gy trug nur ein Handtuch um die Hüfte, die beiden Frauen waren in Bademäntel gehüllt.

»Hallo«, sagte diejenige, die nicht über ihren Mann gewettert hatte. Gy spürte, wie sie ihn betrachtete, als er sich auf einer Liege niederließ.

Die beiden schwiegen eine Weile, bis Gy gleichmäßig atmete und so tat, als wäre er eingeschlafen. Etwas leiser setzten sie ihre Diskussion fort.

»Er hat nicht gesehen, dass ich ein neues Kleid anhatte.«
»Was du nicht sagst.«
»Mein Make-up war auch völlig anders. Ich hatte diesen malvenfarbenen neuen Ton von Givenchy ausprobiert. Weißt du, nicht den von Ellen. Da ist ja wohl ein Riesenunterschied. Aber er hat nichts gemerkt.«

Gy hörte ein fassungsloses, zustimmendes Stöhnen.

»Und dann hat er mich doch echt gefragt, ob ich beim Friseur war«, zischelte die eine.

»So eine blöde Frage«, raunte die andere. Und nach einer kurzen Pause: »Ich meine, du *warst* doch beim Friseur, oder?«

Gy grinste in das kurze Schweigen.

»Nee, oder?«, setzte sie nach.

Der Polizist drehte sich zur anderen Seite und unterdrückte ein Kichern.

»Mein Mann weiß nach zehn Jahren immer noch nicht, wie ich meinen Kaffee trinke«, sagte die Erste jetzt wieder, die mit dem malvenfarbenen Make-up.

»Nee, oder?«, wiederholte die andere.

Gy hob die Augenbrauen und lächelte dann wieder.

Lasse pirschte derweil durch die Gänge des Sportclubs. Eigentlich war er schon wieder auf der Suche nach einem Klo, als er an einer Tür vorbeikam, auf der »Massage« stand. Er war schon fünf Schritte weiter, als er ein Geräusch hörte. Lasse ging zurück und drückte vorsichtig die Klinke herunter. Dann steckte er seinen Kopf in den abgedunkelten Raum. Das zufriedene Seufzen, das er gehört hatte, endete in einem gutturalen, fast gurrenden Laut.

Oha, dachte sich Lasse. Das muss ich mir merken.

Giselher hatte sich inzwischen entschieden, den Salsa neu zu erfinden. Ab und zu warf er einen Blick auf die Spruchbänder an der Galerie der Halle. »Wer rastet, der rostet«, stand da.

Sein Kopf wippte bei seinen Tanzschritten zwar, als wäre er ein Huhn beim Körnerpicken, aber endlich hatte er den Takt gefunden. Das Lied konnte er bereits mitsummen, jetzt, beim zehnten Durchlauf, war er erstmals synchron mit den anderen. Als er sich bei einer Drehung kurz Olli gegenübersah, lächelten sich die beiden siegesgewiss an.

26.

Sie hatten wieder Benimmlektion in Ollis Hinterzimmer, nur dieses Mal war auch Frank dabei. Sie tranken Kaffee – nein, nicht einfach Kaffee: Olli hatte »Café Royal« zubereitet, gezuckerten, starken Kaffee, der mit Weinbrand flambiert wurde.

Gy und Olli saßen sich gegenüber.

Gy versuchte sich an einem freundlichen, gewinnenden Gesichtsausdruck – und es fiel ihm nicht einmal sonderlich schwer, wie er bemerkte –, als er sich zu Olli beugte und fragte: »Sag mal, hast du noch mehr abgenommen?«

Der Feinkosthändler nickte, wobei er wie ein Honigkuchenpferd strahlte. »Über fünf Pfund.«

»Wahnsinn«, sagte Gy bewundernd. »Ich meine, du hast schon vorher gut ausgesehen – aber jetzt. Super!«

Die anderen nickten ihrerseits beifällig.

Lasse lehnte sich im Stuhl zurück und legte nachdenklich einen Finger an die Lippen. »Ihre Haare«, sagte er zu Giselher. »Die sehen heute anders aus.«

Giselher hüstelte. »Wirklich? Die habe ich mit der Nagelschere geschnitten.« Dabei errötete er leicht, aber seine Mimik war zuvörderst eine erfreute.

Ulrike, Lasses Mutter, lag auf dem Sofa im Wohnzimmer. Am Nachmittag war sie beim Friseur gewesen, was ihr krauses Durcheinander in eine schmeichelnde Lockenpracht verwandelt hatte, und erstmals seit Jahren trug sie zu Hause Kleidung, deren Auswahlkriterium nicht einfach nur gewesen war, dass sie vorne im Schrank hing.

Jetzt war sie einfach nur rundum zufrieden. Sie ließ ein gurrendes Stöhnen erklingen.

Lasse saß am Ende des Sofas und massierte ihr die Füße.

Gy und Daphne hielten Wache am Jüdischen Gebetshaus. Eine Gruppe aus drei jungen Männern in dunklen Anzügen kam aus der Tür, die beiden Polizisten traten jeweils einen Schritt beiseite. Eine dunkle Limousine fuhr vor, die Herren stiegen ein, ohne die beiden eines Blickes zu würdigen, dann fuhr der Wagen davon. Als sich der Verschlag des Autos geöffnet hatte, war Musik zu hören gewesen.

Salsa.

»Das Lied, das da gerade lief«, sagte Daphne und wandte sich zu Gy. »Das war schön. Kennst du das?«

Gys Musikgeschmack entsprach dem, was alle paar Monate auf Hit-Samplern zusammenfasst wurde, die er gelegentlich kaufte, weil manch eine Frau »dabei« Musik hören wollte. Genaugenommen hatte er überhaupt keinen Musikgeschmack.

»Äh ... nein ... ja. Doch. Nee, gerade nicht.«

»Mmh«, machte Daphne und summte die Melodie. Sie zog eine Zigarette aus der Jackentasche und zündete sie sich an; offenbar war ihr heute das Rauchverbot egal, dachte Gy.

Er wartete noch ein paar Sekunden, schloss die Augen und lauschte dem Atemgeräusch von Daphne.

»Du hast übrigens heute deine Wimpern getuscht, trägst die Haare nach hinten zusammengebunden und hast silberne Ohrstecker drin«, zählte er auf. »Du bindest deine Schuhe mit einer Doppelschleife. Und seit zwei Tagen hast du ein neues Parfum.« Dann nickte er vor sich hin, noch immer mit geschlossenen Augen.

Als er sie schließlich öffnete und sich zu Daphne drehte, starrte diese angestrengt geradeaus. Die Zigarette in der Hand schien sie vergessen zu haben.

Zweiter Teil

1.

Frank hatte extra eine billige, kleine und etwas schäbige Druckerei ausgesucht, die in einer Seitenstraße des Bahnhofsviertels versteckt lag, aber als er die Geschäftsräume jetzt betrat, standen, natürlich!, drei andere Kunden am Tresen. Der zum Laden hin geöffnete Nebenraum war ebenfalls gut besucht, so viele Mitarbeiter hatte er nicht gesehen, als er den Auftrag erteilt hatte.

Der Chef, ein älterer Herr im grauen Kittel und mit dicker Buchhalterbrille, kam von hinten, er hatte zwei große Pappschachteln in den Armen. Die hielt er jetzt Frank entgegen, dabei grinste er anzüglich.

»Fünfhundert Mal ...«

»Deutsche Feinkost zum Anfassen«, setzte Frank leise fort und warf dem Mann einen bittenden Blick zu.

»Und fünfhundert Mal die Orgasmusgarantie«, ergänzte dieser laut und grinste noch breiter. Frank hörte Gekicher aus dem Nebenraum. Die drei anderen Kunden hatten sich zu ihm umgedreht und blickten ihn fragend an.

»Orgasmusgarantie«, wiederholte der Geschäftsführer. Noch ein paar Zentimeter, dachte Frank, und sein Grinsen würde bis zum Hinterkopf reichen. Das Gekicher im Nebenraum wurde immer lauter.

»Danke«, nuschelte Frank, drückte sich umständlich durch die Ladentür und stapfte mit den Päckchen davon.

Auf dem Weg zu Ollis Geschäft ging er fast gebückt, den Kopf weit über die Schachteln gebeugt, auf deren Oberseiten je ein Exemplar der Handzettel klebte. Die Passanten warfen ihm seltsame Blicke zu, aber er sah nicht auf. Stattdessen las er immer wieder den Text, den sie hatten drucken lassen, und kam nicht umhin, darüber nachzudenken, ob sie eigentlich wahnsinnig geworden waren:

DEUTSCHE FEINKOST ZUM ANFASSEN!

Männer für jede Gelegenheit: vom sanften Verführer über den maskulinen Eroberer bis zum erfahrenen Kenner.
Unser Team steht Ihnen für Treffen in intimer Atmosphäre täglich ab 19 Uhr zur Verfügung,
auf Wunsch auch ganze Nächte.
Haus- und Hotelbesuche.
Anruf genügt!
(*Nur* für Damen)

Die zweite Charge hatte zusätzlich einen Aufdruck in fetten Lettern: »ORGASMUSGARANTIE! Wenn Sie nicht rundum zufrieden sind, erhalten Sie Ihr Geld zurück!«

Frank fragte sich nach wie vor, ob das wirklich eine gute Idee war, stellte sich Diskussionen vor, die er mit Kundinnen darüber führen würde, dann schüttelte er den Kopf und betrat Ollis Laden. Die anderen, mit Ausnahme von Giselher, warteten schon auf ihn.

Lasse trug einen braunen Wollpulli und darüber einen der Büstenhalter, die er seiner Mutter stibitzt hatte. Er war, vorsichtig ausgedrückt, nicht gerade glücklich über diesen Aufzug, aber er war der einzige, dessen Brustkorb schmal genug war, um den BH auf dem Rücken zu schließen.

Frank schmunzelte. Er musste an die amerikanischen Teeniekomödien denken, in denen die besoffenen Collegeabsolventen bei ihren Abschlussfeiern BHs auf dem Kopf trugen. Und an die Szene aus dem Achtziger-Film »L.I.S.A. – Der helle Wahnsinn«, in der Anthony Michael Hall selbiges tat, um die ultimative Frau zu beschwören.

Gy hatte sich neben dem unglücklichen Lasse aufgestellt, nickte selbstbewusst, hob die rechte Hand zum Victory-Zeichen und führte sie dann zu Lasses Rücken, ohne hinzusehen. Fast noch in der gleichen Bewegung öffnete er geschickt – vielhundertfach geübt – den Büstenhalter. Erleichtert atmete Lasse auf, als Sekunden später das Kleidungsstück zu Boden fiel. Frank und Olli applaudierten.

Aber das Glück des »jugendlichen Wahnsinns« währte nicht lange. Olli befestigte das Dessous abermals, und Frank war an der Reihe.

Erst probierte er es auf Gys coole Art, aber er wusste, wie er sich in diesem Augenblick eingestehen musste, nicht einmal, *wonach* er tastete. Sabine hatte sich in den letzten Jahren immer selbst entkleidet, bevor sie zu ihm ins Bett gestiegen war. Seine letzte BH-Öffnung lag ... er musste überlegen. Ganz schön lange zurück.

Jedenfalls nicht in diesem Jahrtausend.

Er zerrte an der Schmalstelle, schob seinen Finger dahinter, aber es half nicht. Schließlich beugte er sich zurück, nahm die andere Hand zur Hilfe, aber das Kleidungsstück war beharrlicher. Olli wandte sich stirnrunzelnd ab. Frank versuchte es mit Gewalt, bekam dabei, eher zufällig, den Verschluss zu fassen, und mit einem *Zong!* sprang der BH von Lasses Brust, um einen Meter vor ihm zu Boden zu segeln.

Während der folgenden zwei Tage bis zur »Geschäftseröffnung« waren die fünf Männer intensiv beschäftigt. Wenn sie nicht gerade diskutierte, ob Strings, Boxershorts oder Superman-Unterhosen die stärkste erotische Wirkung auf Frauen hätten und ihre Herrendessous verglichen, Zettel verteilten – keiner von ihnen in seiner eigenen Wohngegend – oder trainierten, weibliche Dessous zu öffnen, strampelten sie sich im Sportclub ab. Sie waren von sich selbst überrascht, welche Fortschritte sie machten: Giselher tanzte den Salsa inzwischen mit geschlossenen Augen und vor allem ohne sich selbst auf die Füße zu treten, Gy arbeitete mit Fünf-Kilo-Hanteln, während er sein Bäuchlein im Auge behielt, das zumindest von weitem wieder Ähnlichkeit mit einem Waschbrett hatte, Frank fand keinen höheren Schwierigkeitsgrad mehr, auf den er den Stepper noch stellen konnte, und er wackelte beim Training auch nicht mehr mit den Hüften.

Davon abgesehen schlug er Gys Bestzeit im BH-Öffnen mittlerweile um ganze zwei Sekunden. Bei Modellen mit Verschluss an der Vorderseite war er beim letzten Versuch sogar vier Sekunden schneller.

2.

Gy erwachte mit dem Gedanken daran, dass der große Tag gekommen war: »Deutsche Feinkost zum Anfassen« war online, die Zettel steckten in tausend Briefkästen, davon eine Hälfte – der Sonderdruck mit der Befriedigungszusage – möglichst weit von der Straße entfernt, in der Giselher wohnte. Von der Orgasmusgarantie wusste *der* nämlich noch immer nichts, geschweige denn davon, wie der Service tatsächlich hieß.

Der Polizist duschte ausgiebig, wobei er sich gleichzeitig rasierte, und als er dabei an Franks Bikiniwachs-Kolumne denken musste, warum auch immer, zog er seinen Rasierer kurzerhand links und rechts entlang seiner Leisten. Dadurch allerdings hatte er beidseitig glatte Schneisen, die eine V-Form um sein Gemächt herum ergaben, während auf seinen Oberschenkeln das Beinhaar unterm Duschwasser wogte. Seufzend nahm er den Naß-Trocken-Rasierer und enthaarte sich die Beine, schließlich hatte Frank doch geschrieben, dass das ein Trend war unter Männern, die etwas auf ihr Äußeres gaben, oder? Das sah zwar weibisch aus, aber immerhin war es jetzt gleichmäßig. Und als er im Wasserdampf blinzelnd seine ebenen, glänzenden Beine ansah, gefiel es ihm sogar. Er erwischte sich bei dem Gedanken, was Daphne wohl dazu sagen würde.

Anschließend bearbeitete er, auf Franks Weisung hin, sein Gebiss mit Zahnseide, extrem vorsichtig, denn die linke Seite hatte nach wie vor ruinöse Tendenzen. Ein gutes Dutzend Male zerriss er den Faden, dann schmiss er das Zeug in die Ecke. Musste auch ohne gehen. Er atmete sich in die Hand.

Keine Beanstandungen. Es roch praktisch wie Tic-Tac beim ersten Draufbeißen.

Frank saß derweil in Gys Wohnzimmer, spielte mit einem dieser Geräte, die er noch aus seiner Jugendzeit kannte: einem Plastikfangkorb, aus dem man über einen Abzugsmechanismus mit einer knallenden Feder einen Tischtennisball herausschnalzen konnte. Das Ding hatte er zwischen all dem Müll in Gys Wohnung gefunden, und weil es liebevolle Erinnerungen geweckt hatte, war es nicht in einer der voluminösen Plastiktüten gelandet. Frank hatte sich längst frischgemacht, das dauerte bei ihm keine fünf Minuten, und während er in Jeans und Jackett darauf wartete, dass Gy seine Kosmetik beendete, überkam ihn plötzlich der beherrschende Wunsch nach einer Zigarette. Aber er hatte keine dabei. Und als er einen Moment lang darüber nachdachte, während der gelbe Tischtennisball, herausgeklackt nur mit einer kurzen Bewegung seines Zeigefingers, in Richtung Wohnzimmerdecke strebte, spürte er, dass es eigentlich der Wunsch nach der Zigarette *danach* war. Er beugte sich vor und fing den Ball mit dem Mund auf.

Frank spürte, dass ihm fröstelte, denn genau in diesem Augenblick hatte er an Sabine denken müssen.

»Auf geht's«, rief Gy grinsend, als er endlich ins Wohnzimmer kam.

Giselher hatte seinen besten Anzug angezogen, dazu den teuren Seidenschlips, den er zu seinem dreißigsten Firmenjubiläum bekommen hatte. Als er den Kopf zum Spiegel neigte, für einen letzten Check, ob dieser Mann auch der richtige Begleiter für die gepflegte Dame aus besseren Kreisen wäre, sah er mehrere Haare, die auf unansehnliche Art aus der Nase sprossen. Er griff nach der Nagelschere, seiner kosmetischen Allzweckwaffe, aber als er den Kopf in den Nacken legte, fand er es ein wenig zu gefährlich, mit dem spitzen Ding in die Nähe der Nasenschleimhäute zu kommen. Er suchte und fand eine Pinzette. Wagemutig klemmte er eines der Haare ein und zog.

Als der anschließende Niesreiz und die Tränen verschwunden waren, widmete er sich dem nächsten Haar.

Olli wienerte seine Schuhe, wie er das zuletzt vor über zwanzig Jahren bei der Bundeswehr getan hatte. Mit gleichmäßigen, kräftigen Bewegungen brachte er den Lack auf Hochglanz. Das war eine fast meditative Tätigkeit. Und es lenkte vortrefflich von den Gedanken daran ab, was in der kommenden Nacht wohl geschehen würde.

Lasse hatte das Jackett gewählt, das Frank für ihn ausgesucht hatte, einen schlichten, anthrazitfarbenen Zweireiher, der seinen schlanken Oberkörper angenehm betonte, wie Ulrike lächelnd festgestellt hatte. Er sprühte eine halbe Flasche von Ulrikes Haarspray in seine schwarzglänzenden Haare, weil Gy gesagt hätte, dass die Frauen auf offene Haare abfahren würden, wenn sie denn schon lang wären. Dann drehte er seine Wange zum Spiegel und drückte vorsichtig an ein paar Pickelchen herum, die bei näherer Betrachtung neben der Nase blühten. Als es zwickte, ließ er davon ab. Er machte einen Schritt rückwärts. Waren auch kaum zu sehen. Ich sehe toll aus, dachte Lasse.

Sein Selbstbewusstsein bekam allerdings wieder einen kleinen Dämpfer, als er anschließend vor Aufregung beinahe auf den heruntergeklappten Klodeckel pinkelte.

3.

Als die fünf Männer beinahe zeitgleich Ollis Laden betraten, füllte sich dieser mit dem Duft einer gehörigen Überdosis verschiedener Deosprays. Gy hatte sich vorsichtshalber, man wusste ja nie, sogar eine Ladung in den inzwischen absolut bikinikonformen Schritt gesprüht, und bei Giselher waren es die Füße gewesen. Seine Fußsohlen kribbelten immer noch davon, und eigentlich fühlten sie sich jetzt feuchter an als ohne Deo. Aber das konnte auch die Aufregung sein.

Die Männer nickten sich etwas unsicher zu, danach wichen sie den Blicken der anderen aus. Gut sahen sie aus, fand Olli. Richtig schmuck, wie seine Mutter gesagt hätte. Lächelnd und fast ein bisschen stolz holte er eine Flasche seines guten Rieslingsekts aus dem Regal, stellte Gläser auf einen der Bistrotische im Schaufensterbereich, während aus dem Radio leise der alte Depeche-Mode-Song »Just Can't Get Enough« in einer von sanften Frauenstimmen gesungenen Version erklang.

Sie prosteten sich zu, im Halbdunkel des kaum beleuchteten Ladens. Die Jalousien waren heruntergelassen, das schnurlose Telefon lag griffbereit auf dem Tresen.

»So, jetzt geht's los«, sagte Olli, wobei er sich an einem optimistischen Gesichtsausdruck versuchte, aber seine Züge entglitten ihm vor Nervosität ein wenig. Die fünf sahen sich kaum an, als sie die Gläser aneinanderstießen.

»Die Hand an den Stiel«, korrigierte Giselher, als er sah, wie Lasse sein Glas hielt.

»Da geht schon was«, gab Gy kryptisch von sich.

Dann tranken sie schweigend, von fern schlug eine Kirchenglocke: Es war neunzehn Uhr. Die Stunde der Wahrheit. Unwillkürlich musste jeder zum Telefon schauen. Frank nahm es vom Tresen, prüfte die Akkuladung und legte es vor ihnen auf den Tisch.

Aber es klingelte nicht.

»... fünf, sechs, sieben«, zählte Giselher mit. »Sieben!«, wiederholte er. Olli seufzte und stellte seine Spielfigur auf die Schlossallee, die mit einem prächtigen roten Plastikhotel bebaut war. Das Hotel gehörte allerdings nicht ihm, sondern Giselher.

»Vierzigtausend«, forderte der Exmanager.

»*Vierzigtausend?*«

Giselher nickte.

»Dann bin ich pleite.«

Giselher warf einen Blick auf die Scheine, die noch vor Olli lagen, und das waren nicht viele. »Äh. Ja«, erklärte er und griff nach dem Spielgeld.

Olli seufzte, wobei er an den schamlosen Gerichtsvollzieher denken musste. »Und kein Wort des Bedauerns oder der Anteilnahme?«

Giselher zuckte die Schultern. »Das ist das Spiel.«

»Ich bin auch pleite«, sagte Gy und warf seinen letzten Schein auf das Brett.

»Wieso Anteilnahme?«, fragte Giselher. »So funktioniert das eben.« Er hielt den Stapel mit Ollis restlicher Barschaft in den Händen und zählte, während der Ladenbesitzer sein Glas nahm und aufstand. »Zehntausend, fünfzehntausend. Vierzig, fünfzig ... hundertzwanzig Mark.« Er sah Olli hinterher, und es lag ihm schon auf den Lippen, dass noch ein großer Betrag fehlte, aber dann verkniff er es sich.

Das schnurlose Telefon befand sich vor ihm, mitten auf dem Monopoly-Brett.

Eine Stunde später lag Gy schlafend auf der Bank, und auch Lasse, der in der Ecke saß, war längst eingenickt, seine langen Haare fielen ihm trotz Spray ins Gesicht. Giselher kickte soeben Frank als letzten Mitspieler aus der Monopoly-Runde. Fast ein bisschen stolz zählte er das eingenommene Geld, während Frank nur müde nickte.

Das Telefon klingelte noch immer nicht. Es ging auf ein Uhr morgens zu.

Um halb vier aß Olli seine fünfte Portion Vanillecreme. Giselhers Kopf lag auf dem Monopolybrett, seine Arme hatte er um das Spielgeld gelegt, das sich vor ihm stapelte. Frank lehnte am Tresen und drehte den Kopf hin und her, um seinen Nacken zu entspannen. Dann nahm er das Telefon vom Tisch und prüfte zum hundertsten Mal die Batterieladung. Olli seufzte. Lasse schreckte kurz aus dem Schlaf auf und murmelte etwas, das nach »Mama« klang. Gy schnarchte auf der Eckbank.

Um halb sieben erwachten sie nacheinander, Olli bot an, Kaffee zu machen, aber Gy sagte »Passt schon«, steckte sich eine Zigarette an und ging. Die anderen blieben noch einen Moment, schlürften schweigend aus ihren Tassen und vermieden es abermals, einander anzusehen. Nach einer Viertelstunde war der Laden leer, bis auf den Besitzer, der sich hinter seinen Tresen stellte, auf die leeren Teller starrte, die darauf warteten, mit dem täglichen Vorspeisenangebot gefüllt zu werden, und das hohle, leere Gefühl niederzukämpfen versuchte, das seiner Motivation im Weg stand, noch einen weiteren Tag durchzuhalten.

4.

Er sah auf die Uhr, zehn vor sieben, Gy beschleunigte seinen Schritt und nahm jeweils zwei Stufen zum dritten Stock auf einmal. Die Teeküche des Polizeireviers war menschenleer, Gy zog eine CD aus der Jackentasche und steckte sie in eines der Postfächer an der Stirnseite des Raumes, dann sah er wieder auf die Uhr, nahm zwei Tassen aus dem Schrank und stellte sie unter die Espressomaschine. Als das bräunliche Getränk in die Tassen blubberte und sich das Aroma des frischen Kaffees in der Teeküche ausbreitete, kam Daphne herein. Gy grinste vor sich hin. Sie war pünktlich. Und sie sah gut aus, fand er. Sogar sehr gut. Nicht bildschön wie die überstylten Models in Franks merkwürdiger Frauenzeitschrift. Nicht blödschön wie die überschminkten Tanten, die sich nachts in den Clubs anquatschen ließen. Sondern dezent, eigenwillig. Und sie schien immer zu wissen, was sie als nächstes tun würde.

Die junge Kollegin ging zu den Postfächern, zog ein paar Umschläge und dann die CD hervor. Mit gerunzelter Stirn betrachtete sie das Cover. War ein ganz schöner Aufwand für Gy gewesen, die zu finden, er hatte gestern im Plattenladen viertelstundenlang die Melodie gesummt, bis der Verkäufer fand, wonach er suchte, und ihm mit einem grinsenden »Alles klar, versteh' schon« eine CD mit der Aufschrift »Todo un gran amor« in die Hand gedrückt hatte. Es war die Scheibe, die sie im Hof bei der Wache aus dem wegfahrenden Auto gehört hatten.

Daphne drehte die CD in den Händen. »Ist die von dir?«, fragte sie Gy, der ihr mit den beiden Tassen entgegenkam.

Er nickte schmunzelnd. Daphnes Gesichtsausdruck hingegen verriet nichts.

Sie griff nach der Tasse, die er ihr entgegenhielt.

»Ist da Zucker drin?«

Er nickte. »Zwei Stücke.«

Für einen Augenblick, nur eine Mikrosekunde lang, ließ sich ein Hauch von Verblüffung in ihrem Gesicht erkennen. Aber sie hatte sich sofort wieder im Griff. Mit einem kräftigen Schluck trank sie den Espresso und reichte Gy die leere Tasse zurück.

»Sag mal, was machst du eigentlich hier?«, fragte sie. »Du hast doch eigentlich frei.«

Gy zwinkerte mit einem Auge. »Ich hatte was vergessen, das ich holen musste.«

»Aha. Na dann, bis morgen.«

Daphne ging davon, ein bisschen zu forsch, selbst für ihre Verhältnisse. »Ja, bis morgen«, murmelte Gy, ohne dass sie ihn noch hören konnte, und betrachtete den Kaffeesatz in Daphnes leerer Tasse.

Lasse saß in der Küche und löffelte sein Morgenmüsli. Er war müde wie ein Stein, und er freute sich auf seine Klappcouch. Aber er hatte die Rechnung ohne Ulrike, seine Mutter, gemacht.

Sie kam in die Küche und warf Lasse einen kurzen, merkwürdigen Blick zu; sie hatte zwei Schachteln in den Händen, ging zum Kühlschrank und holte eine Mohrrübe aus dem Gemüsefach. Vor Lasse legte sie das Zeug auf den Tisch. Er blinzelte. Ulrike trug einen figurbetonenden Pulli und dazu ein schickes Halstuch, das Pflegerinnenoutfit hatte er seit Tagen nicht mehr an ihr gesehen. Dann betrachtete er die Schachteln. Das waren Präservative.

Sie riss eine Packung auf und holte einen Plastikstreifen mit Kondomen hervor.

»Du hast noch nie Kondome benutzt. Ich zeige dir jetzt, wie das geht.«

Lasse errötete. »Nein, nein. Ich weiß, wie das geht!«, log er. Tatsächlich hatte er einen einzigen Versuch mit diesen widerspenstigen Gummitütchen hinter sich, und noch dazu einen gescheiterten; seine potentielle Gespielin, eine Mitschülerin auf Lasses letzter Klassenreise, hatte sich erst scheckig gelacht und sich dann mit den Worten »Lass mal gut sein« verabschiedet – um mit einem anderen Klassenkameraden einen weiteren Versuch zu starten. Etwas in ihm war dankbar dafür, dass Ulrike helfen wollte, aber in der Hauptsache war es natürlich schrecklich peinlich. Wer will schon von der eigenen Mutter etwas über Sex erfahren?

»Ha!«, rief sie, riss den Streifen mit dem Mund auf und hielt ihm die Mohrrübe und das ausgepackte Tütchen entgegen. »Dann zeig her.«

»Mama!«

»Nun mach schon!«

»Nein.«

Ulrike setzte das Kondom als Hütchen auf die Rübe und stocherte damit in Lasses Richtung.

»Zeig her. Komm, zeig mir, dass du es kannst.«

»Nein.«

»Doch.«

»Nein.«

Ulrike stöhnte verzweifelt und streifte dabei das Kondom über das orangefarbene Gemüse. »Schau.« Sie fuchtelte mit der nunmehr verhütungsgeschützten Rübe herum.

»Mama, es ruft sowieso niemand an.« Nun war es raus. Auch sich selbst gegenüber. War da eine gewisse Erleichterung, darüber, dass ihm diese leidvolle Prüfung erspart bliebe, so wie es im Moment aussah? Vielleicht. Andererseits würde das bedeuten, dass all der Stress von vorne losginge – endlose Märsche zum Arbeitsamt, tagelanges Warten auf immer dieselben Absagen.

»Wieso?« Ulrike setzte sich und glättete das Verhüterli, fast liebevoll. »Also ich, ich würde bei dir anrufen.«

Lasse blies geräuschvoll Luft aus, aber gleichzeitig musste er lächeln.

Olli trat vor seinen Laden. Die Frühstücksteller waren vorbereitet, die Spuren der erfolglosen Nacht waren beseitigt. Er trug seine Schürze und nicht mehr den schicken, zehn Jahre alten Anzug, dessen Ellenbogen nur ein wenig glänzten. Es roch frisch, so früh am Morgen waren kaum Abgase in der Luft. Olli atmete tief durch und blickte in alle Richtungen. Kein Mensch war zu sehen, erst recht keiner, der seinen Laden als Ziel hatte. Er seufzte und ging wieder hinein. Drinnen fiel sein Blick als Erstes auf das schnurlose Telefon, das sich am vergangenen Abend beharrlich geweigert hatte, ein Klingelgeräusch von sich zu geben. Es lag ganz unschuldig auf dem Bistrotisch, an dem sie Monopoly gespielt hatten. Was, wenn heute wieder niemand anriefe?, fragte er sich. Und dann: Was werden wir tun, wenn heute jemand anruft? Er hatte auf beide Fragen keine Antwort.

5.

Als Lasse ins »Deutsche Feinkost« kam, saßen die anderen schon an den Bistrotischen und tranken Café Royal. Die Stimmung war weniger gut als am Vorabend, aber noch hatten die Männer Hoffnung, dass etwas geschehen würde.

Lasse schob sich den Kopfhörer in den Nacken und warf seinen Schlafsack auf einen der freien Tische.

»Den wirst du nicht brauchen«, sagte Olli und nickte dabei, um seiner nicht sonderlich glaubwürdigen Behauptung Nachdruck zu verleihen. »Heute rufen garantiert welche an.« Er nickte weiter und sah in die Runde. Die anderen blickten zu Boden oder aus dem Fenster. Wäre in diesem Augenblick ein Optimismus-Händler hereingekommen, er hätte seine komplette Ware verscheuern können.

Gegen eins spielten Lasse und Frank Backgammon, schon die vierzehnte Runde. Lasse hoffte noch, endlich eine zu gewinnen. Giselher hatte es sich auf einer Matratze bequem gemacht, er schnarchte in der Fötalstellung. Gy saß zu seinen Füßen auf dem Boden und schlief ebenfalls; gelegentlich kräuselte sich seine Nase, als träumte er davon, ein Kater oder ein Kaninchen zu sein.

Olli nahm das Telefon, schlurfte durch den Lagerraum und ging nach vorne in den Laden. Er legte den Apparat auf den Tresen, stellte sich vor die Schaufensterscheibe und sah nach draußen, in die Nacht. Es war nicht mehr viel Verkehr. Seufzend zog er die Jalousien herunter, strich liebevoll mit der Hand über einen der Bistrotische, und dann stand er einfach da, starrte ins Nichts und dachte an nichts. Er bemerkte auch nicht, wie ihm Tränen über die Wangen liefen.

Um kurz vor sieben dämmerte es. Olli hatte Kaffee zubereitet und trug das Tablett nach hinten. Das Telefon ließ er auf dem Tresen liegen.

Alle starrten nachdenklich in ihre Tassen. Frank schnaufte, dann blies er auf seinen Kaffee und nahm einen Schluck. Das schlürfende Geräusch war das Einzige, was die depressive Stille unterbrach.

»Vielleicht«, sagte Olli und wischte sich dabei über die Augen. »Vielleicht sollten wir uns doch Tagesjobs suchen. Und die Sache nebenher betreiben.« Er wandte sich in Richtung des Polizisten. »So wie Gy das schon macht.«

Giselher schnaufte. »Einen Tagesjob suchen? Was glauben Sie eigentlich, was ich den ganzen Tag lang mache? Ich bewerbe mich andauernd.«

»Vielleicht sind unsere Bewerbungen einfach nicht gut genug geschrieben«, sinnierte Lasse und betrachtete dabei den Fußboden, als gäbe es dort Jobs zu finden.

»Ihre vielleicht«, brummte Giselher. »Meine sind eins a. Und ich schreibe wahrscheinlich mehr Bewerbungen als Sie alle zusammen.«

»Also ich habe auch schon ein paar Bewerbungen geschrieben«, sagte Frank. Er hatte sich bei so gut wie jedem Printmedium beworben, das es im Münchner Raum gab. Sogar bei Handwerkerzeitschriften, als Chefredakteur für eine Firmen-Hauspostille und bei einem Fachblatt für Gebäudereinigung. Niemand wollte ihn. Plötzlich dachte er an Birte, seine ehemalige Chefredakteurin, und daran, dass er eigentlich ganz gern für sie gearbeitet hatte.

»Ach.«

»Ja.«

»Können Sie sich eigentlich vorstellen, wie das ist«, sagte Giselher und gestikulierte dabei. »Nichts zu machen? Tagein, tagaus? Erst vierzehn, fünfzehn Stunden Arbeit am Tag, manchmal auch am Wochenende, wenig Urlaub ...«

»Ja, was?«, fragte Frank.

»Und dann – nichts mehr? Einfach: nichts?«

Die anderen schwiegen und sahen weg, aber Giselher war nicht zu bremsen. »Ich bin durch den ganzen Betrieb. Ich habe ganz unten angefangen, als Laufbursche, und bin dann bis ganz nach oben, bis zum Abteilungsleiter. Abteilungsleiter! Hatte sechzig Leute unter mir. Sechzig!«

»Ja, ist ja schon gut«, sagte Lasse. »Sie sind mit Abstand der Beste von uns allen.«

»Mehr als Sie habe ich auf jeden Fall drauf«, schnarrte Giselher und funkelte den »jugendlichen Wahnsinn« an.

»Bei was?«, brummte Gy, der sich an die Wand gelehnt hatte. »Beim Begleiten etwa?«

Giselher sah ihn an.

»Ach geh«, sagte Gy laut und zuckte die Schultern. »Sie haben doch am meisten Schiss von uns allen. Ich wette, Sie hatten das letzte Mal Sex, da gab es noch die D-Mark.«

»Sie, ja, Sie, Sie sind ja der große Verdiener, ja?«, gab Giselher zurück.

Gy kam an den Tisch und stützte die Hände auf. »Aber wenigstens vögele *ich* ab und zu.«

»Wie kommen Sie denn darauf, dass ich keinen Sex mehr habe?«, blaffte Giselher zurück, vor Wut schon leicht rot im Gesicht.

Gy grinste böse. »So Typen wie Sie, die holen wir normalerweise vom Dach.« Er führte die Handkante am Hals vorbei. »Verstehen Sie?«

»Gy, hör bitte auf!«, bat Olli.

»Das bringt doch jetzt auch nichts«, sagte Frank.

In das anschließende Schweigen entließ Giselher ein schnaufendes Geräusch. »Stimmt ja«, sagte er leise, und die anderen sahen ihn an. »Ich hatte keinen Sex mehr, seit ich ... seit ich nicht mehr arbeite. Nicht ein einziges Mal.« Er schnaufte abermals und wiederholte dann: »Nicht ein einziges Mal.«

Gy sah betreten zu Boden. Dann kam ihm eine Idee. Er blickte Giselher ins Gesicht und lächelte freundlich. »Na, *dagegen* kann man doch was machen.«

Er zog einen der Flyer aus der Hosentasche, einen von der Charge, die *nicht* in Giselhers Wohngegend verteilt worden war, und glättete das Papier mit beiden Händen. Das Wort »Orgasmusgarantie« war ein echter Eyecatcher. Unmöglich, dass Giselher es nicht gleich als Erstes sah.

»Ziehen Sie sich an, ich zeige Ihnen was«, sagte Gy, ohne Giselhers Reaktion abzuwarten, und ging vor in Richtung Ladentür.

Sie liefen zu einem Internetcafé einen Block weiter, in dem zu dieser Zeit schon mehr los war als im »Deutsche Feinkost« während der gesamten letzten Monate zusammengenommen. Von den sechs Reihen mit Computermonitoren waren vier fast komplett besetzt, und sie hatten Schwierigkeiten, eine ruhige Ecke zu finden. Frank baute sich am Ende der Reihe auf, um die anderen Kunden im Blick zu halten, picklige Teenager und südländisch aussehende Männer. Weiß der Geier, was die jetzt hier treiben, dachte Frank und spielte an seinem Schal. Die Luft war feuchtwarm in diesem Laden, das Geklacker von Mäusen und Tastaturen war aus allen Richtungen zu hören.

Gy und Olli saßen hinter Giselher, der sich trotz Lesebrille vorbeugen musste.

»Der Polizist, der Koch, der Philologe, der Geschäftsmann«, las Giselher vor, viel lauter, als sich die anderen das wünschten. Frank untersuchte seine Fingernägel. »Und der jugendliche Wahnsinn.« Giselher drehte sich um und starrte die anderen ungläubig an. Dann sah er wieder auf den Monitor, hob seine Brille in die Stirn. »Der Chefkoch und Gourmet verwöhnt Sie mit seinem ... mit seinem Zauberstab!« Er ächzte und lehnte sich zurück.

»Zauberstab?«, wiederholte er fragend.

»Das ist ein Küchengerät«, sagte Olli, peinlich berührt.

Giselher nahm die Brille ab. »Was haben Sie sich denn dabei *gedacht*?« Fassungslos sah er abwechselnd zum Monitor und zu den vier Begleitern, die ihn umgaben.

Dann sprang er auf und rannte aus dem Laden.

»Warten Sie doch mal!«, rief Olli und ging ihm hinterher. Draußen holte er ihn ein, aber Giselher machte abwehrende Bewegungen mit den Händen.

»Warten Sie doch mal!«, wiederholte Olli. »Das ist doch alles halb so schlimm. Warten Sie doch. Das ist wirklich nicht böse gemeint.«

»Ich finde das unglaublich, was Sie da gemacht haben«, schimpfte der Exabteilungsleiter und ging zügig weiter. »Einfach unglaublich. Mich ungefragt in ... *so was* einfach hineinzusetzen.« Er fuchtelte mit den Händen. »Das ist unfassbar! Frauen stehen eh nicht auf Verlierer. Und Geld zahlen sie schon gar nicht dafür.«

»Ich bin doch kein Verlierer«, nörgelte Gy von hinten.

Giselher blieb stehen und drehte sich zu dem Polizisten um. »Sie sind ein Großmaul!«, schimpfte er. »Einer, der von Frauen überhaupt keine Ahnung hat!« Dann drehte er sich zu Lasse. »Und bei Ihnen lege ich beide Hände dafür ins Feuer, dass sie im Leben noch keinen Sex hatten. Mit einer Frau.«

Gy drehte sich zu dem Jungen und legte ihm einen Arm über die Schulter. »Hat er wohl«, sagte er zu Giselher. Und dann, an Lasse gewandt, etwas skeptisch: »Hattest du doch schon, oder?«

Lasse sah zu Boden. »Ja, doch. Klar.«

»Sehen Sie. Und jetzt sag ihm auch mal, wie oft.« Lasse machte ein Geräusch, antwortete aber nicht.

»Komm«, bat Frank. »Hör doch mal auf mit deinen Zahlenspielchen.«

»Wie oft?«, insistierte Gy.

»Erfahrung ist nicht alles«, sagte Frank und zog die Stirn in Falten. »Man kann eine Sache auch jahrelang falsch machen.«

Aber Gy war nicht abzubringen. »Jetzt sag halt, wie oft. Komm, wie viele waren es?«

Lasse schnaufte, drehte sich auf dem Absatz um und ging davon. »Fickt euch doch. Ihr habt doch alle eine Macke«, rief er über die Schulter.

Sie sahen dem Jungen nach.

»Das ist doch eine Schwachsinnsidee mit diesem Escort-Service«, schimpfte Giselher weiter. »Wie konnte ich nur bei so was mitmachen?«

Dann ging auch er davon.

»Cool bleiben, Olli«, sagte Gy und legte dem Feinkosthändler eine Hand auf den Oberarm. »Manche Sachen brauchen halt ein bisschen Zeit.«

»Die habe ich aber nicht!«, blaffte Olli. »Mensch, mein Laden wird zwangsgeräumt. Da steckt alles drin, was ich besitze. Das kannst du natürlich nicht nachvollziehen, was das bedeutet, sich um etwas kümmern zu müssen. Wie soll ich das auch jemandem erklären, der nicht einmal Verantwortung für sich selbst übernehmen kann?«

Er hatte sich in Rage geredet, seine Ohren glühten.

»Eh, was«, stotterte Gy. »Geht's noch? Das macht mich jetzt wütend, ehrlich.«

Die drei standen da, starrten auf den vom Nieselregen benässten Fußweg. Frank gab Olli einen Klaps auf die Schulter.

»Wird schon«, sagte er schwach. Olli drehte sich weg und verbarg seine Tränen vor den anderen.

»Geht's noch?«, wiederholte Gy leise, immer noch bestürzt durch Ollis Vortrag.

6.

Daphne stand im Flur des Polizeireviers und studierte die Dienstpläne. Phillip, der Kollege mit den getarnten Pin-ups im Spind, lehnte neben ihr an der Wand und spielte nervös an seinem grünen Polizistenschlips. Die hübsche Kollegin würdigte ihn keines Blickes.

»Du darfst in keinen Wagen mehr, vorläufig, oder?«, fragte er und biss sich dann auf die Lippen. Gy wäre sicher eine bessere Anmache eingefallen, dachte er. Anderseits versuchte bereits das halbe Revier – die männliche Hälfte –, bei der neuen Schnecke zu landen, aber von Fortschritten hatte er im »Fotolabor«, wo man sich vollmundig über solche Sachen auslieβ, noch nicht gehört. Ganz im Gegenteil. Daphne trug inzwischen, natürlich ohne es zu wissen, den Spitznamen »Der scharfe Eiswürfel«.

»Nein«, sagte sie und zog die Augenbrauen hoch. »Innendienst.«

Mit diesen Worten drehte sie sich um und marschierte in Richtung Dienstzimmer. »Schöne Krawatte«, rief sie ihrem Kollegen noch zu.

Auf halbem Weg kam ihr Gy entgegen, der etwas müde aussah und Ringe unter den Augen hatte.

»Servus«, sagte sie lächelnd und klopfte ihm im Vorbeigehen auf die Schulter. »Du darfst heute wieder im Auto sitzen.«

Gy nickte und wandte sich dann Phillip zu, der noch immer seinen Schlips bearbeitete. Er deutete in Richtung des Polyacryl-Kleidungsstücks und fragte grinsend: »Was ist denn mit dir los?« Aber Phillip sah Daphne hinterher und antwortete nicht.

Ein Kollege kam aus der Teeküche und hielt anklagend eine kleine Espressomaschine hoch, eine der Art, die man auf der Herdplatte erhitzte. »Die ist aus dem vierten«, schimpfte er und drehte sich dabei im Kreis, aber keiner der Kollegen beachtete ihn, weshalb er sich vor Phillip aufbaute. »Aus dem vierten! Die hat hier nichts zu suchen.«

Gy machte kehrt und ging Daphne hinterher. Am Eingang zum Dienstzimmer holte er sie ein.

»Du ... äh. Gehst du morgen auch zum Faschingsball?«

Sie standen sich gegenüber und musterten einander.

»Ich denke schon«, sagte Daphne langsam. Und dann: »Und du?«

»Schon«, antwortete er rasch.

Daphne nickte und lächelte dabei. »Super.«

Sie drehte sich um und ging zum Schreibtisch. Beschwingt schlenderte Gy nach draußen, wo er Phillip traf, der bereits am Streifenwagen wartete, einem Fünfer-BMW. Gy ging zur Beifahrerseite, riss die Tür auf und sagte zu seinem Kollegen: »Du fährst.«

Frank spazierte nach Hause, wenn man Gys Wohnung so nennen wollte, er ging langsam und nachdenklich, schließlich hatte er nichts zu tun; noch sauberer konnte Gys Wohnung nicht werden, und die »Geschichte der O.« kannte Frank langsam auswendig. Natürlich war er müde, aber allein in der Bude des Freundes zu liegen, darauf hatte er auch keine Lust. Also dehnte er seinen Heimweg etwas aus, starrte in die Auslagen der Geschäfte, betrachtete minutenlang sein eigenes Spiegelbild, den jungenhaften Zweiunddreißigjährigen mit dem weißen Schal, der jetzt etwas zerzausten Frisur und den vom Auf-Anrufe-Warten grauen Schatten unter den Augen.

Plötzlich bemerkte er, dass er sich in der Straße befand, in der ihre Wohnung lag. Sabines Wohnung. Er sah auf die Uhr, kurz vor acht. Frank blickte um sich, dann lehnte er sich in einem Hauseingang an die Wand, die ehemals gemeinsame Haustür im Blick.

Es dauerte nicht lange, da kam sie heraus. Reizend sah sie aus, mit dem 1860er-Schal über ihrem Business-Mantel, dem etwas zu weiten blauen Hemd, ihren engen Jeans, den fröhlich wippenden Haaren. Mitten auf der Straße zog sie das Schlüsselbund aus der Tasche und ließ es durch die Finger gleiten, blieb sogar stehen, um den Autoschlüssel zu finden. Tausendmal hatte er sie schon gebeten, nicht auf der Fahrbahn stehend nach dem Schlüssel zu suchen, aber sie tat es dennoch. Frank spürte, wie es in ihm ruckte, wie es ihn zu ihr zog. Aber stattdessen drückte er sich noch ein Stückchen weiter gegen die Hauswand. Sabine erreichte das Auto, sah sich nicht um, und stieg ein. Frank hörte sein eigenes Herz schlagen. Es schlug laut.

Und es schmerzte.

Gy hatte keine Lust auf Geschwätz. Seine Gedanken waren überall, bei Daphne, bei Olli, bei dem, was Giselher gesagt hatte, der alte Trottel, der genaugenommen überhaupt nicht so trottelig war, wie sich Gy eingestehen musste. Aber Phillip hatte die Sensibilität einer Mörsergranate und die Achtsamkeit eines Meteoriten. Müde hörte Gy zu, wie der Kollege eine Geschichte zum Besten gab, die ihm am Vorabend passiert war.

»Also, du glaubst es nicht«, plapperte Phillip. »Wir kommen zu ihr, in ihre Wohnung, und da liegt eine Freundin auf dem Sofa und schläft. Und ich sage: ›Hey, was macht denn deine Freundin da?‹ Und sie antwortet: ›Meine Freundin? Das ist nicht meine Freundin, das ist meine Mama!‹ – ›Das kann nicht deine Mutter sein‹, antworte ich, ›die ist doch höchstens dreißig.‹ Da antwortet sie, ›das ist schon richtig, ich bin ja auch erst dreizehn.‹ *Dreizehn!*«

Phillip schlug mit der Hand aufs Lenkrad.

Gy warf ihm einen missbilligenden Blick zu, aber Phillip schien überhaupt nicht zu interessieren, was der Kollege dachte oder ob er zuhörte.

»Sie sah mindestens aus wie zwanzig, einundzwanzig«, ergänzte Phillip. Gy verdrehte die müden Augen und wünschte sich auf einen anderen Planeten. Ersatzweise ins eigene Bett. Egal, ob Frank schon drin läge oder nicht.

Schon von außen sah das riesige, fabrikartige Gebäude nicht sehr einladend aus, aber Olli betrat es trotzdem, die Zeitung in der Hand, in der er die Stellenanzeige gefunden hatte. Wobei – Stellenanzeige. Jobangebot würde man das heute wohl nennen. Wenn überhaupt.

Der Pförtner schickte ihn durch ein Labyrinth von Gängen, zweimal musste er nachfragen, und schließlich betrat er durch zwei riesige Edelstahltüren und einen klebrigen Plastikvorhang die Großküche. Obwohl es sehr warm war, bekam Olli sofort eine Gänsehaut. Der Raum hatte die Größe eines Baseballfeldes, überall dampfte und zischte es, Metallwagen wurden klappernd von hier nach dort geschoben, und in der Luft lag das Aroma billiger Kartoffelsuppe, ohne Majoran und mit Büchsenwürstchen.

Tapfer fragte er sich zum Küchenchef durch, einem grobschlächtigen Mann, der gerade dabei war, seine stark geröteten Hände zu waschen.

»Oliver Steiner«, stellte er sich vor. »Ich komme wegen der Stellenanzeige.«

»Ja, wegen der Stellenanzeige«, sagte der Mann und wischte sich mit dem Handrücken Schweiß von der Stirn. Er musterte Olli von oben bis unten.

»An und für sich bräuchten wir ja mehrere Küchenhilfen. Schnippeln, schälen, säubern. Ab wann könnten Sie denn?«

Er drehte sich zur Seite und schulterte einen Sack Kochsalz. Olli sah sich um, da war wieder die Gänsehaut, und dies hier hatte einfach überhaupt nichts mit der Art kochen zu tun, die er sich erträumte. Dies hier war die Hölle für Gourmets, das Fegefeuer für Feinschmecker. Er musste an Henri denken, seinen Kochlehrer, damals im Hotel. Der hatte gesagt: »Wenn Zutaten in Säcken geliefert werden, mon ami, dann *kocht* man auch für Säcke!«

Olli schüttelte den Gedanken ab und antwortete: »Na ja, eigentlich ab sofort.«

Giselher erhob sich und strich sich seinen ohnehin tadellos sitzenden Anzug glatt. Renate Landkammer schien ihn schon in diesem Augenblick vergessen zu haben, denn sie hantierte mit einem Kleenex und einer Flasche Glasrein, um ihren Computermonitor zu säubern. Trotzdem drehte er sich nochmals zu ihr.

»Jetzt muss ich doch noch etwas fragen«, sagte er, so höflich, wie es ihm möglich war.

Sie brummte nur und putzte weiter.

»Die haben mir die Unterlagen zurückgeschickt, ohne ein Schreiben, ohne jeden Kommentar. Dabei passte mein Profil perfekt auf die Anzeige.« Er räusperte sich. »Können Sie mir das erklären?«

Die Job-Beraterin knüllte das Kleenex und warf es in den Mülleimer. Dann hob sie den Blick und sah den Mann herablassend an.

»Sie sind zu alt«, antwortete sie, völlig emotionslos.

7.

Frank saß jetzt schon geschlagene drei Stunden im Warteraum der Arbeitsagentur. Die Wartenummer, die er gezogen hatte, war dreistellig, aber die Fallblattanzeige stand gerade mal auf der Siebenundsiebzig, als er zum tausendsten Mal hochsah. Hatte sie sich überhaupt verändert? Er versuchte, sich zu erinnern, welche Zahl dort gestanden hatte, als er gekommen war, und er war ziemlich sicher, dass sich zumindest die vordere Ziffer noch nicht verändert hatte. Er stöhnte. Die Sitzfläche des Plastikstuhls schmerzte, er fand kaum mehr eine bequeme Position. Die Gerüche im Raum waren penetrant. Das ständige Geklingel von Mobiltelefonen brachte ihn zum Kochen. Er warf einen weiteren Blick auf die Anzeige. Siebenundsiebzig. Frank kam sich verarscht vor. Stöhnend erhob er sich, zog eine Zigarettenschachtel aus der Jacke und ging zur Cafeteria. Für die Terrasse war es zu kühl.

Als er dort auf einer Bank saß, die noch unbequemer war als der Stuhl im Warteraum, und die Zigarette kaum genießen konnte, stellte er sich vor, wie die Fallblattanzeige in diesem Augenblick durchratterte, bis auf die Hundertfünfzehn, eine Zahl nach der seinigen. Andererseits war es ihm fast egal. »Haben Sie Erfahrungen?«, würde die Tante mit dem Lichtspiel auf dem Schreibtisch fragen, zum dreißigsten Mal, seit er erstmals hier gewesen war. »Was haben Sie studiert? *Philosophie?*« Frank verzog bei diesem Gedanken den Mund zu einem bitteren Grinsen. Müde warf er den Arm auf die Lehne der Bank. Dabei stieß er beinahe gegen eine blondierte Frau Anfang fünfzig, die dort gerade Platz genommen hatte. Sie trug einen weißen Wolltrenchcoat und ein Halstuch mit Leopardenmuster, ihr Gesicht war etwas unbeholfen geschminkt.

Mutter! dachte er kurz und erschrak bei dem Gedanken.

»Mahlzeit«, sagte die Frau und lächelte ihn unsicher an.

Frank legte das freundlichste Gesicht auf, das er in diesem Moment zustande brachte. »Mahlzeit.«

Dann widmete er sich wieder seiner Zigarette und den metaphysischen Komponenten einer Fallblattanzeige.

Plötzlich spürte er etwas an seinem Ärmel. Er sah auf. Die Frau hatte sich näher an ihn herangeschoben, und jetzt spürte er, wie eine Broschüre der Arbeitsagentur gegen seine Jacke gepresst wurde.

»120?« war mit einem Kugelschreiber daraufgekritzelt worden.

Frank hustete, dann sah er die Frau an. Seine Nackenhaare stellten sich auf, denn er musste schon wieder an seine Mutter denken. Diese Frau hier war fast zwanzig Jahre älter als er. Ihre Augen und ihr Mund waren von Fältchen umgeben.

Aber er brauchte das Geld. Also nahm er noch einen Zug, blies den Rauch so cool aus, wie ihm das möglich war, und sagte: »Also, ich nehme eigentlich, äh, hundertfünfzig.«

Er spürte, wie sich seine Ohrläppchen verfärbten. Unverhofft kommt oft, dachte er, und außerdem: Heilige Scheiße, ich kann doch nicht … Er sah sich in Gedanken dabei, wie er in Rekordgeschwindigkeit aus den Gängen des Arbeitsamts flüchtete. Er wurde das Gefühl nicht los, dass dieser Ort einfach nichts Gutes für ihn verhieß.

Sie sah ihn prüfend an und sagte dann mit fragendem Unterton: »Hundertfünfzig?«

»Ja.« Es klang fast selbstsicher. Als er versuchte, den Ellenbogen auf der Banklehne abzustellen, rutschte er allerdings ab. Die Frau schien das nicht zu bemerken.

»Und was … was ist da dabei?«

Er sah ihr direkt in die Augen und versuchte, das Drumherum nicht wahrzunehmen.

»Äh. Ich«, antwortete er mit einem gequälten Lächeln.

»Mein Wagen steht zwei Blöcke weiter«, sagte sie, ihrerseits unsicher lächelnd.

Auf dem Weg dorthin schwiegen sie zunächst, was Frank ein bisschen peinlich war, außerdem gab ihm das zu viel Zeit zum Nachdenken, und das wollte er jetzt eigentlich nicht. Gib dich professionell! sagte er sich. Sei weltmännisch!

»Ich habe auch eine Internetseite«, erklärte er und zog einen Flyer aus der Tasche. Die Frau nahm ihn und las im Weitergehen.

»›Deutsche Feinkost zum Anfassen‹, aha.« Ohne jede Ironie, Frank atmete auf. Sie steckte den Flyer ein. »Und wie viele Tage arbeiten Sie da so im Monat?«

Äh, keinen, dachte er. Ich bin Anfänger. Sie sind meine erste Kundin. Ich weiß nicht mal, ob ich einen hochkriegen werde. Wahrscheinlich eher nicht, wenn ich weiter die ganze Zeit an meine Mutter denken muss. Aber das konnte er schlecht antworten.

»So zehn?« Es klang mehr wie ein Vorschlag. »Ich will ja keine Massenware abliefern«, setzte er deshalb hinzu. Das mit dem souveränen Auftreten klappte jetzt deutlich besser, fand er. Vielleicht würde es ihm gelingen, beim Sex an Sabine zu denken.

Nein, besser nicht. Keine gute Idee.

»Mein Mann ist Sozialarbeiter, der verdient achtzehnhundert netto. Dafür arbeitet er die ganze Zeit, oft auch am Wochenende.«

Frank lächelte und zitierte einen Satz, den er bei Gy aufgeschnappt hatte: »Tja. Manche tun, was sie können, und manche können, was sie tun.«

Sie waren stehengeblieben, offenbar hatten sie ihr Auto erreicht. Frank bemerkte die beiden Männer nicht, die aus der anderen Richtung auf sie zugekommen waren.

Erst als die Frau eine Art Ausweis aus der Tasche zog, spürte er, dass er quasi umzingelt war.

»Gudrun Schreiner, Steuerfahndung«, erklärte sie, und dann, auf das Fahrzeug weisend: »Steigen Sie bitte ein?«

Frank sah die beiden Männer an, die um einige Köpfe größer waren als er. Der eine griff nach seiner Schulter.

»Moment mal«, protestierte er, während der kräftigere der beiden ihn in Richtung Auto bugsierte. »Das war alles gelogen!«, kreischte Frank. »Ich habe noch keinen einzigen Euro verdient! Das ist mein allererster Tag heute! Hey, ich war bei der Arbeitsagentur, weil ich einen Job suche. Hier, hier! Sehen Sie doch!« Er zottelte den Zettel mit der Nummer 114 aus der Tasche, aber Gudrun Schreiner sah ihn nur mitleidig an und wies mit dem Kopf in Richtung Autotür.

»Sie kommen jetzt erst mal schön mit«, erklärte sie, als wäre er ein Kind, das sein Lungenhaché nicht essen will, und an Kollegen gewandt: »Rein mit ihm.«

Den Zettel mit der Wartenummer steckte sie in die Tasche.

8.

Lasse tippte dem Trainer auf die Schulter, der mit dem Rücken zu ihm stand und eine Gruppe junger Frauen im Auge behielt, die eine Art Schattenboxen zu üben schienen.

»Ja?«

»Da hängt ein Zettel in der Umkleidekabine«, sagte Lasse. »Brauchen Sie noch wen?«

Der Sportclub-Angestellte, etwa in Franks Alter, musterte ihn von oben bis unten.

»Hast du gerade Zeit?«

Lasse nickte. »Klar.«

»Schön, dann komm.« Der Trainer legte ihm eine Hand auf die Schulter und führte ihn zur Umkleidekabine.

Lasse grinste. Cool, das ging ja einfacher, als er gedacht hatte. Während er dem Trainer, der sich als Tim vorgestellt hatte, hinterherschlurfte, verplante er bereits das viele Geld, das er hier – als was eigentlich? Vermutlich Co-Trainer oder so – verdienen würde. Ein Geschenk für seine Mutter, dachte er. Irgendetwas Schönes zum Anziehen. Und für sich selbst einen neuen Computer. Einen, mit dem er auch ein paar aktuelle Spiele zocken könnte.

»Zieh das da mal an«, sagte der Trainer, als sie die Umkleidekabine erreicht hatten, und wies auf ein ... *Ding*, das an der Wand lehnte. Es sah aus wie ein Raumanzug aus ultradickem, weichem Plastik. Auf einer Kirmes hatte Lasse einmal etwas Ähnliches gesehen. Kunststoffanzüge, mit denen die Leute so dick wie Sumo-Ringer wurden – und dann eben Sumo-Ringkämpfe aufführten, nur ohne sich vorher tausend Kilo angefressen zu haben. Dieser hier war allerdings eher gleichförmig dick. Wie ein aufgepusteter Overall aus Polydingsbums.

»*Das?*«

Tim nickte grinsend.

Als Lasse Anstalten machte, sich auszuziehen, unterbrach ihn der Trainer. »Lass das mal lieber drunter.«

Fünf Minuten später steckte er in dem gewaltigen und auch noch schweren Schaumstoffanzug, der mit graublauer Plastikfolie überzogen war. Er hatte keine Ahnung, was das sollte, aber Tim dirigierte ihn zur Tür, hinter der eine steile Treppe in den Trainingsraum hinabführte.

»Schön vorsichtig, einen Fuß nach dem anderen!«

Leichter gesagt als getan. Lasse konnte den Kopf nicht bewegen, weil die Halskrause fest anlag. Vorsichtig erfühlte er die erste Stufe, aber schon die zweite verfehlte er. Einen Sekundenbruchteil später stand er, eher schlecht als recht, auf dem Hallenboden. Zum Glück trug er einen Schutzanzug. Er stapfte los, in Richtung Frauengruppe. Er hatte die Teilnehmerinnen zuvor nur kurz gemustert, und sie hatten einen netten Eindruck gemacht. Eine junge Frau hatte ihm sogar zugeblinzelt. Sie lächelte ihn jetzt an, aber das tat im Moment die gesamte Gruppe. Irgendetwas an diesem Lächeln war allerdings ein wenig merkwürdig. *So*, dachte Lasse, lächeln Kaufhausdetektive, wenn sie einen beim Klauen erwischen.

»Hiergeblieben!«, befahl Tim und stoppte damit Lasses Marsch. Dann steckte er ihm ein rotes, dickes, zylinderförmiges Etwas mit Sichtschlitzen auf den Kopf. Es roch nach Plastik, und es war stickig und eng. »Und los geht's«, sagte der Trainer. Er schob Lasse in die Hallenmitte.

»Stell dich einfach hier hin. So. Schön fest. Auf beiden Beinen.«

Lasse tat, wie ihm geheißen. Er spreizte die Beine ein wenig, dann hob er den Kopf, aber er sah so gut wie nichts. Nein, er sah überhaupt nichts. Bis auf ein Stück von der Hallendecke und die Köpfe von zwei Kursteilnehmerinnen. Einer der Köpfe gehörte der Blinzlerin. Lasse versuchte, sie anzulächeln, bis ihm bewusst wurde, dass sein Gesicht überhaupt nicht zu sehen war.

Lasse schnaufte. Die Löcher im Helm waren klein, er bekam kaum Luft.

»Trau dich!«, hörte er Tim sagen, dessen Stimme klang, als trüge Lasse Ohropax. »Stell dir jemanden vor, auf den du so richtig sauer bist. Schön fest in den Magen rein! Auf geht's!«

Lasse runzelte die Stirn. Sich jemanden vorstellen, auf den er sauer war. Warum sollte er das tun? Und was sollte das mit dem Magen?

Dass er nicht gemeint gewesen war, wurde ihm klar, als er den ersten Schlag abbekam. Wuff! donnerte ihm ein Fuß heftig in die Bauchgegend, und die Wucht haute ihn glatt nach hinten um. Er hätte sich am Boden gekrümmt, wenn er die Möglichkeit gehabt hätte, sich irgendwie zu bewegen. Und wo eben noch sein Magen gewesen war, befand sich jetzt ein tauber, dumpfer Schmerz. Lasse spürte, wie etwas in seiner Speiseröhre aufstieg.

Einen Moment später fühlte er, wie er von Tim unter den Achseln gepackt und wieder aufgestellt wurde.

»Wer will als Nächstes?«, hörte Lasse zu seinem Entsetzen durch die Plastikpackung, und er stellte sich vor, wie alle Frauen die Finger hoben.

9.

Phillip plapperte und plapperte. Gy dachte daran, seine Kanone zu ziehen und den dämlichen Kollegen einfach abzuknallen. Oder in die Handbremse oder ins Lenkrad zu greifen. *Irgendwas*. Er war kurz vor dem Durchdrehen. Eigentlich hätte er mit Daphne hier sitzen sollen. Und nicht mit diesem aufgeblasenen Arschloch. Zu dem er, Gy konnte es kaum fassen, noch vor zwei Wochen »Freund« gesagt hatte.

»Bis dann die Tochter nachts auf die Toilette muss«, erzählte Phillip weiter, ohne auch nur ein einziges Mal zur Seite zu sehen, wo Gy mit düsterem Blick durch die Windschutzscheibe starrte. »Und sie sieht uns und schnappt sich die Handtasche ihrer Mutter. Und dann fängt sie an, mit dem Ding auf mich einzuschlagen.« Ja! Ja! Ja! dachte Gy, der zufällig gerade mal zugehört hatte. »Und dann kriegt sie auch noch einen Riesenheulkrampf, und dann schmeißt mich die Alte ...«

Phillip wurde unterbrochen, weil Gys Telefon klingelte.

»Hallo?«

Gy lauschte einen Moment und nickte. »Ja, der bin ich.«

Dann schwieg er wieder.

»Bitte was?«, rief er schließlich. »*Was* ist los?«

Er ließ das Telefon zuschnappen und tippte Phillip an die Schulter. »Zur Sitte«, befahl er mit finsterem Gesichtsausdruck.

Gudrun Schreiner, ihre beiden Begleiter und ein Kollege von der Abteilung Sittendelikte der Kriminalpolizei saßen um Frank herum, der wie ein aus dem Nest gefallenes Küken auf seinem Stuhl hockte.

»Und Sie können das wirklich bezeugen?«, fragte die Frau von der Steuerfahndung, die sich als Kundin ausgegeben hatte.

Gy nickte. »Also der Frank, der hatte noch nie was mit einer Frau.« Er verkniff sich ein Lächeln. »Also gegen Geld, natürlich. Da gibt's nichts zu holen. Ehrlich. Der Mann ist unschuldig. Er hat noch keinen Cent mit dieser Sache verdient.«

Der Typ von der Sitte verzog das Gesicht. »Ts, ts, ts. So weit ist Deutschland schon heruntergekommen, dass sich Männer erniedrigen müssen.«

Frank hob den Blick, dachte kurz daran, darauf hinzuweisen, dass Tausende von Frauen das Tag für Tag taten, ohne dass sich jemand darüber echauffierte, aber er hielt es für besser, zu schweigen.

»Würdest du so was machen?«, fragte der Sittenpolizist im Aufstehen, an Gys Adresse.

Gy hob abwehrend die Hände. »Na! Natürlich nicht. Du kennst mich doch.«

Der Kollege nickte und verzog dabei das Gesicht.

Auch Gudrun Schreiner erhob sich. »Wiedersehen, die Herren«, sagte sie.

Wohl eher nicht, dachte Frank. »Wiedersehen«, erwiderte er trotzdem, so höflich er konnte.

Und zum ersten Mal, seit Gy vom Gymnasium abgegangen war, freute sich Frank über dessen Entscheidung, Polizist zu werden.

10.

Hausgemachte Marillenkonfitüre im Glas, handverlesen und handverpackt. Holunderhonig, aus biologischer Imkerei, mit Gütesiegel. Feinste eingelegte Pflaumen in horizontblauem Saft mit einem Schuss Kirschwasser.

Olli räumte die Gläser in Kisten, die sich schon auf dem Boden des Ladens stapelten.

Die Hälfte der Regale hatte er bereits ausgeräumt. In Gedanken war er bei der Eröffnung, bei den Tagen davor, als er voller Euphorie das Gegenteil getan hatte. Jedes Gläschen, das er in die Regale gestellt hatte, jedes Töpfchen, das seinen Weg in die Auslagen gefunden hatte, war damals Grund zur Freude gewesen. Und heute war es genau umgekehrt.

Frank machte den Abwasch, als Gy in die Küche kam. Der Polizist trug seine Uniform, er hielt eine Rolle weißes Klebeband in der Hand, von der er jetzt einen fingerlangen Streifen abriss.

»Ich dachte, das sei eine Faschingsparty«, sagte Frank stirnrunzelnd.

»Ich gehe als Polizist.«

Gy schrieb etwas auf den Klebestreifen. Dabei sah er zu Frank, der nachdenklich einen Teller polierte. »Was ist los?«

»Mmh. Meinst du, ich sollte mal bei Sabine vorbeischauen?«

»Nein.« Gy hob mahnend einen Finger. »Warte, bis *sie* anruft.«

»Aber was ist, wenn sie nie anruft?«

»Dann hat sie es auch nicht verdient.«

Gy hatte das Wort »ZOLL« in Großbuchstaben auf das Klebeband geschrieben und heftete es sich jetzt an die Brust.

»Oh. Und wenn ich doch anrufe? Nur ganz kurz? Ein paar Minuten? Hallo, guten Tag, wie geht's?« *Was macht der Lover*, setzte er im Geist fort.

»Weißt du was? Du machst einfach überhaupt nichts, dann machst du auch nichts falsch!«, riet Gy und ging ins Wohnzimmer. »Sei einfach mal froh darüber, dass du gestern kein Verfahren an den Hals gekriegt hast! Das war echt auf der Kippe.« Während er das sagte, öffnete er ein großes Bonbonglas, das bis zum Rand mit Präservativen gefüllt war. Er nahm zwei Handvoll und schob sie sich in die Uniformtaschen.

»Kümmere dich lieber ein bisschen um Olli«, empfahl er und ging zur Tür. »Brauchst nicht auf mich zu warten«, rief er zum Abschied über die Schulter.

Großer Gott, dachte Frank, als der Polizist verschwunden war. Ich frage einen verdammten Kannibalen nach vegetarischen Rezepten! So weit ist es also schon gekommen.

Andererseits musste er eingestehen, dass sich Gy in den letzten Tagen verändert hatte.

Sogar sehr.

11.

Polizisten müssen viel Spott aushalten. Sie tragen alle Schnauzbärte, erzählt man sich, und Vokuhila-Frisuren, jeder von ihnen rennt pausenlos in die Mucki-Bude, man trifft sich im Solarium oder auf Parkplätzen voller tiefergelegter, getunter Golfs und BMWs. Sie lieben Bruce Willis oder Bruce Lee, trinken Altbier oder Rum-Cola und zielen mit dem Zeigefinger auf den Fernseher, wenn dort jemand den Revolver zieht.

Das sind natürlich nur Gerüchte und Vorurteile.

Sie gelten bestenfalls für einen Teil der Polizisten.

Allerdings ausnahmslos für die männlichen.

Aber wer glaubt, Partys auf Polizeirevieren wären anders als normale Betriebsfeste, der liegt richtig.

Die Party war schon in vollem Gange, als Daphne eintraf. Zu den Klängen irgendeines Achtziger-Songs – »Ladies Night« oder etwas Ähnliches – stampfte eine schwitzende Masse, die in unglaublichen Kostümen steckte. Es gab Cowboys und Indianer, Piraten und Tierfiguren, vornehmlich Kater und Katzen. Dabei stand die Faschingsfeier eigentlich unter dem Motto »Ab in den Urlaub«, weshalb sich Daphne auch, viel zu aufwendig, wie sie inzwischen feststellte, als Stewardess verkleidet hatte. Allein ihre Frisur, ein kunstvolles Steckwerk, das unter ihrem roten Hütchen leider kaum zu sehen war, hatte eine geschlagene Stunde in Anspruch genommen. Immerhin, stellte Daphne fest – einige ihrer männlichen Kollegen hatten das Motto doch noch verstanden und einfach ihre Kleingärtner-Grillfestmontur angezogen. Männer sind entweder völlig phantasielos – oder sie haben zu viel Phantasie, vor allem bezogen auf *das Eine*, dachte Daphne. Sie schnappte sich einen Drink, einen Cocktail, der in einer geschmacklosen Plastik-Kokosnuss gereicht wurde, und machte sich auf die Suche.

In zwei Nebenzimmern wurde bereits emsig gefummelt, und in den Gängen lagen schon die ersten, die es nicht mehr bis zum Klo geschafft hatten.

Als sie den Raum wieder betrat, in dem der Hauptteil des Treibens stattfand, stieß sie auf Rainer, den Dienststellenleiter – Party-Rainer. Er war schweißnass, seine Nase glänzte rötlich und seine Haare klebten am Kopf. Trotzdem wagte sie es, ihn anzusprechen, wofür sie schreien musste: »Ist der Gy schon da? Weißt du das?« Im gleichen Moment bereute sie ihre Frage.

Rainer sah sie an, er hatte offensichtlich Mühe, ihr Gesicht zu fixieren. »Gy?«, brüllte er. »Nein, meine Holde. Den hab ich noch nicht gesehen. Willst du tanzen? Oder so?«

Daphne schüttelte den Kopf, schob ihn sanft beiseite und setzte ihre Suche fort. Langsam war sie etwas genervt von dem Ambiente.

Ein Mann im weiten, blau-weiß gepunkteten Clownskostüm kam Gy entgegengestolpert, als er die Stufen zum Polizeirevier hochging, und der Clown war offenbar in großer Eile, wohin oder warum auch immer. Im Eingangsbereich stieß er auf eine Kollegin, die als Schmetterling verkleidet war, wobei ein Flügel bereits fehlte, was sie nicht davon abhielt, irr vor sich hin zu kichern. Gy wandte sich nach links, der Musik entgegen, aber ein Typ im Tropenanzug, den er im Augenwinkel schon beim Hereinkommen gesehen hatte, folgte ihm hastig.

»Hey!«, rief er.

»Was?«, raunzte Gy, ohne sich umzudrehen. Dabei fiel ihm ein, woher er den Urwaldforscher kannte. Es war der Kollege von der Sitte, der Frank verhört hatte. Plötzlich fühlte er sich unwohl.

»Alter, du bist eine Schande für unseren Berufsstand«, rief der Sittenpolizist, wobei er sich den Gurt des Tropenhelms unter dem Kinn festzog. Gy blieb stehen. »Ich war auf eurer Internetseite«, ergänzte der Kollege.

»Deiner Frau geht's gut?«, fragte Gy und ging wieder weiter.

»Wir sind geschieden«, brummelte der andere.

Der Polizist hatte Mühe, Gy zu folgen. Aber Gy blieb wieder stehen, als der Sittentyp sagte: »Du musst nicht glauben, dass du als Polizist je wieder Arbeit kriegst. Und wenn ich dafür persönlich sorge.«

»Mensch, das kannst du nicht machen. Ich tue das doch nicht aus Spaß. Verrat mich nicht, ja?« Er gab dem Kollegen einen freundlichen Klaps auf die Schulter und setzte seinen Weg fort. *It's A Celebration* sangen Kool & The Gang.

»Steht eh schon in der Zeitung.«

Gy blieb abermals stehen und starrte den Kollegen an. »Sag mal, spinnst du? Das kannst du doch nicht machen!«

»Was soll ich dir denn noch den Rücken freihalten, nachdem du meine Alte gevögelt hast, hä?«

»Aber nur, weil du sie *nie* gevögelt hast.«

»Da kannst du mal sehen, was so was für Konsequenzen haben kann«, sagte der Kollege und grinste gemein.

Gy sah sich kurz um. Der Gang war zu einer Seite leer, und die wenigen Menschen, die auf der anderen Seite standen, waren johlend damit beschäftigt, einem jungen Polizisten dabei zuzusehen, wie er sich die Unterhose auszog, ohne die Hose darüber vorher auszuziehen. Und das um Viertel nach neun! Übrigens nannte man solche Kollegen *Jungbullen*, auch untereinander.

Gy überlegte kurz. Die Tür hinter dem Sittenpolizisten

stand offen, sie führte in den Abstellraum der Reinigungskolonne.

Es war eine Sache von Sekunden. Einszweifix hatte er den verräterischen Kerl in die Kammer gedrängt, mit Handschellen an einem Rohr gefesselt, und zum Abschluss verpasste er ihm einen Knebel aus muffigen Putztüchern. Ging doch nichts über eine gute Ausbildung.

»Die Putzfrau kommt morgen früh um acht«, sagte er, nun seinerseits gemein grinsend. »Übrigens, das mit deiner Frau war wirklich nicht so toll. Sei froh, dass du die Schnepfe los bist!«

Er klopfte dem gehörnten Bullen auf die Schultern, drehte sich um und ging zur Party.

Daphne stand, immer noch die Plastik-Kokosnuss haltend, auf der Damentoilette und wartete darauf, dass eine Kabine frei würde. Der Raum war mit schnatternden Kolleginnen gefüllt, aber den Song, der draußen gerade lief, konnte sie trotzdem hören: *Ich bin so froh, dass ich 'n Mädchen bin.*

Die anderen Polizistinnen trugen sehr lässige Kostüme, alles ziemlich beachmäßig, und Daphne kam sich mit ihrer eleganten Stewardessenuniform langsam etwas blöd vor. Zumal derjenige, für den sie sich so fein gemacht hatte, offenbar nicht erscheinen würde.

Zwei der Mädchen unterhielten sich von Kabine zu Kabine. »Ich komm zu dem nach Hause«, krähte die eine. »Und es ist total unaufgeräumt, richtig versifft und eklig, ein echtes Drecksloch. Er schmeißt mich aufs Bett, ohne was zu sagen oder mir einen Drink anzubieten oder so, und zieht mich aus ...«

Der Rest des Satzes ging im Geräusch einer Klospülung unter.

»... und dann kommt er mit ganz öligen Fingern, weißt du, ganz schmierig, und du kannst dir nicht vorstellen, was das war!«

Das Mädchen, das erzählt hatte, trat aus der Kabine. Sie war Anfang zwanzig, blond und eine Erscheinung, an der vor allem ihr bis zum Bauchnabel dekolletiertes Kleid und ihr rosa Hut bemerkenswert waren. Sie schlug mit dem Knöchel gegen die Tür der Nachbarkabine.

»Das war Salatöl! Ein ganzer Kanister voll davon, der stand direkt neben seinem Bett.« Sie kicherte. »Du glaubst es nicht!«

»Das war aber nicht der Gy, oder?«, kam von hinter der Tür.

»Doch!«, schrie die andere, offenbar bereits ziemlich angetrunken, denn sie musste sich dabei an der Wand abstützen. »Warum? Hattest du etwa auch was mit ihm?«

Ihre Kollegin kam aus der Kabine getorkelt. »Natürlich hatte ich auch was mit dem«, kreischte sie. »Der hat sich doch durch die gesamte Verwaltung gevögelt!«

Lachend gingen die Frauen Arm in Arm aus der Toilette. Als sie an Daphne vorbeikamen, drehte sich eine der beiden zu ihr und fragte: »Na? Auch schon mal am Salatbuffet teilgenommen?«

Es war Mandy, die junge Kollegin, der Gy eine Woche zuvor auf dem Weg zum Kaffeeautomaten begegnet war.

Daphne stolperte durch die Gänge des Polizeireviers. Die Szenerie war unwirklich, so oder so, aber Daphne hatte keinen Blick mehr dafür. Nur raus hier.

Ausgerechnet jetzt kam ihr natürlich Gy entgegen, mitten im dicksten Partygetümmel.

»Hey!«, rief er. »Schon lange da?«

Sie machte eine stumme Kopfbewegung, irgendwas zwischen Nicken und Kopfschütteln, und drückte sich weiter durch die Menge.

Gy folgte ihr.

»Ist die Party denn *so* scheiße?«, brüllte er gegen »Dschinghis Khan« an. *Auf Brüder – sauft Brüder – rauft Brüder, immer wieder*, schmetterte durch den Raum.

Wieder schüttelte sie den Kopf. Sie erreichten den Raum mit der Tanzfläche, den zentralen Ort des Geschehens. Der Geruch von verschüttetem Alkohol, nicht zu Ende gerauchten Zigaretten und Schweiß drang in Daphnes Nase. Auf einem Tisch tanzte eine Endzwanzigerin in glänzender Korsage. Ihre Bewegungen waren nicht sonderlich professionell, aber die Menge johlte trotzdem. Es ging gerade erst auf halb zehn zu. *He Männer – ho Männer – tanzt Männer, so wie immer,* krawallte es aus den Boxen.

»Hat der Chef doch noch eine Stripperin bestellt?«, rief Gy, aber Daphne zeigte keine Reaktion.

Plötzlich stand der Dienststellenleiter vor ihnen, Party-Rainer.

»Hey, amüsiert ihr euch?«, quakte er. *Lasst noch Wodka holen – ho, ho, ho, denn wir sind Mongolen – ha, ha, ha.*

»Jo«, gab Gy zur Antwort und sah zu Daphne. Seine Kollegin schien mit ihren Gedanken ganz woanders zu sein. »Aber, sag mal, die Sparmaßnahmen sind ganz schön drastisch, oder?«

Rainer hatte ihm das Ohr zugewandt und zog jetzt die Augenbrauen hoch.

»Die Stripperin da«, fuhr Gy fort. »Die ist doch von der Resterampe, oder?«

»Welche?«, brüllte Rainer.

Gy machte eine Kopfbewegung in Richtung der auf dem Tisch tanzenden Frau. »Na, die da. Die im goldenen Top.« *Und der Teufel kriegt uns früh genug,* kommentierte die Band.

Rainer folgte der Kopfbewegung, dann verzog er das Gesicht. »Das ist meine Frau.«

Gy schluckte und beeilte sich, Daphne zu folgen, die sich schon wieder davongemacht hatte.

Im Gang nach draußen blieb sie endlich stehen, weil das Gewühl zu dicht war.

»Hey, hey, was ist denn los?«, fragte Gy.

»Mir ist nicht nach Feiern zumute«, sagte Daphne und mied seinen Blick.

»Ist doch eine super Fete«, sagte er. »Soll ich mal schauen, ob es was zu essen gibt?«

»Ich hab keinen Hunger«, antwortete sie, zog die Schultern hoch und schob sich durch die Menge nach draußen.

Eine Polonaise in einer Art unbeholfenem Kasatschok-Schritt schob sich zwischen Gy und die davoneilende Daphne. Inmitten der Reihe tanzte Mandy, die Gy einen schadenfrohen Blick zuwarf. Er zog den Kopf ein und machte sich ebenfalls vom Acker. Als er den Hof erreichte, war Daphne längst verschwunden.

12.

Olli hatte Suppe zubereitet. »Resteessen«, hatte er gesagt und seinen melancholischen Blick über die halb leergeräumten Regale wandern lassen. Frank hatte ebenso traurig genickt und an die Zeit zurückgedacht, als Olli seinen Laden eröffnet hatte. Das war jetzt erst ein knappes Jahr her, aber damals war der Feinkosthändler voller Euphorie und Ambitionen gewesen. Davon war nichts mehr übrig.

Schweigend saßen sie einander gegenüber, Frank schlürfte die wirklich leckere Ochsenschwanzsuppe mit Rotwein und Rosinen, beide tranken Wein, eine Spätburgunder Auslese, »Muss weg«, hatte Olli lächelnd kommentiert und die Flasche entkorkt.

Frank hätte gern etwas Ermutigendes gesagt, aber es fiel ihm nichts mehr ein. Also zwang er seine Gedanken weg von all dem, vom Scheitern des Geschäfts, vom Scheitern seiner eigenen Karriere als, ja als was eigentlich – als Journalist?, und vor allem vom Scheitern ihrer genialen Geschäftsidee. War doch sowieso totaler Blödsinn gewesen. Giselher mit seinen Prognosen! Von wegen, es gäbe Frauen zuhauf, die einen solchen »Service« in Anspruch nehmen würden! Keine einzige gab es! Auf dem Boden lagen zwei Handzettel, zwei von denen mit Orgasmusgarantie; Frank schob sie mit dem Fuß unter den Tisch.

Das Telefon klingelte.

Sie sahen sich an, Olli warf einen Blick auf die Uhr – kurz nach sieben.

Es klingelte wieder.

Sie sprangen zeitgleich auf, Frank stieß fast die Suppe vom Tisch. Wo war das verdammte Telefon? Olli drehte sich im Kreis, nickte dann und stolperte in Richtung Ladenraum. Frank folgte ihm in kurzem Abstand.

Da lag es. Auf dem Tresen. Und es klingelte wieder.

Ollis Gesicht war gerötet, als er schließlich den Hörer ans Ohr hielt und »Deutsche Feinkost« mehr fragte als sagte. Er stutzte kurz, dann legte er den Apparat auf den Tresen zurück.

»Und?«, fragte Frank.

»Aufgelegt«, sagte Olli schulterzuckend.

Da klingelte es abermals. Das Telefon fiel fast zu Boden, so hastig griff der Ladenbesitzer danach.

»Deutsche Feinkost, hallo?«

Zwei Sekunden Schweigen, ein fragender Blick auf den Handapparat.

»Wieder aufgelegt.«

Frank nahm ein Gebäckstück vom Tresen und stopfte es sich in den Mund. Olli gab einen Stoßseufzer von sich. Die Männer starrten den Apparat an.

Daphne saß in einem türkischen »Bistro«, einem unansehnlichen, verqualmten Laden, dessen Wände mit blinkenden, piependen Geldspielautomaten dekoriert waren. Es roch nach selbstgedrehten Zigaretten, verbranntem Fleisch, verschüttetem Bier und ranzigem Ketchup. Zudem lief furchtbar triste Musik – ein alter Schlager über einen einsamen Jungen namens »Johnny Blue«. Aber Daphne war das egal. Sie trank Schnäpse aus 4-cl-Fläschchen und starrte auf den Tresen. Sie nahm wenig von ihrer Umgebung wahr, weder die saufenden Mittfünfziger, die an den Tischen hockten und die Polizistin in der Stewardessenuniform anstarrten, noch den bierbäuchigen Schnauzbartträger, der hinter dem Tresen stand und versuchte, einen Blick auf Daphnes Beine zu erwischen.

Aber dann drängte sich doch etwas zwischen ihre Gedanken über die Betriebsfeier, Mandys Offenbarungen und Gy-Günter, der nicht der zu sein schien, für den sie ihn gehalten hatte. Vor ihr, auf dem Tresen, lag die aktuelle Ausgabe der »Abendzeitung«. Irgendetwas an dem Bild auf der Titelseite kam ihr bekannt vor. Sie stellte das leere Fläschchen ab und griff sich die Zeitung.

»Was verbirgt sich hinter DEUTSCHE FEINKOST ZUM ANFASSEN?« lautete die Schlagzeile.

Unter der Schlagzeile war ein Bild ihrer Internetseite abgedruckt, auf dem die Gesichter der Männer mit den schwarzen Balken zu sehen waren.

Olli schlug die Zeitung auf und grinste.

»Eine bessere Werbung kann man sich doch überhaupt nicht wünschen!« Er tippte auf die Seite mit dem Artikel und reichte die Zeitung an Frank weiter.

»Sag mal, weißt du eigentlich, was das Blatt für eine Auflage hat?«, fragte Gy, allerdings eher rhetorisch. Olli nickte trotzdem. Er sah den Polizisten an; Gy machte einen ziemlich fertigen Eindruck. »Ja«, sagte Olli gedehnt.

»Super PR! Wirklich großartig!«, brummte Gy und stand auf.

»Was ist denn los?«, fragte Olli und sah hilfesuchend zu Frank, der aber gerade damit beschäftigt war, den Artikel zu lesen. »Lief wohl nicht so toll auf der Faschingsparty, oder?«

»Doch, war sehr nett, wir haben uns prächtig amüsiert«, blaffte Gy. »Danke der Nachfrage! Hätte ü-ber-haupt nicht besser laufen können.«

»Delikatesse oder doch nur Fastfood?«, las Frank vor und blickte kurz zu Olli, der über den Vergleich schmunzelte. »Zwischen Mann und Frau haben sich die Verhältnisse gründlich geändert. Dieser Schluss liegt jedenfalls nahe, denn unter dem Namen ›Deutsche Feinkost zum Anfassen‹ bieten seit gestern fünf Männer den Frauen der bayerischen Landeshauptstadt ihre Liebesdienste an – nebst Orgasmusgarantie. Während weibliche Prostitution inzwischen als Berufsstand anerkannt ist, betreten die Herren – ein Koch, ein Philologe, ein Polizist, ein Geschäftsmann und ein junger Mann der Kategorie ›jugendlicher Wahnsinn‹ – mit ihrem Angebot Neuland, jedenfalls in Bayern. Man wird sehen, ob die Münchnerin tatsächlich nach käuflicher Liebe verlangt oder ob es sich nur um einen neuen Auswuchs der desolaten konjunkturellen Situation handelt. Was aber haben diese Männer zu bieten, sind sie Amateure oder Meister ihres Fachs? Es scheint den Frauen zu obliegen, dies herauszufinden ...«

Frank sah auf. Er hatte eine Gänsehaut bekommen.

Gy tigerte derweil im Hinterraum des »Deutsche Feinkost« auf und ab, dabei stieß er fast die rote Plüsch-Nachttischlampe herunter, die Olli aufgestellt hatte, um »Atmosphäre zu schaffen«. »Früher war ich pleite, aber ich hatte wenigstens einen Job. Jetzt bin ich nur noch pleite.«

Gy blieb stehen und sah die beiden anderen vorwurfsvoll an, er schien völlig aufgelöst. »Den Job bin ich nämlich los, verdammt noch eins. Jetzt kann ich bis zu meinem Lebensende irgendwelche Parkplätze bewachen. Oder nachts mit einer Taschenlampe bewaffnet um leere Fabrikhallen herumschleichen. Super. Herzlichen Dank.«

»Sag mal, glaubst du wirklich, dass die das so eng sehen?«, fragte Olli so freundlich wie möglich und zeigte auf die Zeitung, die Frank nach wie vor studierte.

»Eng sehen?«, brüllte Gy. »Ich bin Beamter! Ich glaube, du verstehst die Lage nicht ganz, in der ich bin.«

Er drehte sich auf dem Absatz und stieß mit dem Zeigefinger nach Frank. »Das ist alles nur deine Schuld!«

»Was?«, gab der Philologe verblüfft zurück. »*Meine* Schuld?

Ich war doch von Anfang an gegen diese Wahnsinnsidee! Ihr beiden seid zu mir gekommen und habt gebettelt, dass ich da mitmache.«

Als Gy gerade antworten wollte, klingelte das Telefon.

»Feinkost Steiner, guten Abend«, sagte Olli. Dann schwieg er für ein paar Sekunden und sah dabei Frank und Gy an, als würden die drei vor einem Gerichtssaal auf das Urteil in einem Vaterschaftsprozess warten. »Ja«, sagte er, mit nachdenklichem Unterton. Schließlich nickte er. »Ja, der Philologe ist da.«

»Wer? Ich?«, flüsterte Frank staunend.

Olli nickte. »Ja, gern doch«, sagte er ins Telefon. »Geben Sie mir bitte Ihre Adresse? Ja, Moment.« Er ging zum Tisch und zog eine Serviette unter Franks Suppenschüssel hervor. Dann drehte er sich im Kreis, erspähte einen Kugelschreiber und notierte: »Hotel Le Meridien, Zimmer sechs-null-acht. Ist unterwegs!«

»Ist unterwegs?«, fragte Frank, der auf die Serviette starrte. »Ist *unterwegs*?«, wiederholte er. Die Gänsehaut verstärkte sich.

Olli nickte und zog Franks Jacke vom Kleiderständer. »Aber so was von unterwegs, du glaubst es kaum«, grinste er und schob den verblüfften Freund in Richtung Ausgang. Gy schien seine Verärgerung überwunden zu haben, denn er half Olli energisch dabei, den sich mit Händen und Füßen wehrenden Frank zur Garage zu bugsieren, wo der rote Kleintransporter des Feinkosthändlers stand.

»Ich kann das nicht!«, rief Frank immer wieder, jetzt, da es plötzlich ernst wurde. Er griff nach allem, was ihm im Weg stand, um sich festzuhalten und nicht in das Auto steigen zu müssen. Aber die beiden anderen blieben beharrlich.

»Du steigst jetzt in diesen Wagen«, befahl Gy. »Oder ich trage dich persönlich in dieses Hotel.« Er reichte Frank den

Promotionsschal, den dieser im Hinterzimmer hatte liegen lassen. Olli hielt ihm die Schlüssel für das Auto entgegen.

»Viel Glück«, sagte er, als Frank schließlich schulterzuckend die Schlüssel nahm.

»Viel Spaß«, ergänzte Gy.

Frank sah die beiden nacheinander an, er hatte eine Erwiderung auf den Lippen, tausend Gründe, um nicht zu tun, was er jetzt tun sollte, *nämlich eine wildfremde Frau gegen Geld beglücken*, etwas, das ihm so fern lag wie ... Ihm fiel nichts ein, in seinem Kopf herrschte gähnende Leere. Aber er hatte keine Wahl. Er konnte es Ollis und Gys Gesichtern ablesen, welche Konsequenzen ein Rückzieher haben würde, und außerdem – er brauchte das Geld wirklich dringend.

Während er in den Kleintransporter stieg, klingelte das Telefon in Ollis Hand erneut.

Giselher saß am Wohnzimmertisch und arbeitete an einer Bewerbung. Ein Familienunternehmen in einem Ort achtzig Kilometer südlich von München suchte einen neuen Prokuristen. Das war weit weg und eine sehr kleine Firma, aber es war *seine* Branche, die nötige Qualifikation hatte er auch, doch es fiel ihm schwer, nicht pausenlos an die Worte der Job-Beraterin zu denken. *Sie sind zu alt.* Zu alt! Man konnte zu alt für Wettkampf-Leistungssport sein, zu alt, um Kinder zu bekommen, zu alt, um auf den Mond zu fliegen oder zur Bundeswehr eingezogen zu werden. Aber für Managementtätigkeiten waren Erfahrungen sehr viel wichtiger als jugendlicher Kampfgeist. Giselher erwog, dazu ein paar Worte in seine Bewerbung einfließen zu lassen, trank einen kleinen Schluck Rotwein, nur ein Glas pro Abend, niemals mehr, und sah zum Fernseher. Die Arbeitslosenzahlen seien gesunken, erzählte die »Tagesschau«-Sprecherin lächelnd. Giselher seufzte. Seine persönliche Arbeitslosenzahl war nicht gesunken. Sie stand konstant bei eins.

Das Telefon klingelte. Er sah auf die Uhr, obwohl er wusste, wie spät es war. Niemand rief ihn abends an. Nicht mehr, seit vor acht Jahren seine Mutter gestorben war.

Er ging in den Flur, wo das Achtziger-Jahre-Telefon, ein cremefarbener Plastikapparat mit schwarzen Tasten, auf einem furnierten Tischchen stand.

»Ja?«, fragte Giselher in den Hörer und rieb sich dabei über die Stirn, um den angestrengten Kopf etwas zu entspannen.

»Sie werden gebraucht«, hörte er. Das war Herr Steiner, der Feinkosthändler.

»Wie, gebraucht?« Er sah in Richtung Wohnzimmer, wo seine vierhundertdreiundfünfzigste Bewerbung darauf wartete, fertiggestellt zu werden.

»Für Sie hat jemand angerufen!« Der Mann klang begeistert.

Für mich hat jemand angerufen? wiederholte Giselher gedanklich. Es dauerte einen Moment, bis er begriff, worum es ging.

»Äh. Aber nur so zum Weggehen, oder?«, fragte er vorsichtig.

»Das kann ich nicht versprechen.«

Giselher schwieg. Wieder dachte er an die Bewerbungen, an diesen endlosen Marathon, das sich wiederholende Hin und Her von Anschreiben und Absagen. Eine Frau wollte sich mit ihm treffen, und sie wollte dafür *zahlen*. Wenn es eine Bestätigung seiner ungebrochenen Tatkraft gäbe, dann doch wohl diese.

»Hallo?«, hörte er Steiner fragen.

Giselher atmete tief durch.

»Egal«, hörte er sich selbst antworten. »Ich mach's.«

Ohne weiter darüber nachzudenken, zog er seinen besten Anzug aus dem Kleiderschrank, außerdem Hemd und Fliege und die guten Halbschuhe, die handgenähten ledernen mit den glatten Sohlen; sie glänzten noch immer von der intensiven Politur, die er ihnen am Eröffnungsabend des Escort-Services verpasst hatte. Fünf Minuten später war Giselher eingekleidet, schloss die Wohnung ab und ging zum Aufzug. Weil vor der Fahrstuhltür zwei junge Männer herumlungerten, die etwas taten, das er nicht genauer betrachten wollte, beschleunigte er seinen Schritt in Richtung Treppe. In diesem Moment schaltete sich das Flurlicht ab. Giselher verfehlte die erste Stufe, rutschte mit den glatten Sohlen ab, knatterte bäuchlings die Treppe herunter und schlug einen Absatz tiefer mit dem Kopf gegen die Wand.

Als er sich wieder aufgerappelt hatte, spürte er, dass seine linke Augenbraue blutete.

Frank fuhr konzentriert, denn es hatte leicht zu schneien begonnen, und Ollis roter Kleintransporter hatte seine besten Tage längst hinter sich. Der Philologe wusste nicht, ob er auf Winter- oder Sommerreifen saß, ob sich Frostschutz im Kühler befand oder das Ding überhaupt noch versichert war. Seine Gedanken tanzten wie die Schneeflocken vor der Windschutzscheibe. Er dachte an Sabine, aber ausgerechnet sie wollte er in diesem Augenblick am liebsten aus seinem Kopf verbannen. Deshalb stellte er sich vor, was er gleich tun würde. Sich ausziehen. Einer Frau, von der er nicht wusste, wie sie aussah, was sie mochte oder wer sie war, einen *garantierten Orgasmus* verschaffen. Kurz tauchte das Bild der Steuerfahnderin vor seinem inneren Auge auf. Frank schüttelte den Kopf, setzte den Blinker und bog in die Straße ein, in der sich das *Le Meridien* befand.

Die Serviette mit der Zimmernummer 608 lag auf dem Beifahrersitz.

Lasse überlegte, was er mit dem Abend anfangen sollte. Mangels finanzieller Möglichkeiten bestanden die Alternativen darin, auf dem Sessel *oder* auf der Couch zu sitzen – und fernzusehen.

Er wurde durch das Telefon von seinem Konflikt erlöst.

»Wir brauchen dich«, sagte Olli, der leicht rundliche ältere Mensch, dem das komische Geschäft gehörte.

»Wen? Mich?«

»Ja, dich. Schwing die Hufe.«

Olli und Gy saßen am Tisch im Hinterzimmer des Ladens, die aufgeschlagene Zeitung lag vor ihnen. Der Polizist trug noch das Uniformhemd und die grüne Polizeikrawatte, er massierte seine linke Wange, der Feinkosthändler studierte währenddessen die Kleinanzeigen.

Das Telefon klingelte abermals. Die Männer sahen sich an, Gy zuckte die Schultern.

»Deutsche Feinkost. Guten Abend.«

Olli lauschte, nickte dann und warf Gy einen vielsagenden Blick zu.

»Ja, der Polizist ist da.«

»Äh, Olli«, sagte Gy leise und hob die Hände.

»Moment bitte«, sprach Olli ins Telefon und legte die Hand auf die Sprechmuschel. »Was ist denn?«

»Es geht nicht.«

»Was geht nicht?«

»Es geht einfach nicht. Ich kann das nicht, einfach so mit einer wildfremden Frau ins Bett steigen. Das geht nicht.«

Olli seufzte. »Mein Gott, du hast schon mit so vielen gepennt, da ist doch völlig egal, ob noch eine dazu kommt.«

Gy rutschte an den Tisch heran und beugte sich zu seinem Freund. »Warum habe ich denn nie eine Freundin?«, fragte er, allerdings rhetorisch, meinte jedenfalls der Feinkosthändler.

»Warum mache ich denn immer nur rum? Weil ich in Wirklichkeit eine total treue Seele bin, das hat hier nur noch keiner gemerkt.«

Olli zog die Stirn kraus und unterdrückte einen Lacher. Das war nicht ganz widerspruchsfrei, was der Polizist da gerade ausgeführt hatte. Irgendwas ist hier im Busch, dachte er.

»Von wem redest du eigentlich? Etwa von dir?«

»Ja.«

»Du bist verliebt?«

»Nein!«, kam wie aus der Pistole geschossen.

»Dann ist doch alles gut.« Olli grinste und nahm die Hand von der Sprechmuschel. »Hallo? Dürfte ich dann mal Ihre Adresse haben, bitte?«

Gy schnaufte und ließ sich gegen die Rückenlehne seines Stuhls fallen. Dann sah er stirnrunzelnd dabei zu, wie Olli die Adresse notierte.

Frank stellte den Motor ab, blieb aber noch hinter dem Steuer sitzen. Er sah durchs Beifahrerfenster hinüber zum Eingangsbereich des Hotels. Dabei zog er eine Zigarette aus der Jackentasche, steckte sie an und blies den Rauch gegen das Seitenfenster. Nicht gut. Er begann nachzudenken, schon wieder, und das führte in die verkehrte Richtung.

Da musste er jetzt durch. Er seufzte, steckte die Serviette ein, zog sich den Schal vom Hals, warf ihn auf die Rückbank und stieg aus. Es war kühl, aber es schneite nicht mehr. Frank schnippte die Kippe auf den glattfeuchten Boden, trat sie aus, klappte den Kragen seiner Jacke hoch und ging mit gesenktem Kopf durch die gewaltige Automatik-Drehtür.

Die junge Frau hinter dem Rezeptionstresen blickte kurz auf und nickte freundlich. Ob sie etwas ahnte? Sah man ihm an, dass er just in diesem Augenblick vom germanistischen Theoretiker des Liebesdiskurses zum sich prostituierenden

Feldforscher mutierte? Er deutete ein Nicken an, spürte, dass seine Ohrläppchen in Flammen standen, senkte dann den Kopf noch etwas tiefer und zog gleichzeitig die Serviette aus der Jackentasche.

Die ahnen so was, dachte er. Das sind Profis. Bekommen die nicht sogar ein Trinkgeld zugesteckt, wenn eine Hure aufs Zimmer geht? Frank hatte von derlei gehört oder es in einem Film gesehen, aber vielleicht galt das nur für Hotels in Bahnhofsnähe und mit weit weniger als vier Sternen. Er hob den Blick ein wenig und suchte nach den Fahrstühlen. Die Lobby war beeindruckend, in der Mitte des riesigen Raumes, dessen Boden mit von unten in verschiedenen Farben beleuchteten Glasplatten ausgelegt war, befand sich eine Art Rondell mit einer Skulptur darauf, umgeben von schwarzen, marmornen Säulen. Aber er hatte jetzt keine Zeit für innenarchitektonische Feinheiten. Und, vor allem, keine Nerven.

»Dort vorne und dann links«, rief die Rezeptionistin in das Klingeln eines Telefons.

Er murmelte »Danke« und ging zum Aufzug. Dabei sah er auf die Zimmernummer, die Olli in großen Ziffern auf der Serviette notiert hatte. 809. Oder doch 608? Er drehte das Zelluloseding mehrfach um die Mittelachse. Nein, 809. Er betrat die Kabine und drückte die Taste für den achten Stock.

Als der Aufzug anfuhr, konnte er nicht unterscheiden, ob das Zittern von der Kabine kam oder aus seinem tiefsten Inneren.

Reiß dich zusammen, befahl er sich selbst, während er im Fahrstuhlspiegel seine Frisur checkte. Das ist wie zu einer Nutte gehen, nur umgekehrt, weil die Frau zahlt. Keine große Sache eigentlich, das machen Hunderttausende von Männern täglich.

Nur Frank nicht.

Er war noch nie im Leben bei einer Prostituierten gewesen.

Oben angekommen, durchschritt Frank die langen Gänge und zählte Zimmernummern. Natürlich war Nummer 809 das letzte Zimmer im Gang, aber auf diese Art hatte er wenigstens noch etwas Zeit gewonnen. Damit war es jetzt allerdings vorbei. Er kontrollierte zum fünfzigsten Mal die Ziffern auf der Serviette, stopfte das Ding dann in die Hosentasche und klopfte zaghaft gegen die Tür. Von drinnen hatte er eine Frauenstimme vernommen, die »Danke« gesagt hatte.

13.

»Rezeption? Hier ist Zimmer 809«, sagte Hannelore in den Hörer. Sie war eine schlanke, brünette Frau in den frühen Vierzigern. Neben dem Telefon in der einen hielt sie ein Glas Sekt in der anderen Hand. Ihre Bluse hatte sie bereits abgelegt; sie trug noch ihren Rock und einen raffinierten Spitzen-BH.

»Entschuldigen Sie. Die Massage auf Rädern. Kommt die heute noch?«, fragte sie.

»Ah, ist schon unterwegs, verstehe«, nickte sie einen Moment später. Es klopfte. Sie drehte sich zur Tür und sagte dann: »Okay, das wird er sein. Danke.«

Hannelore legte auf und ging zur Tür.

Er war sich jetzt sicher, dass die Nummer stimmte. Frank hielt sich die Hand vor das Gesicht und blies vorsichtig hinein, um seinen Atem zu prüfen. Alles okay. Sekunden später öffnete sich die Tür.

Nicht schlecht, war sein erster Gedanke, hätte man übler treffen können. Etwas älter als er selbst, sehr stilvoll zurechtgemacht und durchaus attraktiv. Und sie war schon halb ausgezogen. Es war klar, dass es hier um das eine und nur um das eine gehen würde. Und das möglichst rasch, offensichtlich. Keine Gefangenen. Augen zu und durch.

Sie blieb in der Tür stehen und musterte ihn, allerdings nicht von oben bis unten, wie er das eigentlich erwartet hatte, sondern wie einen Postboten, der ein überraschendes Paket bringt.

»Haben Sie nichts dabei?«, fragte sie skeptisch.

Frank runzelte die Stirn. Für einen Moment war er versucht, eine Gy-Antwort zu geben: Logisch, satte fünfundzwanzig Zentimeter, ausfahrbar – oder etwas in der Art. Aber das war nicht sein Stil. Außerdem hatte er das Gefühl, dass die Frau etwas anderes gemeint hatte. Nur – was? Sexspielzeug? Einen weiteren Partner? SM-Zubehör? Eine ganze Kiste mit Kondomen?

»Äh ... nein«, brachte er schließlich heraus, fast fragend.

»Na gut«, antwortete sie, ein wenig Skepsis in der Stimme. »Kommen Sie rein.«

Sie ging ihm voran und legte sich dann bäuchlings auf das aufgeschlagene Doppelbett. Die Vorhänge waren zugezogen. Diese Frau hat an alles gedacht.

»Sie werden gleich sehen«, erklärte sie über ihre Schulter hinweg. »Im Nacken bin ich *so* elend verspannt.«

Frank zog seine Jacke aus und warf sie lässig, wie er meinte, auf einen Stuhl, von dem sie aber herunterrutschte. Er gab dem Impuls nicht nach, sie aufzuheben. Verspannt? Aha.

Er sah Hannelore dabei zu, wie sie hinter dem Rücken den BH öffnete, was Frank nach dem letzten Deutsche-Feinkost-zum-Anfassen-Vergleichstest in zwei Sekunden geschafft hätte.

Er hüstelte. »Sollten wir vielleicht erst einmal ... äh ... kurz über das Geld reden?«

Sie stützte sich mit einem Arm auf, wodurch der BH von ihrer Brust rutschte, und sagte: »Also, Sie können sicher sein, dass ich in der Lage bin, Sie zu bezahlen.«

Das klang etwas mürrisch. Frank stutzte. Vorkasse war bei dieser Art von Geschäften doch selbstverständlich, hatte er gedacht. Aber gut. Die Frau sah tatsächlich nicht so aus, als wäre sie eine Zechprellerin. Und natürlich gab es da diese Orgasmusgarantie. Kein Wunder eigentlich, dass sie nicht vorher zahlen wollte. Die Kohle kam, wenn sie gekommen war.

»Jetzt fangen Sie bitte an«, raunte sie und wies auf ein

Fläschchen Öl, das auf dem Nachttisch stand. »Mein Mann kommt gleich aus der Sauna.«

Er nahm das Fläschchen und sah zur Tür.

»Ihr *Mann* kommt gleich aus der Sauna?«, staunte er und spürte, wie sich dabei seine Nackenhaare sträubten.

»Mmmh«, bestätigte sie, mehr ins Kopfkissen. Es klang, als hätte er sie gefragt, ob das hier tatsächlich ein Hotel wäre, irgendwie sehr selbstverständlich.

Ihr Mann? Was sollte das hier werden? Sandwich oder wie das in Gys Porno geheißen hatte, so ein Dreier mit einem Mann oben und einem unten? Oder irgendeine nicht minder eklige Voyeur-Nummer? Irgendwas Schwules möglicherweise?

Er schraubte die Ölflasche auf und behielt die Zimmertür dabei im Blick. In seinem Kopf rotierte es. Abhauen? Einfach die Jacke vom Boden hochreißen und davonstürmen? Oder erst mal schauen, was passiert? Er entschied sich für Letzteres. Abhauen könnte er immer noch. Wenn es hart auf hart käme. Quasi.

Frank goss sich etwas Öl in die Handflächen und wartete einen Moment, um es auf Körperwärme zu bringen, außerdem verschüttete er ein paar Tropfen, weil seine Hände zitterten. Dann legte er die Hände auf den Rücken der Frau und verteilte die Flüssigkeit. Anschließend begann er vorsichtig mit einer Art Massage. Natürlich hatte er das bei Sabine häufig gemacht. Aber das hier? Eine fremde Frau!

»Da oben. Genau. Ein bisschen fester, bitte.«

Er nickte sich selbst zu und tat, wie ihm geheißen.

Dabei fiel ihm ein, dass er jetzt ölige Hände hatte, was es später schwierig gestalten würde, sich auszuziehen, ohne seine Kleidung zu beschmutzen.

»Äh … mmmh. Soll ich mich … äh. Vielleicht oben rum … etwas freimachen?«

Sie drehte den Kopf und sah ihn merkwürdig an. »Tun Sie halt, was Sie nicht lassen können«, erklärte sie ohne jede Begeisterung.

Frank nahm die Hände von Hannelores Rücken und sah sich nach etwas um, woran er sie abwischen könnte. Schließlich wedelte er sie ein wenig herum und zog sich dann das Oberhemd mit den Fingerspitzen aus.

Hannelore stöhnte wohlig, als er ihren Rücken weiter bearbeitete. Er massierte die Schulterblätter, den mittleren Rücken und schob die Handflächen dann in Richtung Lendengegend. Was jetzt? Vielleicht einfach die Hände unter den Rock schieben? Oder eher von unten kommend, die Beine hinauf? Was würde Gy tun? Falsche Frage. Gy wäre längst wieder zur Tür hinaus, Auftrag erfüllt.

Die Zimmertür öffnete sich, und Hannelores Mann kam herein, ein grauhaariger, drahtiger, seriös wirkender Typ Anfang fünfzig, der einen weißen Hotelbademantel trug. Er sagte »Guten Abend«, ohne Frank großartig wahrzunehmen.

»'n Abend«, antwortete Frank, wobei sich seine Stimme vor Anspannung überschlug. Das war ihm zuletzt vor über zwanzig Jahren passiert, im Stimmbruch.

»Hallo«, sagte die Frau, ohne den Kopf zu heben. Der Mann ging an den beiden vorbei, ins Badezimmer, ließ die Tür aber offen. Frank konnte ihm dabei zusehen, wie er den Bademantel abstreifte. Heilige Scheiße! Doch eine Dreiernummer, so ein Sandwich-Ding. Das war einfach nicht drin, er konnte das nicht. *Nicht beim ersten Mal!* Hilfesuchend sah er zur Tür, auf seine Jacke, dann auf seine öligen Hände. Und schließlich wieder zu Hannelores Mann, der nackt im Bad stand und seine Oberarme mit Lotion einzureiben begann.

»Ich komme auch gleich zu Ihnen«, rief der Ehemann aus dem Badezimmer.

Frank bekam eine Ganzkörpergänsehaut. »Okay«, brachte er schwach heraus. *Ich komme auch gleich zu Ihnen.* Er sah auf den Rücken der Frau, für die das hier die natürlichste Sache der Welt zu sein schien. Frank seufzte leise und begann damit, den Wirbelsäulenbereich mit den Handkanten zu massieren. Die Rock-Sache hatte er aufgegeben. Zeit gewinnen war angesagt. Fluchtpläne schmieden. Irgendwas.

Hannelore stöhnte weiter. »Das klingt ja gut«, kam aus dem Badezimmer.

In diesem Augenblick klopfte es an die Zimmertür.

»Bitte?«, rief die Frau, als würde sie noch mindestens ein halbes Dutzend weiterer Leute erwarten. Was käme jetzt? Eine brasilianische Tanzgruppe? Eine Kohorte ukrainischer Boxkämpfer im Lendenschurz?

»Massage auf Rädern«, antwortete eine fröhlich-geschäftige Männerstimme von draußen.

Massage auf Rädern?

Es lief Frank heiß und kalt den Rücken herunter.

Scheiße, dachte er.

Doch Zimmer Nummer 608.

Er hob die Hände von Hannelores Rücken, ihr Mann kam aus dem Badezimmer und sah Frank an, als würde er die Gattin gerade vergewaltigen.

Die Frau riss die Bettdecke hoch und hielt sie sich vor die Brust.

»Ich ... äh ... ich«, stotterte Frank und gestikulierte entschuldigend. »Ich ... äh. Ich kann das erklären.«

Das musste er nicht. Keine drei Sekunden später stand er vor der Zimmertür, und neben ihm auf dem Fußboden lagen sein Hemd und seine Jacke. Der Mann vom Massageservice hatte ihn angestarrt wie ein Alien, und genauso fühlte er sich auch.

Olli lachte sich halbtot, als er ihm das kurz darauf am Mobiltelefon erzählte.

»Verflucht, sechshundertacht. Und ich habe gedacht: Achthundertneun«, sagte Frank zum zehnten Mal, während Olli noch immer kicherte.

»Ist doch alles halb so schlimm«, meinte der Feinkosthändler.

»Halb so schlimm? Du hättest sehen müssen, wie mich der Ehemann angeglotzt hat. Der war kurz davor, mir den Kopf abzureißen.«

Olli antwortete nicht, aber Frank konnte ihn kichern hören. Schön, dass hier wenigstens einer seinen Spaß hat, dachte er, und sah sich dabei um. Wo waren die verdammten Fahrstühle?

»Ich kann auf keinen Fall wieder an der Rezeption vorbei, die erkennen mich da unten doch. Die haben bestimmt bei denen angerufen. Wie soll ich aus dem Hotel herauskommen?«

»Sechshundertacht«, empfahl Olli, dann konnte Frank ein Klingelgeräusch hören, das im »Deutsche Feinkost« erklang.

»Frank, ich muss zur Tür«, sagte Olli und legte auf.

»Was?«, rief Frank noch, aber die Verbindung war schon gekappt.

14.

Lasse fand die Adresse, die ihm der Feinkosthändler gegeben hatte. Es war ein Mietshaus in Schwabing, und jetzt stand er davor. Das Klingelschild mit dem richtigen Namen befand sich unten rechts neben der Haustür. Der »jugendliche Wahnsinn« atmete flach und hastig. Er war nervös, so nervös wie noch nie in seinem jungen Leben, und er hatte rasende Angst. Eigentlich war es eine ausgewachsene Panik. Sein Erfahrungsschatz war so gut wie nicht existent, und hier, in irgendeiner dieser Mietwohnungen, erwartete eine Frau, dass er sie verführte, ihr, wie auch immer er das anstellen sollte, sinnliches Vergnügen bereite, kurz: dass er es ihr *machte*. Lasse zitterte. Sein Atem ging immer schneller.

»Komm«, sagte er laut zu sich selbst, faltete die Hände vor der Brust und lehnte sich dann gegen die Tür.

Er merkte nicht, dass er dabei einen Klingelknopf betätigte.

Lydia freute sich darauf, zur Abwechslung einmal unkomplizierten Sex ohne anschließenden SMS-Terror und peinliche Wollen-wir-uns-nochmal-treffen-Anrufe zu haben. Der »jugendliche Wahnsinn« auf der Internetseite hatte süß und irgendwie unverbraucht ausgesehen, recht jung und vielleicht sogar ein wenig naiv, und genau das wollte sie jetzt als Ausgleich zu den beharrlichen Egomanen, die ihr in den Clubs auflauerten. Sie wartete bereits im Flur, als es klingelte. Lydia nahm den Hörer der Gegensprechanlage ab und wollte gerade hineinsprechen, aber dann hörte sie den schweren, hastigen Atem des jungen Mannes, der vor der Tür stand.

Lasse gab sich selbst Befehle. »Mach. Mach. Mach, mach, mach!«, rief er in die Gegensprechanlage, ohne zu wissen, dass ihm jemand zuhörte.

Lydia schmunzelte, sagte aber nichts.

Lasse drehte sich um und rieb sich die Stirn. Er konnte das nicht. Verflucht, er konnte es einfach nicht. Das mit den Komplimenten klappte, ja ja, und auch eine entspannende Fußmassage konnte er inzwischen abliefern. Aber das Geschöpf, das hinter der Fassade auf ihn lauerte, erwartete mehr. Deutlich mehr. Einen Profi. Orgasmusgarantie. Scheiß-Orgasmusgarantie.

Sein Mobiltelefon spielte einen Klingelton ab.

Es war Lasses Mutter.

»Mama, was ist?«, keuchte er in den Apparat.

»Bist du schon drin?«, fragte sie mit verschwörerischem Unterton.

»Nein, ich stehe noch vor dem Haus.«

»Du bist also noch nicht drin?«

»Mama, wenn ich drinnen wäre, würde ich wohl kaum vor dem Haus stehen.«

Lydia, die noch immer lauschte, biss sich auf die Unterlippe.

»Du gehst jetzt da hinein«, befahl Lasses Mutter. »Du schaffst das. Du bist ein gutaussehender, gesunder junger Mann, und du wirst dieser Frau ein paar wunderbare Stunden verschaffen.«

Sie sagte das, als stünde es fest. Als gäbe es keinen Zweifel. Er, Lasse, der jugendliche Wahnsinn, der Hengst von Schwabing, der Glücklichmacher der einsamen Frauen. Er atmete tief durch. Was konnte schon schiefgehen? Nein, diese Frage wollte er sich jetzt nicht beantworten.

»Okay, Mama«, sagte er nickend. »Okay. Ich lege jetzt auf, und ich gehe da hinein. Danke dir. Ciao.«

Er drückte die Verbindung weg.

Im Haus legte Lydia vorsichtig den Hörer zurück auf die Halterung.

Lasse starrte noch ein paar Sekunden die Tür an, dann drückte er die Schultern durch und betätigte den Klingelknopf. Zum zweiten Mal. Aber das wusste er ja nicht.

»Hallo?«, erklang eine freundliche Frauenstimme.

»Hallo, äh, ich ...«

»Hochparterre, erste Tür rechts, okay?«

Lasse nickte, der Summer ertönte, er drückte die Tür auf und ging hinein. Er sprintete die halbe Treppe zum Hochparterre hinauf, und da stand sie auch schon in der geöffneten Tür. Ein Traum in Blond. Unglaublich. Eine junge Frau in hautengen schwarzen Jeans, weißem Herrenunterhemd und noch engerer schwarzer Weste. Sie lächelte, und Lasse verkniff sich, seinem Staunen durch ein entsprechendes Geräusch Ausdruck zu verleihen. Lydia nickte, als hätte sie ihn, genau ihn und nur ihn erwartet, dann machte sie stumm einen Schritt beiseite, um den Weg in die Wohnung freizugeben. Lasse atmete tief ein und ging dann an ihr vorbei, wobei er einen Duft wahrnahm, der ihm fast die Sinne raubte.

Olli öffnete die Hintertür des »Deutsche Feinkost«. Da stand eine Frau, etwa in seinem Alter, lange rote Haare, blaue Augen und freundliches Gesicht. Um den Mund herum zeigten sich ein paar Grübchen, als sie jetzt scheu lächelte.

»Ja bitte?«

Sie sah kurz zu Boden und dann in Ollis Gesicht. »Ich war auf der Suche nach dem Koch«, erklärte sie, ein wenig verschämt.

»Äh. Ja. Der Koch. Das bin ich.«

»Wissen Sie, ich habe schon lange nicht mehr gut ... *gegessen*«, sagte sie.

Olli nickte zaghaft, nahm dann Haltung an und versuchte, selbstbewusst dreinzuschauen.

»Mein Mann, der *isst* sehr oft außer Haus«, fuhr sie fort. »Wenn Sie wissen, was ich meine?«

Das wusste er. Er musterte sie unaufdringlich. Eine hübsche Frau. Selbstbewusst, dabei ein klein wenig schamhaft. Auf zauberhafte Art.

»Mehrere ...« Olli musste hüsteln. »Mehrere Gänge?«, brachte er schließlich heraus.

Sie strahlte. »Das wäre ... das wäre schön.«

»Vielleicht sogar mit Frühstück?« Er kämpfte gegen das Erröten an, aber er wusste nicht, ob es ihm gelang.

Sie nickte. »Ich bin nicht unter Zeitdruck.«

Nun strahlte Olli.

»Was würde das denn kosten, wenn Sie mich ... *bekochen*?«

»Äh.« Er sah kurz auf seine Füße hinab. »Tausend?«

»Gern«, nickte sie.

Er verbarg seine Verblüffung und nickte ebenfalls. »Ich bin sofort wieder da.«

Wow, das war einfach.

Das Haus ähnelte demjenigen seiner ehemaligen Chefin, der Frau, die auch Männer von einem Begleitservice bestellt hatte, allerdings einer anderen Form von Service, als Olli, Frank, Gy, Lasse und Giselher ihn betrieben. Giselher legte den Kopf in den Nacken, betrachtete die Fassade, die ornamentierten Fenstersimse und die Säulen des Windfangs, in dem er stand. Er atmete tief durch.

Schließlich klingelte er an der Tür der imposanten Villa. Die elegante Frau in den Fünfzigern, die gleich darauf öffnete, taxierte ihn geschäftsmäßig von unten bis oben, beugte sich kurz vor, um seine lädierte Augenbraue zu betrachten, und sagte dann: »Auf dem Foto sahen Sie aber fitter aus.« Trotzdem nickte sie und gab den Eingang frei.

»Guten Abend«, sagte Giselher und trat ein.

Frank war inzwischen im sechsten Stock des *Le Meridien* angekommen. Er lehnte an der Flurwand und unterzog seine Situation einer kritischen Analyse. Letztlich könnte es nicht mehr schlimmer kommen, entschied er, stieß sich von der Wand ab und ging in Richtung Zimmer 608. Als er wenig später davorstand, zögerte er abermals, hob dann die Hand und klopfte energischer, als er eigentlich gewollt hatte.

Die Tür öffnete sich fast sofort.

Da stand Birte, seine ehemalige Chefredakteurin.

15.

Frank sah irritiert zum Schild mit der Zimmernummer, dann zu Birte und dann wieder zur Zimmernummer. Noch ein Irrtum? Das konnte doch kaum sein.

»*Frank?*«, staunte seine ehemalige Chefin und erblasste.

Er öffnete den Mund, brachte aber nichts heraus. Sein Gehirn war gerade dabei, zehntausend Fragen zu wälzen, auf die es keine Antworten fand. Und da Männer nicht multitaskingfähig sind, war sein Sprachzentrum außer Betrieb. Eigentlich war Frank kurz davor, vollständig abzuschalten.

»Bist du ...«, stotterte sie. »Kommst du ...«

Frank wollte etwas sagen, aber es kam nur ein Krächzen.

»Bist du ...«, wiederholte sie.

»Äh. Hast du ... hast du bei uns angerufen?«, schaffte er endlich zu fragen, wobei er sich umsah, als wäre von irgendwoher Hilfe zu erwarten.

»Bist du ›der Philologe‹?«

Es gelang ihm zu grinsen. »Äh, ja.«

Birte schnaufte, machte aber einen Schritt beiseite und ließ ihn herein.

Schulterzuckend trat Frank ein, und er spürte Birtes konsternierten, aber auch amüsierten Blick in seinem Rücken.

Sie ging zu einer Kommode, goss zwei Gläser Wasser ein und reichte Frank eines davon, dann stellte sie sich in die Tür zum Schlafzimmer der Suite und musterte den ehemaligen Kolumnisten. Der tat dasselbe, also mustern. Birte trug ein schickes, ärmelloses Kleid mit einem hohen Rollkragen – natürlich in schwarz, wie immer –, das ihre durchtrainierten, sehnigen

Arme vorteilhaft in Szene setzte. Sie war dezent geschminkt und grinste jetzt ein bisschen anzüglich.

»Wieso machst du so was?«, fragte sie zögerlich.

Frank hüstelte. »Lange oder kurze Version?«

»Die lange?«

»Meine Freundin hat mit einem anderen Mann geschlafen.«

Er nahm einen Schluck Wasser und kämpfte dagegen an, über seine verflossene Beziehung nachzudenken. Es gelang nicht ganz; für einen kurzen Moment sah er die schluchzende Sabine vor seinem geistigen Auge, wie sie ihm am Abschiedstag am Küchentisch gegenübergesessen hatte.

Birte lächelte. »Und was ist die kurze Version?«

Frank zog die Augenbrauen hoch und zuckte die Schultern. »Ich bin pleite.« Er schnippte mit dem Finger gegen sein leeres Wasserglas, einmal, zweimal. »Ich habe kein Geld. Nicht einen Cent.« Er pausierte kurz und sah Birte an. Sie hatte etwas Herbes, aber auf ansprechende Art, und die Situation verlieh ihr eine gewisse Unsicherheit, die er an ihr noch nie erlebt hatte. »Und du?«, fragte er schließlich.

Birte kam etwas näher und starrte dabei in ihr Glas, als wenn dort eine Antwort zu finden wäre. »Ich ...« Sie hob den Blick und sah Frank ins Gesicht. »Ich ... ich hatte schon ewig keinen Orgasmus mehr.«

»O-kay«, sagte er langsam. Dann starrte er seinerseits in das Glas.

»Und? Hast du irgendwas Spezielles?«, fragte sie, plötzlich sehr geschäftsmäßig, während sie zum Sofa ging und sich dann setzte. »Irgendwas Besonderes? Irgendwelche *Tricks*?« Sie ließ ihre Finger flattern wie eine Taube ihre Flügel, nachdem sie ein Zauberer gerade aus dem Hut gezogen hatte.

Tricks? Spezialitäten? Frank runzelte die Stirn.

»Ich glaube, du hast da was falsch verstanden. Bei Frauen ist das nicht so wie bei Mä...«

»Süßer, ich *bin* eine Frau!«, unterbrach sie ihn bestimmt, wobei sie sich die Hände auf die Brust legte, als müsse sie ihn auf ihre sekundären Geschlechtsmerkmale hinweisen. Die er übrigens ziemlich *okay* fand, wie er sich eingestehen musste. »Du musst mir nicht erklären, wie es bei Frauen ist.«

»Mmh.«

»Was – mmh?«

Frank stellte sein Glas ab und schnaufte dabei vernehmlich. »Ich meine, euch Frauen – euch kann man es doch sowieso nie recht machen. Entweder, man ist *taff*, dann ist man ein blöder Macho, und wenn man nett zu sein versucht und sich um die Frau bemüht, dann ist man einfach nur ein Weichei.«

Irgendwie läuft es nicht gut, dachte er. Andererseits – *laufen?* Er warf einen kurzen Blick ins Schlafzimmer. Es fiel ihm nicht leicht, sich vorzustellen, dort drinnen mit seiner ehemaligen Chefin …

Birte unterbrach seinen Gedankengang. »Soll ich dich jetzt bedauern?«, fragte sie zynisch. »Das ist doch für uns Frauen genauso! Euch Männern kann man es auch nie recht machen!«

Sie gestikulierte, als wolle sie Frank für alle Missverständnisse zwischen Männern und Frauen verantwortlich machen.

»Moment mal!«, protestierte er. »Wird das jetzt eine Art Wettbewerb?«

»Du hast doch damit angefangen«, gab sie zurück und stand auf.

»Mmh«, brummte Frank. »Letztlich ist es doch so, dass bei euch Frauen der Orgasmus im Kopf stattfindet.« Er berührte seine Stirn. »Und wenn du da nicht locker lässt, dann kann ich auch nichts machen. Tut mir leid.«

»Moment mal«, sagte jetzt Birte und baute sich vor ihm auf, wie bei den Redaktionsbesprechungen damals. »Du meinst also, ich wäre angespannt und würde *deshalb* keinen Orgasmus bekommen?«

»Ja – *fühlst* du dich denn entspannt?«, fragte er vorsichtig.

Sie verzog das Gesicht, sah fast ein bisschen verzweifelt aus. »Du kennst doch meinen Job! Du weißt doch selbst, wie das jeden Tag abläuft. Und du kennst meinen Verlagschef, der sich jeden Erfolg auf die eigenen Fahnen schreibt, aber die Misserfolge bekomme ich ab. Der sagt mir jeden Tag: ›Du musst sparen. Das und das kostet zu viel Geld. Schmeiß Leute raus!‹ Meinst du, mir macht das Spaß? Leute rauszuschmeißen?«

Sie hatte sich in Rage geredet. Frank versuchte sich an mitfühlender Mimik.

»Aber du weißt nicht, dass ich alleinerziehende Mutter bin, dass ich zwei Kinder zu versorgen habe«, fuhr sie fort, und ihre Stimme überschlug sich. »Dass ich einen Exmann habe, der keine Präsenz zeigt. Der wahrscheinlich nie in seinem Leben Präsenz zeigen wird.« Birte begann zu weinen. »Ich organisiere den ganzen Tag, und jede einzelne Überstunde, die ich im Verlag verbringe, weil ich auch Angst habe, meinen Job zu verlieren, kostet mich so viel Nerven.«

Sie schüttelte den Kopf und floh ins Schlafzimmer. »Und dann kommen solche Typen wie du und sagen einem, dass man angespannt ist. Verdammt noch mal!«

Sie warf sich bäuchlings auf das Bett.

Frank betrachtete sie, ihre schlanken Beine, die über das Bettende hingen und die in hellen Nylons steckten. Ihre Füße waren klein und zart, fast mädchenhaft.

Er lächelte.

Und dann zog er seine Jacke aus, warf sie auf einen Stuhl, wo sie liegenblieb, und folgte Birte.

Als er den Raum betrat, setzte sie sich auf, aber sie weinte noch immer, ihre Schultern zuckten rhythmisch. Frank nahm neben ihr Platz, sah sie an, fühlte und dachte alles Mögliche dabei, aber dies war nicht der Moment, sich mit sich selbst zu beschäftigen. Sachte strich er ihr das Haar aus der Stirn. Birte hob den Kopf und sah ihn fragend an. Ihre Gesichter waren nur paar Handbreit voneinander entfernt. Langsam näherte er sich, legte ihr eine Hand an die Wange, streichelte sanft über ihre erstaunlich zarte Haut, strich mit einem Finger über ihr Ohrläppchen. Fast wie die von ... *nein*. Frank blinzelte, leerte seinen Kopf, konzentrierte sich auf Birte und nur auf Birte.

Und dann küssten sie sich. Langsam, suchend, wie beim ersten Mal.

16.

Hier war ich schon einmal, dachte Gy, als er das Haus betrachtete. Sozialwohnungen, zwei Zimmer, vierzig Quadratmeter. Er kniff die Augen zusammen. Einen Rentner hatten sie hier letztens abgeholt. Zehn Tage hatte der schon in seiner Wohnung gesessen, zusammengesunken auf einem Fernsehsessel, tot wie eine überfahrene Feldmaus. Die Nachbarn hatten sich über den Lärm beschwert, der Mann war schwerhörig gewesen, weshalb die Glotze auf Anschlag lief. Der Polizist schüttelte sich. Dann drückte er stirnrunzelnd den Klingelknopf. Er hatte das dringende Gefühl, dass ihm hier keine ekstatische Liebesnacht bevorstand. Sondern irgendein Drama. Etwas Bizarres.

Der Türsummer ertönte, er betrat den Hausflur, in dem es natürlich nach Essen roch, aber auf andere Art als in Ollis Laden. Gy ging in den zweiten Stock, die schmucklose Wohnungstür stand offen.

Die winzige Wohnung war ein einziger Kramladen voller Nippes, die Wände behängt mit alten Fotos, antiken Musikinstrumenten und solchen Sachen. Da saßen Porzellanpüppchen auf einem Sideboard, und alles war voller Bilder, auf denen Menschen in die Kamera starrten, als stünde ein Atomkrieg unmittelbar bevor.

Aber das war alles nichts gegen Andrea. Gy hatte Schwierigkeiten, ihr Alter zu schätzen, etwas an ihr wirkte durchaus jung, etwas anderes sehr alt. Mitte vierzig, entschied er. Vielleicht ein paar Tage drüber. Sie hatte lange rötlichbraune Haare, einen leichten Ansatz zum Doppelkinn, und sie schien vor Aufregung etwas hektisch.

Sie trug ein T-Shirt, das ihre etwas ausladende Figur betonte und auf das ein riesiger Schmetterling gestickt war, umgeben von glitzernden Strasssteinen. Vermutlich aus einem TV-Shop. Oder, noch schlimmer: selbstgemacht. Während Gy die Frau betrachtete, dieses offenbar nicht sehr glückliche, sicherlich einsame Wesen, überlegte er tatsächlich, wie er etwas zu ihrem Wohlbefinden beitragen könnte. Ausgerechnet er. Noch bevor die Aufgabe begonnen hatte, fühlte er sich überfordert.

Sie hatte ihn per Handschlag begrüßt, als wäre er der Klempner. Allerdings nicht die Art Klempner wie in »Die Rohrleger kommen«, einem von Gys Lieblingsfilmen.

»Ich habe uns schon etwas Tee gemacht«, sagte sie jetzt. Ihr Lächeln drohte jederzeit zu kippen, ihre Mundwinkel zitterten leicht. Gy betrachtete das Arrangement auf dem pittoresken Tischchen, auf dem eine geklöppelte Decke lag und viel zu kleine Tässchen bereitstanden. Er hüstelte. Tee. So was trank er bestenfalls, wenn er krank war. Aber auch dann eigentlich nicht.

Sei professionell, befahl er sich selbst. Dann dachte er an das Verhaltenstraining im »Deutsche Feinkost«. Komplimente machen. Ja, gute Idee.

»Schönes T-Shirt«, erklärte er nach kurzem Überlegen.

»Danke«, sagte sie verschämt und sah an sich herab. »Habe ich selbst gemacht.«

Gy hüstelte wieder. Also, zur Sache.

»Haben Sie … äh. Irgendwelche besonderen Wünsche? Vorlieben? Etwas … äh … was Sie schon immer.« Er kämpfte die Worte heraus, es fiel ihm außerordentlich schwer, dieser Frau die nötigen Fragen zu stellen, und noch während er sie aussprach, fühlte er, dass es in die falsche Richtung ging, aber welche die richtige wäre, das wusste er auch nicht. »Was Sie schon immer machen wollten?«, brachte er schließlich heraus. So hatte er nicht mehr gestammelt, seit Mama die Schmuddelheftchen unter der Matratze ihres *Burscherls* gefunden hatte.

Andreas blasse Gesichtshaut nahm einen dunkelroten Farbton an.

Sie hob abwehrend die Hände. »Ich will nicht ...«, begann sie, musste kichern, wedelte dann mit den Händen, als würde ihr ein vietnamesischer Rosenverkäufer das komplette Bund für zwei Euro anbieten. »Nein, Entschuldigung«, fuhr sie fort. »Ich will nicht ... ich will *das* nicht. Ich möchte nur etwas Gesellschaft. Ein bisschen in den Arm genommen werden. Reden. O Gott, das ist doch für Sie auch viel schöner, oder?«

Ihr Blick irrte durch den Raum, aber es gelang ihr nicht, zu verbergen, dass sie peinlich berührt war.

Gy nickte langsam, er wusste nicht, ob er erleichtert sein sollte. In den Arm nehmen? Reden? Großer Gott, einen schnellen Fick hätte er vielleicht noch hingekriegt, so oder so, aber ...

»Mmh, sicher«, nuschelte er und sah dabei zu Boden.

Heilige Scheiße, dachte er. Das *mir*.

Andrea lächelte schüchtern, nahm ihn bei der Hand, was bei Gy eine Art Kindergartengefühl aufkommen ließ, und ging voran in einen Nebenraum.

Ihr Schlafzimmer glich ebenfalls einem Heimatmuseum oder einer Kulisse aus dem »Komödienstadl«. Eine solche Tapete hatte Gy noch nie gesehen: dunkelbraunes Schnörkelmuster. Da standen alte Messinglampen und ein rosafarbenes Telefon auf einem der Nachttische, und das schmale Doppelbett hätte aus einer der weniger teuren Kabinen der »Titanic« entliehen sein können. Andrea stellte Tee und Gebäck ab, dann klopfte sie auf die braune Cordbettwäsche.

»Ist doch gemütlich hier, oder?«

»Absolut«, nickte Gy und mied ihren Blick.

Sie richtete die Kopfkissen so, dass man bequem halb liegen und halb sitzen konnte, dann kletterte sie auf das Bett und bedeutete dem Polizisten, es ihr gleichzutun. Etwas widerwillig schob er sich die Schuhe von den Füßen und stieg hinterher. Andrea kuschelte sich an ihn.

»Das ist schön.«

»Absolut«, wiederholte Gy. Zum Glück konnte sie sein Gesicht nicht sehen.

»Ich bin geschieden«, begann sie, legte den Kopf an seine Schulter und sah zur Decke. »Mein Mann hatte ein Antiquitätengeschäft. Ich habe da ausgeholfen, aber als Jonas kam, unser zweites Kind, musste ich mich entscheiden, wissen Sie. Haushalt, Kinder und Geschäft, das geht nicht zugleich. Also habe ich zu Ernst gesagt, was mein Mann war, das Bild da vorne, das ist er, ich bringe es einfach nicht übers Herz, das wegzutun, also, Ernst, habe ich gesagt, schaff dir halt eine Aushilfe an, das können wir uns leisten. Mein Mann, der Ernst, war ein bisschen, wie soll ich sagen, konservativ, aber ein schicker, einer in den besten Jahren, wie man so sagt. Da kam dann so eine junge Frau, eine richtig fesche, wissen Sie.«

Eine fesche Frau, hatte Gy gehört, und er dachte an Daphne in ihrer Stewardessenuniform, die rasend schick ausgesehen hatte, wie ihm erst jetzt bewusst wurde. Er nickte vor sich hin.

»Jedenfalls. Die Frau hatte auch schon ein Kind, aber keinen Mann, und mein Ernst, der war halt eben so, und sagt nein, das geht nicht, was sollen denn die Kunden denken. Und ich sag meinem Mann, stell sie halt ein, gerade weil sie alleinerziehend ist, gib ihr halt eine Chance.«

Gy nahm etwas Gebäck von Teller und bot es Andrea an.

»Nein, danke.«

Er stellte den Kuchen wieder ab und griff sich seine Teetasse. War zwar scheußlich, irgendwas mit Orangenaroma, aber er musste etwas tun, um sich abzulenken. Es schmeckte nach der Ahoi-Brause, die sie früher aus der Handfläche geschleckt hatten, Frank und er, in den großen Pausen, sogar mit sechzehn Jahren noch, und die Tütchen mit dem Brausepulver hatten sie bei Olli gekauft, der grinsend hinter dem Tresen des Kiosks gestanden hatte, der König für die Schüler ihres Gymnasiums, der Herrscher über die *Bravo*, über Zuckerschnecken, Coladosen und Brausepulvertütchen.

Andreas Redefluss veränderte sich nicht.

»Frauen brauchen solche Chancen, habe ich gesagt, sie haben's doch eh so schwer, gerade wenn sie Kinder haben, und soll ich Ihnen sagen, wie die Chance dann aussah?«

Gy bemerkte, dass eine Pause entstanden war. Er drehte sich zu der Frau und sah ihr so ernsthaft ins Gesicht, wie ihm das möglich war. Hatte sie gerade etwas gefragt? Ups, dann musste er wohl antworten.

»Nein?«, versuchte er. Aber Andrea schien ihm genauso wenig zuzuhören wie er ihr.

»Er gibt ihr den Job und macht ihr noch ein Kind. Und ich steh da, habe unsere beiden Kinder großgezogen, immer alles gemacht, wissen Sie, und plötzlich ...« Sie unterbrach sich, stützte sich auf und sah Gy an. »Langweile ich Sie eigentlich?«

Er schüttelte möglichst energisch den Kopf.

Andrea beugte sich über ihn und griff nach dem Gebäck, das er ihr kurz zuvor angeboten hatte. »Ach, nee«, sagte sie dann und stellte es wieder ab. Ihr ausladender Busen hing für einen Moment über dem Gesicht des Polizisten, aber Gy lag nichts ferner als ihn als solchen wahrzunehmen. Er roch ihr intensives, sehr süßliches Parfum. *Tosca* oder so. Seine Mutter hatte das benutzt. *Mit Tosca kam die Zärtlichkeit.* Diesem Werbespruch hatte er nie geglaubt.

»Ist halt alles nicht so einfach«, erklärte Andrea kryptisch. Sie legte sich wieder neben ihn und lächelte ihn an.

»Können Sie mich vielleicht ein bisschen halten? Das tut mir *so* gut.«

Er schob den Arm hinter ihre Schulter und zog sie etwas heran. Das Lächeln kam fast von selbst. Gy staunte, staunte über sich selbst, aber das Lächeln verflog sofort wieder, als Andrea ihren Monolog fortsetzte.

»Vielleicht hätten wir besser überhaupt nicht heiraten sollen. Meine Mama hat mich gewarnt, hat gesagt, der Ernst, das ist ein Filou, der tut nur so, als wäre er so ein gestandener Mann, aber da ist was im Busch, und recht hat sie gehabt. Es war von Anfang an so ein bisschen verquer, ich weiß noch, da waren wir mal im Kino und danach, da haben wir unseren ersten richtig großen Streit gehabt, um nichts, einfach so, nur weil ich gesagt hatte, Ernst, hatte ich gesagt, was grinst du so bei dieser Frau auf der Leinwand. Das war irrsinnig. Ich weiß noch, das war dieser Film, dieser von dem Österreicher, wie hieß der noch gleich …«

Gy schaltete ab. Er nippte an seinem Ahoi-Brause-Tee, und weil sein linker Arm auf Andreas Schulter lag, konnte er wenigstens ab und zu einen vorsichtigen Blick auf seine Armbanduhr werfen. Großer Gott, lieber doch nicht. Es war erst kurz nach elf, und die Frau hatte ihn für die ganze Nacht gebucht. Er stöhnte leise, lauschte der monotonen Stimme, ohne zuzuhören, und kämpfte dagegen an, einfach einzuschlafen.

17.

Heide, die Besitzerin der Villa, hatte Giselher bei der Hand genommen und führte ihn ins Badezimmer. Sie kamen durch einen prachtvoll, aber modern ausgestatteten Salon, ein Fernsehzimmer, in dem vor einem gewaltigen Plasmafernseher, der die halbe Wand einnahm, sündhaft teure Möbel standen. Die Böden in den Räumen, die sie durchschritten, waren mit feinstem Fischgrätmuster-Parkett oder geschliffenem Granit ausgelegt. Der ehemalige Abteilungsleiter drehte den Kopf hin und her, während er der Hausherrin folgte, die auf ihn zugleich zierlich und kraftvoll wirkte. Er musste daran denken, dass er es selbst beinahe zu einem solchen Haus gebracht hatte, damals, bevor die Probleme begonnen hatten in seiner Firma. Er hatte sehr gut verdient, seine Bonität war erstklassig gewesen, und eine Villa hatte er auch schon im Visier gehabt. Und dann brach alles zusammen, fast von einem Tag auf den anderen, und plötzlich war da nichts mehr. Einfach nichts.

Im Bad angekommen, ließ sie seine Hand los und holte Watte aus einem edlen und mit Kristallglas verzierten Wandschränkchen. Vorsichtig tupfte sie über seine lädierte Augenbraue.

»Tut das weh?«

»Äh, äh. Es geht.«

Es tat überhaupt nicht weh. Jedenfalls die Augenbraue nicht. Etwas anderes schmerzte dafür umso mehr. Da stand er, in einer erstklassigen Villa, vor einer nicht minder erstklassigen Frau in den besten Jahren, einer, wie er sie auch hätte haben wollen und können, damals, als es noch lief, als er noch nicht zu alt war, um auf redliche Art sein Geld zu verdienen. Er seufzte.

Heide legte ihm eine Hand auf die Brust. Es war eine mitfühlende Geste, aber auch eine zärtliche. Ihr Blick war prüfend, aber da war noch etwas, das konnte Giselher deutlich erkennen.

»Alles gut?«, fragte sie und nahm mit der anderen Hand die Brille ab, die sie aufgesetzt hatte, um seine Verletzung zu verarzten.

Giselher sah auf seine Brust, auf die kleine Frauenhand, die da lag, und deren Wärme er durch Jackett und Hemd hindurch spüren konnte. Wann hatte es zuletzt eine Berührung dieser Art gegeben? Das war lange her. Viel zu lange.

»Ja, alles gut, bestens«, log er.

»Sicher?«

Nein, großer Gott, *nicht* sicher. Ganz im Gegenteil. Ich war mal wer, dachte er, ein respektables Mitglied der Gesellschaft, jemand, den man brauchte, der etwas einzubringen hatte und dessen Meinung zählte und auf die gehört wurde. Und jetzt bin ich eine männliche Prostituierte, ein verbrauchter Mann auf dem Abstellgleis, von dem keiner wissen will, dass es längst nicht so ist, wie uns die moderne Wegwerfgesellschaft weiszumachen versucht. Ich bin nicht alt, ich bin nicht weg vom Fenster, ich könnte noch, ihr müsstet mich nur machen lassen. Giselher spürte, dass ihm Tränen über die Wangen liefen, und dann konnte er einen Schluchzer nicht unterdrücken.

Hier gehörte er her, aber nicht auf diese Art.

Er kämpfte gegen die Tränen an, schlug die Hände vors Gesicht und wischte sich mit dem Handrücken über die Wangen, Heide reichte ihm schweigend ein Stofftaschentuch. Solche hatte er früher auch besessen. Mit Monogramm.

»Entschuldigung«, murmelte er und hoffte dabei, dass es nicht schniefend klang. »Das ist mir sehr peinlich.«

Sie deutete ein Kopfschütteln an. Das muss es nicht, hieß das.

»Ist schon wieder gut«, erklärte Giselher und atmete tief durch. »Danke.« Er reichte das Taschentuch zurück.

Sie sah ihn an, ihr Gesichtsausdruck war unbestimmt, irgendwo zwischen Skepsis, Interesse und ... noch etwas anderem.

»Rotwein?«, fragte sie dann und lächelte dabei aufmunternd und irgendwie kokett.

Giselher nickte. Er musste sich bremsen, um nicht zu heftig zu nicken.

»Gern.«

18.

Inge war in ein elegantes blaues Abendkleid geschlüpft, eines mit gewagtem Dekolleté, dazu trug sie feinziselierte Ohrringe und ein Brillantarmband. Olli saß ihr am polierten Mahagoniesstisch gegenüber, sie waren in Inges Stadtwohnung, einem noblen Loft nicht weit vom Viktualienmarkt entfernt. Vor beiden standen Champagnergläser und Teller mit Ollis spezieller Vorspeisenkreation. Die langstielige Rose, die er noch aufgetrieben hatte, steckte in einer edlen Vase, bei der restlichen Dekoration hatte er improvisieren müssen. Inge nahm einen Bissen, kaute genussvoll, was sie mit einem nasalen Stöhnen unterstrich, dabei hatte sie die Augen geschlossen, ihre Lider flatterten. Dann öffnete sie die Augen, nickte strahlend. Olli lächelte. Er hätte die Welt umarmen können. Hier war jemand, der zu würdigen wusste, wozu »der Koch« in der Lage war.

Heide und Giselher hatten auf der mit weißem Kalbsleder bezogenen Couch im Salon der Villa Platz genommen. Sie saßen dicht beieinander, Heide hatte ganz nebenbei die obersten beiden Knöpfe ihrer Bluse geöffnet und anschließend einen 97er Château Mouton-Rothschild eingeschenkt, einen Rotwein, den sich Giselher selbst in seinen besten Jahren nicht hätte leisten können. Während Heide schluckweise trank und die Finger über das Glas wandern ließ, erzählte »der Geschäftsmann« von seiner Arbeit, von seiner Aufbautätigkeit, vom schnellen Erfolg der Firma, der zu einem Gutteil auf seine Kappe gegangen war. Er tat das, weil er nicht wusste, wie er anfangen sollte, ob er überhaupt anfangen sollte oder womit, aber andererseits genoss er es auch, einfach mal reden zu können, denn hier war eine Frau, die zu verstehen schien, was auf ihm lastete.

Allerdings war das nicht der eigentliche Grund, aus dem er hier war. Zuweilen kam sich Giselher vor wie ein Pennäler beim ersten Date, in einem Kino, irgendwann zwischen Werbung und Hauptfilm, einem Jungen, der nicht abzuschätzen in der Lage war, wann der richtige Moment gekommen wäre, den Arm um das Mädchen zu legen, obwohl felsenfest stand, dass es geschehen würde und müsste. Heide aber ließ die Finger über das Glas gleiten und nickte nur lächelnd, und als er seinen Vortrag unterbrach, um einen Schluck des herrlichen Weins zu trinken, löste sie einen Ohrring und legte ihn vor Giselher auf den Kristallglastisch. Er hielt in der Bewegung inne und sah sie an. Heide schmunzelte, dann sah sie ihm tief in die Augen und nickte dabei langsam. Der Moment der Verblüffung ging vorüber, und Giselher stellte sein Glas ab und nickte ebenfalls.

Lydia führte Lasse an der Hand in das Schlafzimmer ihres Appartements. Er hatte keinen Blick für die rotgestrichene Ziegelwand, die Kerzenleuchter auf den Nachttischchen, die mit nichts als einer Krawatte bekleidete Schaufensterpuppe an der Stirnwand oder das gerahmte und signierte *Coldplay*-Poster an der anderen. Da war ein Bett, ein futonartiges Doppelbett – das Ziel ihrer kurzen Reise durch die zwanzig Quadratmeter –, und je näher sie diesem Bett kamen, umso bedrohlicher schien es zu werden. Lasse schluckte zum dreißigsten Mal, seit er die Wohnung betreten hatte. Das blonde Mädchen ließ seine Hand los und wies auf den Futon.

»Bett okay?«, fragte sie mit einem neckischen Lächeln.

Der »jugendliche Wahnsinn« konnte nur eine hastige Kopfbewegung machen.

Sie ließ sich aufs Bett fallen, Lasse drehte sich halb um die eigene Achse und versuchte, es ihr gleichzutun. Leider verfehlte er es fast, landete mit einer Gesäßbacke auf der Bettkante, griff in die Luft und rutschte ungeschickt zu Boden.

Lydia hielt sich die Hand vor den Mund und kicherte.

Lasse sprang so elegant, wie er konnte, wieder auf und musste seinerseits losprusten.

Sie lachten beide, und Lasses Angst löste sich derweil in Luft auf.

Die Nachspeise bestand aus Erdbeeren in Champagner-Vanille-Creme mit frischem grünem Pfeffer und einem Hauch Balsamico, aber wirklich nur einem Hauch. Olli trug das Tablett ins Esszimmer, sah kurz zu Inge, die ihn erwartungsvoll beobachtete, stellte es auf den Tisch, nahm den Glasbecher mit der Nachspeise für die Dame und schritt betont gemächlich zu ihrem Tischende. Sie legte den Kopf in den Nacken, wodurch sich ihr reizvolles Dekolleté anhob, ließ ein kurzes Lachen erklingen, ohne den Blick von Olli zu nehmen, der das Glas vor ihr abstellte, seine Hände auf den Tisch stützte und sie auffordernd ansah. Sehr langsam hob sie den langen Dessertlöffel, wählte genüsslich eine Beere, öffnete den Mund und legte sich die rotglänzende Frucht auf die Zunge. Dann schloss sie Augen und Mund zugleich.

Gy hatte seine Position seit Stunden nicht verändert. Mit der linken Hand hielt er die Teetasse, deren nach alten Zeiten schmeckender Inhalt längst eiskalt war, und fixierte die gegenüberliegende Wand, von der er genau wusste, dass sich das schnörkelige Tapetenmuster zweiundsiebzig Mal in der Waagerechten und fünfzehn Mal in der Senkrechten wiederholte, gesäumt von insgesamt sieben Stoßlinien, von denen eine, etwa einen Meter zwanzig von der Ecke entfernt, im Mittelbereich etwas unsauber gearbeitet worden war, weshalb der Abstand zur Scheuerleiste unterhalb dieser Bahn einen halben Zentimeter kürzer war als bei den anderen Bahnen.

Andrea hatte sich rückwärts in der Zeit vorgearbeitet, was Gy nur deshalb wusste, weil sie Jahreszahlen besonders betonte und wiederholte, meistens mit einem fragenden Unterton. Das war der Grund dafür, weshalb er noch nicht eingeschlafen war – sobald er wegzudösen drohte, kam ein 1982, ein 1978, drängend hervorgestoßen, als müsste sich Andrea auf diese Art klarmachen, wie viel Zeit schon vergangen war. Er hatte keine Ahnung, was ihm die Frau alles erzählt hatte, seit er so dalag, inzwischen kurz vorm Wundliegen, seinen tauben Hintern fühlte er jedenfalls schon lange nicht mehr. Gelegentlich brummte oder nickte er, und mehr schien Andrea auch nicht von ihm zu wollen. Sie reden, dachte er, sie reden einfach gern, und um mehr ging es ihnen überhaupt nicht. Aufmerksamkeit, das Gefühl, dass man sich ihnen widmet, ein Ohr für ihre Probleme zu haben, ohne notwendigerweise an der Lösung beteiligt zu werden, denn die kannten sie längst, das war es. Gy war verblüfft, als er bemerkte, worüber er gerade nachgedacht hatte.

Und er litt. Er konnte sich an keine schlimmere Nacht erinnern, stellte er fest, als er, wie seine Bettnachbarin, sein Leben Revue passieren ließ, was bei ihm deutlich schneller ging als bei Andrea, obwohl in seiner Version deutlich mehr Menschen – in der Hauptsache Frauen – eine Rolle spielten.

Es dauerte keine zwei Minuten.

Aber was noch schlimmer war als das: Er kam zu dem Schluss, dass es ihm in gewisser Weise nicht viel besser ging als der Frau, die sich an seine Schulter kuschelte. Keines seiner Abenteuer hatte mehr als eine flüchtige Erinnerung hinterlassen, und wenn er ehrlich zu sich war, was sich in diesem Moment kaum vermeiden ließ, fehlte ihm etwas.

Dann dachte er wieder an Daphne.

Inge ließ sich bei der letzten Erdbeere besonders viel Zeit, und Olli, der drei Meter entfernt am anderen Tischende saß, genoss es, ihr dabei zuzusehen. Er strahlte wie ein Bräutigam im Reisregen. Inges Gesichtsausdruck hingegen war nichts als reinste Verzückung.

Schließlich legte sie den Löffel säuberlich an den Rand des Bechers, schob das Arrangement ein Stückchen von sich fort, bewegte gleichzeitig ihren Stuhl ein wenig vom Tisch weg. Olli konnte das leise Rascheln ihres Kleides hören, als sie die Knie öffnete und die Beine unter dem Tisch leicht spreizte. Er nickte lächelnd, schob seinerseits den Stuhl zurück, legte seinen Löffel beiseite und ließ sich unter den Tisch gleiten. Auf allen vieren legte er den kurzen Weg zu dem mit glänzenden Nylonstrümpfen bekleideten Beinpaar zurück, das sich weiter öffnete, je näher er kam.

Birte lag auf der Seite, mit dem Rücken zu Frank, dessen Hand sachte über ihre Unterschenkel streichelte, der drei Finger das Knie umspielen ließ, kurz innehielt und dann den Weg fortsetzte, die Oberschenkel hinauf, unter den Saum des schwarzen Kleides. Birte atmete tief, mit einem fast gurrenden Nebengeräusch. Er küsste ihren Halsansatz, ließ die Zungenspitze zum Ohr hinaufgleiten. Aus dem Gurren wurde ein verhaltenes Stöhnen.

»Entschuldigung«, sagte Gy und schob die Beine über die Bettkante. »Ich muss ... ich darf doch?«

Andrea unterbrach eine Geschichte aus der Vorschulzeit und zwinkerte ihm zu. Dann streckte sie sich und seufzte dabei wohlig. Durch das Fenster drang das Licht der morgendlichen Dämmerung.

Seine Beine knickten fast ein, als er die Füße auf den Boden setzte. Gy fing sich und stolperte ins Bad.

Die Nippeskollektion setzte sich hier fort. Er ignorierte das, auch die Aufkleber am Heißwasserboiler, ausgerechnet Orangen. Er ging zur Duschkabine, legte die Hände auf die Plexiglaswand. Dann atmete er tief durch, zweimal, dreimal, und ließ seinen Kopf mehrfach gegen den durchsichtigen Kunststoff prallen.

Großer Gott, sagte er zu sich selbst, was auch immer ich Schlimmes getan habe.

Das hier habe ich nicht verdient.

Inge stöhnte rhythmisch, griff sich mit der Hand zwischen die Brüste.

Die zweite Nachspeise war eine Meisterkreation des Kochs.

Alles in ihr vibrierte, ihr war heiß, sie löste die Schleife am Kragen ihres Kleides, warf die Hände auf den Tisch und schlug den Rhythmus mit, in dem Olli gerade am seligmachenden finalen Gang arbeitete.

Mit einem langgezogenen Schrei der Verzückung attestierte sie das Eintreten des garantierten Orgasmus.

Lasse lag auf dem Rücken, und er wagte es kaum, die Augen zu öffnen, weil er befürchtete, dass sich dann als Traum herausstellte, was ihm widerfuhr. Er lauschte, auf den pulsierenden Atem der blonden Frau, die rittlings auf ihm saß, und auf die Töne, die dabei in ihm entstanden. *Das* war es. Er spürte sein eigenes Zittern, und das, was außerdem gerade in ihm entstand, ein verzehrendes, alles in sich vereinendes Gefühl, das sich sehr bald, jede Sekunde einen Weg bahnen würde, aus ihm heraus und in das feengleiche Geschöpf, das mit ihm tat, was noch nie eine Frau mit ihm getan hatte.

Wahnsinn.

Er riss die Augen auf und kam mit einem gurgelnden Geräusch, das er nicht unterdrücken konnte.

»Entschuldigung«, sagte er kurz darauf.

»Macht nichts«, lächelte Lydia, »kostet mich ja nichts.« Sie rollte sich von ihm herunter, griff zum Nachttisch und fragte: »Zigarette?«

»Danke«, keuchte er und nahm sich eine. Er war zwar Nichtraucher, aber das schien ihm jetzt irgendwie zu passen.

Als die Glimmstengel brannten, sagte sie: »Später noch eine Runde?«

Lasse hustete von der Zigarette oder vor Überraschung, das wusste er selbst nicht in diesem Augenblick, aber er nickte und antwortete etwas verschämt: »Okay.«

Sie hielt seine Ohren fest, was er noch nie erlebt hatte, aber er dachte weder daran, noch an irgendetwas anderes. Heide hatte ihren Slip zerrissen, den Rock hochgeschoben und sich auf die Kalbsledercouch geworfen. Giselher spürte ihre Unterschenkel auf seinen Schultern, er spürte seinen eigenen Körper, wie er das lange nicht mehr getan hatte, und er ließ sich fallen, besiegte das Drängen, die Frequenz zu erhöhen, gab sich hin, folgte dem Rhythmus, den die Frau durch ihr herausgepresstes, wiederholtes »Ja!« vorgab, steigerte die Geschwindigkeit ein wenig, und dann noch mehr und immer weiter, bis Heide schließlich einen Schrei von sich gab, der vermutlich in der gesamten Nachbarschaft zu hören war, wobei sie Giselher fast die Ohren abriss.

Mit einem wohligen Grunzen kam er nur eine Sekunde später.

Frank hörte, wie sich Birtes Gurren zu einem langgezogenen, extrem wohligen, tiefen Seufzer veränderte. Er öffnete die Augen, sein Gesicht war dicht über dem ihren, aber Birtes Augen blieben geschlossen.

Er beobachtete, wie sich etwas in ihrer Mimik löste und sich ihr Mund zu einem genießenden Lächeln öffnete, als sie ihren ersten Orgasmus in diesem Jahrtausend erlebte. Frank lächelte ebenfalls und nickte dabei langsam vor sich hin, während er in der Stellung verharrte und Birte Zeit gab, das Gefühl zu genießen.

19.

Vor dem Hotel standen zwei livrierte Pagen, im dämmrigen Licht des sehr kühlen Märzmorgens; es roch nach Neuschnee. Franks Angst, die Rezeption abermals zu passieren, war längst vergessen, davon abgesehen hatte in den vergangenen sieben Stunden wahrscheinlich das Personal gewechselt.

Er ging fröhlich, geradezu beschwingt an den beiden Uniformierten vorbei, von denen einer seinen Hut abnahm und Frank einen guten Morgen wünschte. Er nickte lächelnd und grüßte zurück. Sein Mobiltelefon klingelte. Frank zog es aus der Tasche, das Display zeigte die Nummer von zu Hause. Also Sabines Nummer. Er stutzte kurz, steckte sich dann einen Zeigefinger in das eine und hielt den Apparat an das andere Ohr.

»Guten Morgen«, sagte er.

»Morgen.«

Sabine schwieg, aber dieses eine Wort hatte schon ausgereicht, um Franks Nackenhaare aufzustellen. Und was war das? Hörte er da ein Schniefen?

»Was ist los?«

»Bist du schon wach?«

»Deine Stimme klingt so ...«

Er hörte, wie Sabine in Tränen ausbrach.

»Kannst du vorbeikommen?«, fragte sie heulend. »*Bitte?*«

Frank nickte, sagte dann: »Sofort«, und sprang in den roten Lieferwagen.

Er musste sich zurückhalten, er fuhr deutlich zu schnell und angesichts der Wetterlage auch zu riskant. Was könnte sie von ihm wollen? Er hatte keine Ahnung, aber sein Herz raste fast ebenso schnell wie der rote Kleinbus.

Und dann stand er vor der Tür. »Ich komme«, hatte sie durch die Sprechanlage gerufen, keine halbe Minute später tat sie das dann auch. Sabine war ungeschminkt, trug einen leichten weißen Pulli mit weitem Ausschnitt. Davon, dass sie kurz zuvor geweint hatte, war nichts mehr zu sehen. Sie lächelte scheu, und sie sah großartig aus, fand Frank. Die beiden standen voreinander, Frank wusste nicht, wohin mit seinen Händen, aber er widerstand dem Impuls, sie einfach zu umarmen und an sich heranzuziehen.

»Hallo«, sagte er schließlich.

»Hallo.«

»Wollen wir ... da vorne ins Café gehen? Ein bisschen reden?«

Sabine nickte.

Sie gingen schweigend. Ab und zu meinte Frank, Sabines Blick zu spüren, aber wenn er seinerseits zu ihr sah, starrte sie geradeaus.

Er nahm seinen Schal ab und legte ihn im Gehen sachte um ihre Schultern. Sabine lächelte, strich mit einer Hand über das Wolltuch und griff dann mit der anderen nach Franks Hand.

20.

Andrea streckte sich, blinzelte, sah zum Fenster, es war längst heller Morgen.

»Ach, das hat mir jetzt aber *richtig* gut getan«, sagte sie und strahlte den Polizisten an.

Gy schwang die Beine aus dem Bett, griff dabei zur linken Schulter, die verspannt war und schmerzte, weil der Kopf der Frau stundenlang darauf gelegen hatte, aber er drehte sich dennoch zu ihr und schaffte es tatsächlich, sie anzulächeln.

»Freut mich«, sagte er, bog dabei den Oberkörper nach vorne und massierte leicht die verspannten Regionen.

»Möchten Sie noch etwas frühstücken?«

»Danke«, sagte er freundlich, obwohl es ihm bei dem Gedanken gruselte. Es war geschafft, er hatte Unglaubliches vollbracht, aber jetzt wollte er nur weg von hier, schnellstmöglich. »Aber ich glaube, ich pack's jetzt.«

Er beugte sich vor und zog sich die Schuhe an.

»Das war sooo nett, darf ich Sie wieder mal anrufen?«, trällerte Andrea, streichelte Gy über die lädierte Schulter und kletterte dann ihrerseits aus dem Bett.

Gy spürte einen kalten Schauer über seinen Rücken laufen. Er hustete.

»Wiedersehen«, sagte er und reichte ihr förmlich die Hand.

»Danke«, antwortete Andrea und begleitete ihn zur Tür, durch die er sich eilig ins Treppenhaus davonmachte.

Es schneite leicht, als Gy den Hof betrat. Aber die kalte Luft tat gut. Und die *Ruhe*. Er atmete tief durch, ging in den Durchgang, der zur Straße führte. Dort blieb er stehen, zog eine Zigarettenschachtel aus der Tasche und zündete sich eine Fluppe an. Dabei hörte er eine Stimme, und zwar genau die Stimme, die er während der vergangenen Stunden pausenlos vernommen hatte. Er schüttelte sich. Würde ihn das jetzt verfolgen? Käme er nie wieder davon los? Hatte er sich irgendeinen Psychoknacks eingefangen?

Aber sie sprach nicht mit ihm, sondern offenbar aus einem vorderen Fenster heraus mit jemandem, der auf der Straße stand.

»Hallo, er kommt gleich«, hörte Gy. »Oh, das war absolut großartig heute Nacht. Das ist ja wirklich ein prima Kerl, so ein netter und so verständnisvoll. Wirklich, danke dir für den Tip, Daphne!«

Daphne? Gy zog die Stirn kraus, ging in Richtung Straße, und da stand sie tatsächlich, seine Kollegin, an ihren Wagen gelehnt. Sie sah ihn nicht, denn sie blickte nach oben. Gy legte den Kopf in den Nacken, die redselige Andrea lehnte am Fenster.

Sie winkte ihm, und jetzt hatte auch Daphne bemerkt, dass er herausgekommen war.

»Na, dann wünsche ich euch beiden noch viel Spaß«, rief Andrea und schloss das Fenster.

Der Polizist ging über die Straße, auf die lächelnde Daphne zu. Er musste seinerseits lächeln. Dann standen sie eine Weile schweigend voreinander.

»Willst du fahren?«, fragte Daphne schließlich und wies mit einer Kopfbewegung in Richtung Auto.

Gy schmunzelte, vor allem wegen der stillschweigenden Vereinbarung, die sie offenbar gerade getroffen hatten, und antwortete: »Nein, fahr du mal. Ich lass mich gern von dir chauffieren.«

Fünf Minuten später waren sie in seiner Wohnung. Gy setzte sich auf das Bett, klopfte auf den Platz neben sich, sagte »Bitte«.

Daphne stand mitten im Zimmer und sah sich um.

»Bei dir ist ja aufgeräumt«, stellte sie überrascht fest.

Gy schmunzelte. »Klar.«

Sie kam langsam zu ihm und setzte sich ebenfalls. Dann erhob sie sich noch einmal, griff unter die Bettdecke und holte Franks rote Wärmflasche hervor. Mit einem fragenden Gesichtsausdruck hielt sie Gy das Ding vor die Nase. Er zuckte grinsend die Schultern, nahm ihr den Fußwärmer ab und legte ihn auf den Nachttisch.

Dann saßen sie da, schweigend, sahen sich an. Gy wollte etwas sagen, aber er fand nicht die richtigen Worte, und schließlich drehte sich Daphne zur Seite, machte Anstalten, aufzustehen. Er hielt sie an der Schulter fest.

»Magst du einen Kaffee?«, fragte er.

Daphne nickte langsam.

»Ich glaube, ich habe welchen da.«

Gy stand auf und ging zur Küchenzeile. Das Strahlen auf Daphnes Gesicht konnte er dadurch nicht sehen. Während er die Filtertüte in die Maschine stopfte, dachte er darüber nach, Frank um Nachhilfe in Haushaltsführung zu bitten. Und über einige andere Dinge.

21.

Lasse trug eine rote Schürze und hatte das Haar zu einem Zopf gebunden. Er portionierte frischen, noch dampfenden Johannisbeerpfannkuchen, den er anschließend in Pappschachteln verpackte, dabei schenkte er den Damen, die bereits darauf warteten, ein selbstsicheres Lächeln, mit einer der beiden tauschte er sogar ein fast anzügliches Blinzeln aus. Anschließend schäumte er Milch für Cappuccino auf, stellte die beiden Tassen auf ein Tablett und balancierte es geschickt mit einer Hand zum Tisch, wo zwei Gäste miteinander sprachen.

Olli brachte zwei Vorspeiseteller aus der Küche, stellte sie auf den Tresen, überreichte sie mit einem fröhlichen »Guten Appetit«. Die beiden Damen, die auf der anderen Seite des Counters standen, nahmen ihre Portionen und gingen zum einzigen noch freien Bistrotisch.

Die beiden Cappuccino-Gäste waren Giselher und eine Reporterin von einem Wirtschaftsmagazin. Lasse stellte die Getränke ab und sah der Journalistin dabei direkt in die Augen, als wäre es die normalste Sache der Welt.

»Also, das war am Anfang eine ziemlich chaotische Truppe«, führte Giselher aus. »Ich habe dann die Ärmel hochgekrempelt und dem Ganzen erst einmal Struktur gegeben. Da wusste eine Hand nicht, was die andere tat, und auch die Kommunikation funktionierte nicht, vor allem nicht die nach außen. Ich habe angeregt, das entsprechend aufzubereiten, auch angemessen im Internet zu performen, denn die Idee ist, was zählt, und die muss kommuniziert werden. Man muss dranbleiben. Immer das Ziel im Auge behalten. Ich habe dann die Initiative ergriffen und dem Ganzen eben die nötige Struktur gegeben.«

Die Reporterin nickte und schrieb fleißig mit, während Giselher begeistert über seine Verdienste für die ›Deutsche Feinkost‹ sprach, deren Prokurist er mittlerweile war.

»Ist der nicht Polizist«, fragte die Mitarbeiterin einer Tageszeitung an einem anderen Tisch, und die Frage ging an Frank, der dabei war, Aufträge zu koordinieren; »Deutsche Feinkost« – mit und ohne Anfassen – boomte, und Frank war zu einer Art ehrenamtlichem General Manager avanciert. Sie sah zum Tresen, hinter dem gerade Gy auftauchte, der wie Lasse und Olli ein weißes Hemd und eine rote Schürze trug. Er kassierte in diesem Moment eine Kundin ab, während er ihr irgendein Kompliment machte.

»Ja«, bestätigte Frank und blickte lächelnd zu seinem Freund hinüber.

»Arbeitet der auch im ... äh ... im Lieferservice?«

Frank schüttelte den Kopf. »Nein, der nicht mehr. Aber die anderen beiden.«

Aus der Küche kamen soeben zwei Kollegen von Gy, sie trugen Körbe mit frischem Salat und vorbereiteten Obstkörben.

»Wir haben drei Polizisten, die hier nebenher im Lokal arbeiten«, erklärte Frank.

»Und Sie?« fragte die Redakteurin.

Frank lächelte und legte den Kopf schief.

»Ich bin Hausmann.«

Er blickte auf die Uhr. »Entschuldigung, ich muss leider los.«

Frank schob seine Unterlagen zusammen, winkte kurz in die Runde und verstaute die Papiere im Seitenfach eines Kinderwagens, aus dem ein zufriedenes Glucksen kam. Er lächelte wieder und manövrierte den Wagen geschickt aus dem gut besuchten Laden. Draußen kam ihm eine größere Gruppe Frauen entgegen.

»Was, du warst noch nie hier?«, fragte eine elegante Enddreißigerin ihre Begleitung. Die Angesprochene schüttelte den Kopf.

»Da hast du was versäumt«, erklärte die Erste.

* ENDE *

Credits

Dank an meine Lektorin Stefanie Werk, die auch unter Antibiotika volle Leistung bringt, an Maggie Peren und Christian Bayer für die Steilvorlage, an den Zimmerservice des »Seehotels Zeuthen« für den unermüdlichen Kaffeenachschub, an die Tresenbesatzung vom »Lange Nacht« für das wie immer erstklassige Catering – und natürlich an meine geliebte Frau Annett für die endlose Geduld.

Textauszüge aus »Dschinghis Khan« © Ralf Siegel 1979.

Darsteller & Stab

Frank	Florian Lukas
Gy	Sebastian Bezzel
Olli	Gustav Peter Wöhler
Lasse	Kostja Ullmann
und	
Giselher	Herbert Knaup
sowie	
Daphne	Lisa Maria Potthoff
und als Gäste	
Birte	Nina Kronjäger
Sabine	Diana Staehly
Ulrike	Adriana Altaras
Inge	Annette Kreft
Heide	Ulrike Kriener
Andrea	Annette Paulmann
u. v. a.	
Regie	Maggie Peren
Drehbuch	Maggie Peren
	Christian Bayer
Produzenten	Uli Putz
	Jakob Claussen
	Thomas Wöbke
Redaktion	Daniel Blum (ZDF)
	Georg Steinert (arte)

Executive Producer	Gabriela Bacher
Produktionsleitung	Boris Jendreyko
	Thomas Klimmer
Herstellungsleitung	Jens Oberwetter
Kaufmännischer Leiter	Peter Dress
Kamera	Christian Rein
Szenenbild	Heike Lange
Schnitt	Peter Kirschbaum
Musik	Carolin Heiss
	Marc-Sidney Muller
Mischung	Christian Bischoff
Sounddesign	herbX studios
Ton	Gunnar Voigt
Kostüm	Caro Sattler
Maske	Mike Reinecke
	Verena Weißert
Casting	An Dorthe Braker

Gefördert durch

 FFF Bayern DEUTSCHER FILMFÖRDERFONDS

Entwickelt mit Hilfe des

Eine

**CLAUSSEN+WÖBKE+PUTZ
FILMPRODUKTION**

In Co-Produktion mit

 und in Zusammenarbeit mit

Im Verleih der

Der Soundtrack zum Film ist erschienen bei

www.stellungswechsel-derfilm.de
www.deutsche-feinkost-zum-anfassen.de

»Man muß sich die Kunden des Aufbau-Verlages als glückliche Menschen vorstellen.«

SÜDDEUTSCHE ZEITUNG

Das Kundenmagazin der Aufbau Verlagsgruppe erhalten Sie kostenlos in Ihrer Buchhandlung und als Download unter www.aufbauverlagsgruppe.de. Abonnieren Sie auch online unseren kostenlosen Newsletter.

VERLAGSGRUPPE

Stephen Fry:
»Britischer Humor in seiner feinsten Form« Nürnberger Nachrichten

Der Sterne Tennisbälle
Ein rundum vom Schicksal Begünstigter wie Ned Maddstone ruft über kurz oder lang die Neider auf den Plan. Ein Trio falscher Freunde will ihm einen üblen Streich spielen, der Ned eine Lehre sein soll. Als Ned spurlos von der Bildfläche veschwindet, müssen alle Beteiligten am eigenen Leib erfahren, daß sie lediglich »der Sterne Tennisbälle« sind.
»Ein Feuerwerk aus Slapstick und urkomischen Dialogen.«
Hamburger Abendblatt
Roman. Aus dem Englischen von Ulrich Blumenbach. 391 Seiten. AtV 1922

Das Nilpferd
Stephen Frys Erfolgsroman um einen alternden Journalisten und einen angeblichen Wunderknaben ist britischer Humor in Reinform: Ted Wallace – Trinker, Frauenheld, Lästermaul – soll die Umstände einer wundersamen Heilung ergründen. Im Landhaus seiner Verwandtschaft stößt er auf eine hochexplosive Mischung aus Aberglaube, Perversionen und Spleens, wie sie nur im Land der Queen gedeihen können.
Roman. Aus dem Englischen von Ulrich Blumenbach. 400 Seiten. AtV 2021

Der Lügner
Durch seine Vorliebe für sexuelle Abenteuer und geistreiche Lügen wird der fünfzehnjährige Adrian Healey in eine undurchsichtige Mordaffäre verstrickt, in der ein pornographischer Roman von Charles Dickens, ein internationaler Spionagering und eine mysteriöse Wahrheitsmaschine zu hochkomischen und atemberaubenden Verwicklungen führen.
Roman. Aus dem Englischen von Ulrich Blumenbach. 399 Seiten. AtV 1950

Paperweight
Literarische Snacks
Stephen Frys Radio- und Zeitungsbeiträge sind berühmt-berüchtigt. Er und sein Alter ego Donald Trefusis – allen Lesern des Lügners wohlbekannt – plaudern darin über Margaret Thatcher, Blasphemie, Erziehung, Wimbledon, Fernsehen, Langeweile, das Altern, Gott und den Rest der Welt. Sie servieren uns literarische Snacks, die raffiniert, extravagant und immer köstlich sind.
Roman. Aus dem Englischen von Ulrich Blumenbach. Mit 2 Abb. 551 Seiten. AtV 2066

Mehr unter
www.aufbau-verlagsgruppe.de
oder bei Ihrem Buchhändler

Jörn Ingwersen:
Packende Sylt-Romane

Jörn Ingwersen, 1957 geboren, ist ein Multi-Talent. Er ist Autor, Musiker und Übersetzer. Unlängst übertrug er das von Ben Elton geschriebene Queen-Musical ins Deutsche. Er lebt in Hamburg und auf Sylt.

Schafsköpfen
Ein Krimi auf Sylt
Als Jakob eines Nachts am Strand entlang wandert, findet er eine Leiche – und einen Koffer voller Geld. Endlich, glaubt er, ist seine Pechsträhne zu Ende. Doch der plötzliche Reichtum bringt ihm nichts als Schwierigkeiten. Nicht nur, daß die Polizei ihn verhört – Jakob scheint auch in einen gefährlichen Bandenkrieg um die Insel geraten zu sein. Jörn Ingwersen ist auf Sylt aufgewachsen. Kein Wunder, daß er die Insel wie kein zweiter kennt und ihre Schattenseiten auszuleuchten versteht.
278 Seiten. AtV 1160-1

Falscher Hase
Ein Sylt-Roman
Was tun, wenn einem die Freundin wegläuft, wenn man einen teuren Sportwagen zu Schrott fährt und man ein Tagebuch besitzt, für das gewisse Leute einen Mord begehen würden? Asche würde am liebsten den Kopf in den Sand stecken. Doch dafür bleibt keine Zeit. Er muß herausfinden, was es mit dem Tagebuch auf sich hat – und warum die schöne Ose, die wie ein Engel vom Himmel gefallen ist, ihm nicht mehr von der Seite weicht. Ein packender Kriminalroman, der Sylt in einem ganz eigenen und besonderen Licht zeigt.
235 Seiten. AtV 1460-0

Nah am Wasser
Ein Krimi auf Sylt
Hannes steckt in der Krise. Noch wohnt er bei seiner Tante, doch bald soll er zu seiner Mutter nach Süddeutschland ziehen. Da verschwindet der Vater seiner Freundin Pepsi, ein Politiker, auf rätselhafte Weise. In einem Paket an Pepsis Mutter, findet sich ein abgeschnittenes Ohr – und eine Drohung: Sollte das Bauprojekt ATLANTIS nicht eingestellt werden, muß Doktor Winter sterben. Hannes greift ein. Er will den Entführer finden und beweisen, daß er nach Sylt gehört. Eine spannende Kriminalgeschichte, die auf einer wahren Begebenheit beruht.
313 Seiten. AtV 2165-8

Mehr unter
www.aufbau-verlagsgruppe.de
oder bei Ihrem Buchhändler

Bernhard Jaumann:
Der Krimistar »bezaubert immer wieder«
Die Zeit

Bernhard Jaumann ist Gewinner des renommierten Friedrich-Glauser-Preises.
»Poetische Präzision, die man im deutschsprachigen Krimi selten antrifft. Eine Entdeckung!«
ABENDZEITUNG
»Jaumann bezaubert durch kluge, feinsinnige Erzählweise und beobachtungsgenaue Sprache.« ZEIT

Duftfallen
Trotz Wirtschaftskrise boomt die Metropole Tokio. Der Aromaexperte Takeo Takamura hat jedoch von Konsumrausch und künstlichen Düften die Nase voll, als er als Hauptverdächtiger eines Massenmordes untertauchen muß. Gehen die mysteriösen Giftgasanschläge tatsächlich auf die Endzeitvisionen einer Sekte zurück? Handelt es sich um uralte Räucherzeremonien oder hypermoderne Manipulationstechniken?
Roman. 271 Seiten. AtV 1508-9

Handstreich
In Mexiko-City übt ein unbekannter Mörder blutige Vergeltung. In der unbarmherzigen Manier der alten Azteken sühnt der mysteriöse »Vengador« jene Verbrechen, bei denen die Polizei versagt hat. In einer der größten Städte der Welt ist Kommissar García auf der Spur des mitleidlosen Rächers.
Roman. 268 Seiten. AtV 1507-0

Hörsturz
Ausgerechnet in Wien, der Stadt Schuberts und Mozarts, geschehen mysteriöse Anschläge auf Musikveranstaltungen. Am spektakulärsten ist der Brand der Kammeroper während einer Aufführung der »Zauberflöte«. Der Polizei immer eine Spur voraus ist eine junge Radiomoderatorin, die ihre seit dem Brand verschwundene Schwester sucht. Eine geheimnisvolle Stimme bringt sie auf die Fährte der Terroristen.
Roman. 316 Seiten. AtV 1506-2

Sehschlachten
In Sydney fliegt ein ganzes Haus in die Luft, ein Mann kommt zu Tode, ein anderer verliert sein Augenlicht. Auf den Spuren von Gewalt und Voyeurismus begegnet Detective Sam Cicchetta Blicken, die töten können. Jaumann schreibt einmalige Kriminalromane, die nicht nur packend erzählt sind – sie zeigen die Abgründe der menschlichen Seele.
Roman. 313 Seiten. AtV 1505-4

Mehr unter
www.aufbau-verlagsgruppe.de
oder bei Ihrem Buchhändler

aufbau taschenbuch
AUFBAU VERLAGSGRUPPE

Junge Literatur:
Mit Herz und Kopf

TANJA DÜCKERS
Spielzone
Sie sind rastlos, verspielt, frech, leben nach ihrer Moral und fürchten nichts mehr als Langeweile: junge Leute in Berlin, Szenegänger zwischen Eventhunting, Hipness, Überdruss und insgeheim der Hoffnung auf etwas so Altmodisches wie Liebe. »Ein Roman voller merkwürdiger Geschichten und durchgeknallter Gestalten.«
DER TAGESSPIEGEL
Roman. 207 Seiten. AtV 1694-8

ANNETT GRÖSCHNER
Moskauer Eis
Voller Erzählfreude hat Annett Gröschner ihre biographischen Erfahrungen als Mitglied einer Familie von manischen Gefrierforschern und Kühlanlagenkonstrukteuren zu Metaphern für das Leben in deutschen Landen vor und nach 1989 verdichtet.
»Ein wunderbares Debüt.« FOCUS
»Ein unbedingt lesenswertes, witziges Schelmenstück par excellence, leicht wie ein Softeis.« ZEITPUNKT
»Ein von Witz sprühender Roman« NEUE ZÜRCHER ZEITUNG
Roman. 288 Seiten. AtV 1828-2

SELIM ÖZDOGAN
Mehr
Er ist jung, entspannt und verliebt, aber leider pleite. Als ein Freund ihn als Dialogschreiber für Serien unterbringen will, lehnt er ab: keine Kompromisse. Irgendwann jedoch ertappt auch er sich dabei, Zugeständnisse zu machen. Was ist mit ihm passiert, dass er seine Ansprüche an sich selbst aufgegeben hat? »Eine Studie über das Scheitern und die grenzenlose Lust (ehrlich und aufrichtig) zu leben.«
JUNGE WELT
Roman. 244 Seiten. AtV 1721-9

TANJA DÜCKERS
Café Brazil
Die Geschichten um ganz normale Nervtöter, leichtsinnige Kinder oder verwirrte Großmütter steuern stets auf verblüffende Wendungen zu. »Feinsinnig, bösartig, kühl und lustvoll, bisweilen erotisch, spiegeln Dückers' Erzählungen ... den Erfahrungshorizont einer Generation, die hinter einer vordergründigen Erlebniswelt ihre Geschichte entdeckt.« HANNOVERSCHE ALLGEMEINE
Erzählungen. 203 Seiten. AtV 1359-0

Mehr unter
www.aufbauverlagsgruppe.de
oder bei Ihrem Buchhändler

Knisternde Lektüre: Moderne Erotikliteratur

HONG YING
Die chinesische Geliebte
In China verboten, in Deutschland wochenlang auf den Bestsellerlisten: Voller Anmut und ohne Tabus erzählt Hong Ying von der Leidenschaft zwischen Julian Bell, dem Neffen Virginia Woolfs, und der unwiderstehlichen Schriftstellerin Lin. Ein großer, aufwühlender Roman um Liebe, Tod und Sinnlichkeit. »So genußvoll und frei hat noch niemand über weibliche Sexualität geschrieben.« HÖRZU
Roman. Aus dem Chinesischen von Martin Winter. 269 Seiten. AtV 2208

HANSJÖRG SCHERTENLEIB
Das Zimmer der Signora
Während Stefano Mantovani in einem italienischen Kriegsveteranenheim seinen Militärdienst leistet, trifft er seine Jugendliebe Carla. Nicht nur ihre eindeutigen Offerten stricken um ihn ein immer dichter werdendes Netz aus Lust und Schmerz. Auch eine geheimnisvolle Signora bestimmt bald auf irritierende Weise sein Leben. Schertenleibs großer, preisgekrönter Bestseller, voll psychologischer Raffinesse, Komik und abgründiger Erotik, erzählt auf faszinierende Weise von der unauflöslichen Verbindung von Sexualität und Macht, von deren weiblichen und männlichen Ritualen.
Roman. 473 Seiten. AtV 2106

SELIM ÖZDOGAN
Ein Spiel, das die Götter sich leisten
Vor drei Wochen erst haben sich Oriana und Mesut kennengelernt. Noch sind sie einander so fremd wie die hitzeflirrenden Orte, durch die sie auf ihrer Reise streifen. Alles ist gleich erregend, hastige Gier oder träge Zärtlichkeit, Düfte und Blicke, Phantasien und Geschichten. Und alles scheint möglich in der Euphorie der Lust, sogar, daß Mesut jemanden aufspürt, den er einst sehr bewunderte.
Roman. 210 Seiten. AtV 2179

SUMMERLOVE
Erotische Geschichten
Es ist Sommer, und Jimmy hat Liebeskummer. Er kann Emma nicht vergessen. Doch dann beobachtet er Kim beim Schwimmen und hat eine der kuriosesten erotischen Begegnungen seines Lebens. Ada durchstreift eine Sommerlandschaft, erlebt bunt gemischten Sex zwischen süßer Lust und bitteren Tränen und kann sich nicht entschließen, wohin sie das alles führen soll. »Summerlove« versammelt 18 sexy Storys, die die Liebe und das Begehren in all ihren Facetten zeigen.
Ausgewählt von Andreas Paschedag, Gunnar Cynybulk und Stefanie Werk 316 Seiten. AtV 2173

*Mehr Informationen unter
www.aufbauverlagsgruppe.de
oder bei Ihrem Buchhändler*

Kim Edwards
Die Tochter des Fotografen
*Aus dem Amerikanischen von Silke Haupt
und Eric Pütz*
523 Seiten. Gebunden
ISBN 978-3-378-00680-5

Bestseller der Herzen

Wie kann eine Frau weiterleben, wenn ihr ein Kind genommen wird? Kim Edwards' Schicksalsroman einer ungewöhnlichen Familie wurde in Amerika über Nacht zum Bestseller. Lexington, Kentucky, 1964: In einer stürmischen Winternacht liegt die hochschwangere Frau des Arztes David Henry in den Wehen. Sie bringt einen kerngesunden Sohn auf die Welt. Doch die Wehen setzen erneut ein und dem Jungen folgt eine Zwillingsschwester. Dieses Kind ist behindert. In Sekundenschnelle trifft David eine Entscheidung: Während seine Frau Norah in der Narkose liegt, bittet er die Krankenschwester Caroline, den Säugling stillschweigend in ein Heim zu bringen. Doch Caroline flieht mit dem Mädchen und zieht es allein groß. So beginnt eine tief bewegende Geschichte, die ein Vierteljahrhundert umspannt.

»Jeder muß von der außergewöhnlichen Kraft und Wärme dieses Romans tief beeindruckt sein.« THE WASHINGTON POST

Mehr von Kim Edwards:
Die Tochter des Fotografen (Lesung, 4 CDs)
ISBN 978-3-89813-626-6

Mehr Informationen erhalten Sie unter
www.aufbauverlagsgruppe.de oder in Ihrer Buchhandlung

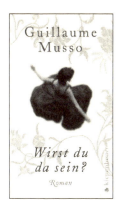

Guillaume Musso
Wirst du da sein?
Roman
Aus dem Französischen
von Claudia Puls
311 Seiten. Gebunden
ISBN 978-3-378-00682-9

Zwei Herzen. Zehn Chancen. Ein Wunder

San Francisco, 2006. Mit 60 hat Elliott Cooper erreicht, wovon viele nur träumen: Er ist ein angesehener Arzt, Vater einer 20jährigen Tochter, und die Frauen liegen ihm zu Füßen. Das perfekte Glück? Nur scheinbar, denn niemals ist Elliott über den Tod der Frau hinweggekommen, die er leidenschaftlich liebte: Ilena. Eines Tages macht er die Bekanntschaft eines alten Mannes, der ihm seinen sehnlichsten Wunsch erfüllt: die Liebe seines Lebens noch einmal wiederzusehen. Als Reisender zwischen den Zeiten begegnet Elliott dem eigenen Ich als jungem Mann, den er überzeugen will, die Weichen in seinem Leben anders zu stellen und so Ilenas frühen Tod zu verhindern. Bis ihm klar wird, dass man das Schicksal nicht ungestraft herausfordert. Guillaume Mussos ergreifender Roman erstürmte auf Anhieb die Bestsellerlisten und wird auch Ihr Herz erobern.

»Mit zauberhafter Phantasie erzählt.« Le Figaro Littéraire

»Noch spannender als Marc Levy.« Livres hebdo

Mehr Informationen erhalten Sie unter
www.aufbauverlagsgruppe.de oder in Ihrer Buchhandlung